a Cesare e Gigliola, sempre

No non è un drink è Paul Gascoigne...
Achille Lauro, *Rolls Royce*

Lentamente perdo i sensi, il rumore del mondo fa spazio al frinire delle cicale e il cervello si riempie di acqua tiepida, nel brulicare viscido di un'infinita moltitudine di minuscoli pesci rossi.

PARTE PRIMA

Poco più di un anno fa

1

Scritto nelle stelle

«Pronto, è 'n diretta, mi dica...»

«Sì, pronto? Parlo col mago del Marocco?»

«Dé, signora so' io, 'r mago der Marocco, dica pure.»

«Senta, la chiamo per sapere di mio figlio Nichi.»

«Problemi d'amore signora? Quando è nato 'r bimbo così si 'ontrolla 'r quadro astrale?»

«Sì ecco, no, cioè i problemi sono di altra natura a dire il vero...»

«Allora mi dica quando è nato 'r su Nichi sennò 'n posso interpella' le stelle.»

«È nato il 21 Settembre del 1988 alle nove e mezzo, si chiama Nichi Moretti e...»

«Ecco, il 21 Settembre, ma non ho capito, è stato lasciato?»

«No, no, anzi, proprio il contrario, è stato ma preso. Preso dalla polizia per la precisione e volevo sapere se lo facevano uscire dalla galera...»

«Dé, signora, mi faccia vede', ecco... 'r su bimbo l'ha combinata grossa, dice Saturno era meglio se si comportava a modo, ma però lui ha voluto fa' di testa sua ed è finito ne' guai e le stelle parlano chiaro: c'è Giove che compare e scompare di 'ontinuo pare 'n semafero arancione e Plutone è incazzato nero, qui è un macello.»

«Ma guardi che il mio Nichi non ha combinato nulla, l'hanno messo in mezzo...»

«Sì, signora, questo però lo dice 'r su bimbo, ma qui Plutone... dé Plutone dice... ecco dice n'altra 'osa 'nsomma... il processo è messo male, la 'ondanna gniela fanno sconta', non mi faccia parla' che siamo in diretta, ma c'è le prove che...»

«Le prove di che cosa?»

«Eh, sì, le prove che 'r su figliolo è corpevole, che ha... che ha rubato dé, sennò 'n galera sta si'ura un ci finiva. Che oggi come oggi poi, pe' anda' 'n prigione bisogna avenne fatte quante Carlo 'n Francia. Signora la prego, non mi faccia parla'...»

«Scusi, ma se non la volevo far parlare non la chiamavo nemmeno! Piuttosto vorrei sapere qualcosa, perché guardi che Nichi non ha fatto nulla! Mi dica un po': lo fanno uscire entro Natale?»

«Dé, signora, io sono il mago der Marocco, mica 'r presidente der Tribunale!»

«Lei allora non è un mago, sennò qualcosa in proposito me lo direbbe! Via, mi dica qualcosa...»

«Dé, signora, io quarcosa gliela direi, ma siamo 'n diretta... Meglio lascia' pèrde sennò mi mettano dentro anche a me!»

Click!

2

Come il Re Lucertola

Quella tarantolata di mia madre, quando ci si metteva, era un po' invadente.

Non lo faceva di proposito, ma era più forte di lei. Figuratevi poi da quando ero stato sbattuto in carcere cosa non si era scatenato: quella donna si sentiva Perry Mason con le vene varicose e non c'era un attimo che non si desse da fare nel tentativo di favorire la mia fuoriuscita. Naturalmente ogni sforzo profuso non dava esito alcuno, anzi, spesso era proprio quel suo *tramenare* a creare le difficoltà più serie alla mia già pericolante permanenza al mondo. Del resto, contenerla era impossibile. Né risultava efficace ogni tentativo di convincerla a calmarsi, anzi, spesso i miei sforzi sortivano proprio l'effetto contrario.

Quel giorno, la trasmissione del mago del Marocco la vide mezzo penitenziario: alle tre del pomeriggio, non c'era nulla in TV e tutti si concentravano sulle variopinte previsioni del cartomante di Livorno, che leggeva il futuro con le carte da ramino. Nel mio caso non ci aveva visto giusto per niente, perché prima o poi dal carcere sarei uscito. E non era neppure vero che l'avevo combinata grossa come diceva quel ciarlatano di un divinatore; in realtà ero finito dentro da incolpevole.

Certo, questo lo dicono tutti i detenuti, ma nel mio caso era vero, perché sul serio ero un povero Cristo privo di colpa: avevo frequentato il giro sbagliato, ero stato ingenuo e i miei stessi amici mi avevano gettato in pasto agli sbirri. Tuttavia, nell'intimo, sapevo di non aver mai commesso delitto e questa consapevolezza, questa mia vergognosa innocenza mi macerava l'anima.

I carabinieri irruppero nel mio studio sfondando la porta un pomeriggio d'autunno: una scena in grande stile, degna di un film con Paul Muni, rovinata sul finale da certi miei atteggiamenti un filino inurbani. I gendarmi probabilmente, dietro la porta in mogano credevano di trovare il nemico pubblico numero uno, con la pistola fumante in mano, ma, assai più mestamente, si dovettero contentare del sottoscritto con ben altro in pugno, siccome intento a masturbarsi di fronte a uno squallido filmetto pornografico.

Proprio ora che entrava in scena la tettona vestita di pelle! mi dissi, tirando le braghe sopra le ginocchia. Poi, tramortito da cotanto dispiegamento di forza pubblica, mi consegnai alle guardie questionando vibratamente: «Cosa ne sarà di questo Paese se per una sega in ufficio chiamano i carabinieri!» sbottai fra lo sbalordito e l'irritato ai due che mi stavano ammanettando. Perquisirono tutto, ripulendo armadi e cassetti, senza ovviamente trovare niente di interessante. Poi, dentro un'edizione svuotata del codice di procedura civile, rinvennero un etto e mezzo di cocaina; cosa che sorprendentemente non depose a favore della tesi innocentista.

Metà dei fascicoli furono messi in scatole di cartone e tutto il resto venne posto sotto sequestro. Venni tradotto in carcere e i colleghi degli uffici attigui mi videro sfilare, senza più spocchia e dignità, scortato dai fedeli nei secoli. Uscendo, con immane sollievo, detti un'ultima occhiata alle mie pratiche sgualcite che venivano impacchettate e portate via: quante cause perse si sarebbero prese un comodo rinvio per merito di questi signori in uniforme, quante sentenze sfavorevoli rinviate a data da destinarsi, quante delusioni procrastinate per i miei ignari clienti abbandonati. Tutto si prendeva una bella pausa salutare.

Viste le mie frequentazioni, dalla memoria del telefonino emerse una ragnatela di rapporti con spacciatori, prostitute, cocainomani, pedofili, mostri, scemi del villaggio, complottisti, farmacisti abusivi, miscredenti, possibili terroristi e chi più ne ha più ne metta. Era la cricca dei miei amici, gente che frequentavo al solo fine di sentirmi superiore a loro.

Ero un uomo piccolo e avevo bisogno di tutta quella marmaglia: la vita e i risparmi dei miei genitori mi avevano offerto in dote tutto il necessario per sopravvivere, ma una spina dorsale può dartela solo la natura, e in questo la Grande Madre, con me, aveva lavorato al risparmio. Così, avendo raggiunto la consapevolezza del mio essere un fallito e non avendo voglia di invertire la rotta, avevo preso a circondarmi di una folta schiera di perdenti e soggetti borderline, capitanati dal signor Biancaneve, che di quella torma era forse il più carismatico e certamente il più infido.

Furono quelle stesse persone a fare il mio nome, a tirarmi in ballo dopo aver preparato le prove di ciò che in realtà non avevo commesso. Onde evitare pesanti condanne, quei Giuda travestiti da amici mi puntarono concordemente il dito contro, descrivendomi alle autorità come un criminale di spicco, un delinquente seriale assetato di soldi e potere, un boss con la faccia da bravo ragazzo.

A seguito di un processo neppure troppo lungo, venni dunque accusato di aver spacciato più droga di Tony Montana, istigato la prostituzione, riciclato denaro sporco, fatto fuori Cappuccetto Rosso e, credo, anche di aver crocifisso un biondone socievole circa duemila anni fa.

Lo Stato, gentilissimo da parte sua, mi avrebbe manlevato da ogni problema relativo all'affitto di casa: ci pensava l'Italia intera a darmi una stanzetta calda per l'inverno; quanto all'estate, non c'era di che preoccuparsi dell'afa, visto che letteralmente e per tanto tempo, sarei finito "al fresco"!

Appresa la notizia, la mia povera mamma per poco non morì d'infarto. Mia nonna invece, ci lasciò la buccia. Al momento della tragedia, la vegliarda si trovava nella vasca da bagno, comodamente adagiata per il lavaggio settimanale che le veniva propinato di mercoledì. Appresa via telefono la notizia della mia improvvida cattività coatta, direttamente dalla voce soddisfatta dei gentilissimi signori che avevano interrotto la mia sega, la mia genitore uno, sul bordo della tinozza zincata, ebbe un mini coccolone e venne meno. Svenendo, la maldestra, con la chiorba canuta ricolma di bigodini, finì per urtare la radio posta proprio sul bordo della tinozza; lo stesso apparecchio radiofonico con il quale la nonnetta ascoltava beata gli strali quotidiani di Radio Maria. A causa del fatal corto circuito indotto dal mix di acqua saponata e corrente elettrica, la nonnetta cominciò rabbiosamente a friggere, proprio nel bel mezzo di un Padre Nostro recitato a squarciagola, con impeto marziale, da padre Firmino da Marsico Nuovo, che inevitabilmente le fu letale. La mia povera ava al momento di esalare l'ultimo respiro aveva compiuto novantatré anni da poco, amava le vongole e le caldarroste, era praticamente sorda e lasciava prematuramente la vita senza il sacramento della confessione. Io, da parte mia, nonostante le volessi un gran bene, non sarei mai riuscito a perdonarle di essere la prima persona in famiglia, lei e non io, a congedarsi dalla vita terrena con una morte da autentica rock star.

3

Oh Carol

«Vuoi sapere come sono finito qui dentro? Eh, bella domanda m'hai fatto. Guarda, ogni tanto me lo chiedo anch'io e onestamente una risposta non me la sono ancora data. A volte capita che mi svegli in piena notte sperando che sia solo un incubo… e invece no, sono ancora qui. E non parlo del carcere in generale o del fatto di essere stato arrestato e schiaffato in cella: quello è il meno, ci si abitua a tutto, figuriamoci a un po' di cattività con vitto e alloggio gratuiti. Mi chiedo semmai di come sia stato possibile che, con tutto un intero penitenziario a mia disposizione, sia finito proprio in questa cella con te! Possibile che per muovere una stramaledetta pedina tu ci debba mettere delle ore? Perché nel frattempo devi limarti le unghie, truccarti, spolverare i soprammobili… Almeno fossi un campione! Da quando ci conosciamo non hai vinto mezza partita.»

«Nichi, non ti arrabbiare che ancora hai il sangue forte e se ti viene un infarto, muori schiantato in terra e t'ho sulla coscienza. Stai sereno, fallo per me. Guarda, per farti contento muovo questa pedina e mangio la tua. E visto che ho mangiato e sono bella piena, ora me ne vado a cacare. Dove hai messo *Novella 2000* che stasera, non so perché, ma mi sento troppo Carolina di Monaco!»

La cosa peggiore della galera, il suo risvolto più inumano e bestiale, non è la reclusione o la privazione della libertà, non è il discredito sociale derivante dalla condanna o la nostalgia di casa. Niente di tutto questo. La cosa peggiore della gattabuia sono le cattive compagnie. E a me, da quel punto di vista, era andata male, ma male, male, male, credetemi.

Immediata conseguenza delle accuse che mi piovvero addosso e del processo ridicolo che ne seguì, fu il mio trasferimento in cella a emendare colpe inesistenti e a familiarizzare con la vita. In un attimo la mia esistenza fu stravolta. Dalla moquette rossa del mio salotto anni Settanta, passavo al pavimento schifoso di una cella anni quindici (da scontare), e dal divano in velluto sul quale mi rotolavo con praticanti finte timide ed escort lascive, venivo catapultato al piano superiore di un letto a castello scricchiolante.

La sistemazione appariva sensibilmente differente rispetto al comodo moplen a cui ero abituato. L'odore astioso delle uniformi lise, sbiadite in prossimità delle cuciture, la tinta scrostata delle porte di sicurezza, il rumore metallico ringhiato dai cardini automatici, la puzza dei gabbiotti, il pavimento consumato dalle passeggiate inutili e i sorrisi di circostanza delle guardie, mi dettero la nausea fin dal primo, primissimo impatto. Anche d'estate, quando si bolliva al chiuso di quelle mura, l'impressione era di immane freddezza, di gelo infido, di puzza stantia, di ghiaccio andato a male.

A seguito di indagini e interrogatori pilotati, il peso dei reati commessi da un'intera manica di galeotti fu scaricato su di me: l'incapace, legato da rapporti di cortesia a delinquenti veri, che nella sua dabbenaggine reputava compagnoni di ventura.

Alla richiesta di arresti domiciliari il giudice sobbalzò: c'era il rischio che occultassi le prove, che favorissi la fuga all'estero dei miei complici e che riorganizzassi il mio mercato. Forse sarebbe bastato leggere le carte con realismo e un briciolo di spirito critico per accorgersi che il sottoscritto non poteva essere quel mostro che i gentilissimi testimoni avevano descritto con tanta precisione. Non potevo esserlo perché (e vi prego di apprezzare la modestia) sono davvero un uomo inutile, del tutto incapace di commettere delitti efferati, di minacciare, ricattare, taglieggiare e compiere tutte quelle attività che per i miei finti amici rappresentavano l'ordinaria amministrazione.

Nessun giudice accolse con stima i miei silenzi ostinati e quegli imbarazzanti controsensi nel corso delle poche deposizioni, ma non feci nomi, mai, nemmeno mentre minacciavano di sbattermi dentro a vita, nemmeno quando tutti i coinvolti mi indicavano come loro capo. Nemmeno allora parlai: sapevo quanti contatti avessero fuori e dentro il carcere i miei accusatori e che fine facessero gli infami. Anche i più duri, i più cattivi, quelli con meno scrupoli, finivano sempre per schiattare con un coltello in pancia. E quella lama, il più delle volte, era una liberazione.

Perché prima di essere ammazzati ognuno veniva sistematicamente pestato, vessato, umiliato e spesso anche violentato a ripetizione come in un carcere minorile siberiano. Un debole come me, in quel covo di tagliagole, se avesse fatto mezzo nome, in carcere non sarebbe campato più di un tenero gattino sull'autostrada, una domenica da bollino rosso.

Quindi tacqui.

Garbatamente ritenni più igienico farmi la galera piuttosto

che collaborare con la giustizia e trovarmi un giorno o l'altro orfano e appeso per il collo in una cella puzzolente. Questione di punti di vista.

«Vuoi muovere quella cazzo di pedina, o ci dobbiamo fare notte?!»

4

E poi c'era la droga

Al momento del mio arresto, dopo anni di dipendenza dalle sostanze più variegate, non ero un vero e proprio *addicted*, ma nemmeno potevo dirmi fuori da quel rutilante mondo fatto di lacci emostatici e aghi puntuti, a cui ero affezionato. Diciamo che al momento dell'arresto ne stavo già uscendo molto lentamente. Questo, sia ben chiaro, non per buona volontà quanto perché quella roba non faceva del tutto per me.

Le prime volte che ti fai in vena è il paradiso, pensi di aver scoperto la porta per il paese delle meraviglie e ogni schizzo è un viaggio magnifico. Ma quando ti accorgi che stai infognato in una palude più di uno stronzo di coccodrillo del Nilo, cerchi di uscirne prima possibile e non ti comporti come quel cazzone di rettile che sguazza giorno e notte nella fanghiglia fino a schiattare.

In galera, la passione per lo psicotropo era un nemico viscido a cui dovevo porre argine: non volevo essere etichettato e confuso con le scimmie scippatrici; così, fin da subito, feci del mio meglio per non farmi notare e la mia privacy venne rispettata. Solo il medico era stato informato dei miei altalenanti vizi chimici, ma costui ebbe sempre il buon gusto di mantenere il massimo riserbo, come da mia richiesta ampiamente prezzolata. A piede libero ero dedito agli stupefacenti con una certa disciplina, un tossico ordinato alla Bill Burroughs, anche se con minori manie da "bersagliatore" svizzero: niente mele in testa, solo pere in vena; tuttavia una volta dentro, dovevo lentamente mollare.

I miei colleghi magari mi avrebbero sbeffeggiato per la difficoltà all'abituarmi a un letto scomodo o al rumore della notte a sbarre, però nessuno, mai e poi mai, avrebbe dovuto chiamarmi "drogato", perché quello sarebbe stato troppo anche per un indolente come me. Potevano portarmi via tutto ma alla mia dignità volevo restarci attaccato con le unghie e con i denti perché era l'unico contatto vero con la vita fuori dalla galera. Questo me lo dissi fin da subito.

Tuttavia, fino a quando non ti sdrai su un materasso scassato la prima notte di nozze col tuo compagno di cella e piangi cercando di non farti sentire, mordendo il cuscino, scostando le pulci e pensando a tua madre e alla delusione fatta carne che rappresenti, non sai ancora cosa voglia dire essere ultimi e disperati. Puoi immaginarlo soltanto, ma la realtà è ben peggiore. Stare dentro era come aver preso dieci pillole di Viagra e avercelo moscio, era come non contare nulla per l'universo intero, era come essere Nichi Moretti, il più insignificante degli uomini e il più spaesato dei carcerati.

5

It's a question of lust

Per quanto possa sembrare assurdo, l'istituto carcerario fu comunque la mia salvezza: i padroni di casa, abituati ai malfattori veri e propri, si accorsero subito che non ero fatto della stessa pasta dell'uomo di cui aveva parlato la carta stampata. Per rendermi la permanenza più dolce, i carcerieri decisero dunque di accoppiarmi (e letteralmente penso che questo fosse il loro reale intento) con un detenuto gay di oltre cento chili, profumato di lavanda e terribilmente kitsch. Stare in quella cella era come vivere in un film di Pedro Almodóvar senza Carmen Maura né gazpacho, e al posto loro l'ingombrante compagnia del signor Zolfanelli Lorenzo di anni 32 e chilogrammi 106 alla pesa, meglio conosciuto all'interno del penitenziario come "la Lorenzona".

Questo piccolo grande eroe sodomita era un pittoresco delinquentello, che rubava per comprarsi pane e fard. Un ciccione indolente e burroso, sempre in cerca di omaccioni neri e pettegolezzi rosa, con prevalenza, naturalmente, dei primi sugli altri. Un soggetto pacifico, molto legato ai modi ampollosi del suo personaggio e dal temperamento ondivago. Quando si svegliava bene, leggeva, cucinava, era allegro scherzava ed era godibilissimo: viceversa, se scendeva dal letto col piede sbagliato, trasformava la cella in una nave in tempesta con dentro l'intero cast del *Vizietto*. E allora se ne usciva con le solite frasi: nessuno lo capiva, tutti lo invidiavano e io ero inutile perché non sapevo mai dargli la giusta parola di conforto. Ma cosa volete che ne sapessi di pantaloni alla zuava, magliette da marinaretto, crisi d'identità, messe in piega alla moda e amenità di sorta?

Se non altro non era permaloso. Era semmai un innamorato dell'amore, non una checca isterica di quelle che cercano di convincere il mondo che prenderlo in culo sia il quarto segreto di Fatima. La Lorenzona, in tutto il suo imponente adipe, era in sostanza un grande uomo e un gran finocchio, schifato dalle donne e, bontà sua, del tutto incurante del giudizio altrui.

Messo in carcere per una serie di furti in grandi magazzini, la Lorenzona aveva sperato con tutte le sue forze di avere come coinquilino un magrebino rissoso e un po' violento, o un keniano statuario, che rendesse la sua reclusione un autentico paradiso. Si aspettava il nero del miglio verde e invece si dovette accontentare del sottoscritto. Eppure nella mia nuova cella per due fui accolto freddamente ma con garbo dalla padrona di casa e con altrettanto rispetto cercai di ricambiare la cortesia. Coi suoi abiti sgargianti da mercatino delle pulci, il mio compagno di cella non era che una vera donna nel brutto corpo di un disgraziato senza un soldo, e questo me lo rendeva già simpatico di primo acchito. Diceva che la vita lo aveva portato in carcere, che il mondo non era fatto per lui e che un giorno, racimolati i soldi, sarebbe volato in un posto progredito. Il sogno era San Francisco, nella California spregiudicata e libera da preconcetti, o il Brasile povero e violento del presidente Bolsonaro. Nel frattempo, in attesa di prendere quel volo sul quale forse non sarebbe salito mai, ogni tanto, più modestamente, si concedeva qualche fine settimana a Torre del Lago nell'arenile del Mama Beach *for gay, lesbian and their friends.*

Coi suoi patemi e pigolii, a tratti era petulante ma aveva anche tante buone qualità: la notte non russava e si lavava i piedi abbastanza spesso, cucinava e teneva la cella sempre in ordine.

Non era poco.

Quando era in buona, ultimata la toeletta, si parlava di letteratura e poesia, visto il suo debole per i versi di Dario Bellezza e i libri di Jane Austen. Talvolta si litigava per la TV e di quando in quando si faceva qualche partita a dama o a tresette. Saltuariamente ero costretto a farlo vincere o l'isterica perdeva le staffe e cominciava a starnazzare come un'oca impazzita, ma anche questo faceva parte del personaggio.

La nostra convivenza si basava più che altro sul rispetto e sulla quantità esorbitante di seghe selvagge che mi facevo per stare calmo, pensando alle mie baldracche abbandonate. A giusto titolo, vista la furiosa abitudine, la Lorenzona mi aveva affettuosamente ribattezzato "Onan il barbaro".

«Ascolta Nichi,» diceva appoggiato allo schienale della sedia a dondolo incastonata fra la madia dei piatti e il poster di Amadeus «secondo te, ad agosto Briatore va a Malindi o in Costa Smeralda? E se tornasse alla carica la Naomi? Troppo vecchia? Sai che se mi abbronzo ho lo stesso taglio degli occhi e un po' le somiglio? Te che faresti al posto suo?»

«Io al posto suo non lo so che farei, ma lui al posto mio, sono convinto si metterebbe a vomitare di gusto... Per piacere almeno tirati su la patta dei pantaloni quando esci dal bagno e vieni a muovere. Ma perché non mi hanno messo nel braccio della morte? Perché?»

6

Jailhouse Rock

L'uomo medio che finisce al gabbio ha un unico grande incubo: quello di subire violenze sessuali – doccia, saponetta, pavimento, bum! E quello era naturalmente anche il mio tormento.

A salvarmi il buco sacro non fu tanto il mio aspetto poco attraente quanto le circostanze che avevano accompagnato la mia incarcerazione: il clamore suscitato per l'arresto di un presunto criminale (mooooolto presunto) a capo di un clan di tagliagole africani, fece nascere intorno a me un'aura di rispetto del tutto mal riposta, che mi permise di tenere lo sfintere miracolosamente intonso e tutte le ossa al loro posto. Chiaramente, ogni volta che entravo nel locale docce partivo in loop col rosario a Sant'Erasmo da Formia protettore di tutte le malattie intestinali; tuttavia controllavo il panico abbastanza bene da non farmi vedere pregare, soprattutto per non eccitare nessuno. A causa della mia laurea in legge, poi, i carcerati anziani presero a interpellarmi su l'una o l'altra vicenda andata male. Così, a forza di consulenze gratuite acquistai una certa notorietà e un certo rispetto, fino a raggiungere la dignità del soprannome. E quando ad affibbiarti il nomignolo sono i pezzi da novanta della bicocca, questo assume il valore di un grande attestato di stima.

Grazie dunque al battesimo di Don Nicosia, per tutti quanti i reclusi, divenni "l'Avvocazzo".

Se in seno al popolo bruto nasceva una disputa, la mia opinione risultava risolutiva e, di solito, nella cagnara che si formava attorno alla vicenda, le mie sentenze assumevano valore dirimente. Questa cosa mi faceva sentire vivo.

«Hai sentito o no? L'ha detto l'Avvocazzo!» e lo scambio di vedute, qualsiasi fosse l'argomento, col mio salomonico parere, terminava istantaneamente.

«Ma i Beatles erano quattro o cinque?» chiedeva uno, mentre l'altro puntualmente diceva che erano tre e preciso come un orologio a cucù di marca svizzera, giungeva il terzo a dire che semmai i Led Zeppelin erano tre, mentre Le orme, i Camaleonti, i Giganti, i Figli del sole e i Beatles erano quattro.

«Ma che c'entrano i Figli del sole? Anzi, chi sono i Figli del sole? Sono quelli che cantavano Jesaello Jesaello?»

Enrico il pugliese portava baffi alla delinquenta, gialli del fumo di miliardi di Winston Blue fumate sul cesso. Pancia gonfia da inghiottitore di cocomeri e chioma bianca pettinata alla Adolfo Celi, Enrico era quello che ogni giorno accendeva la miccia della discussione che finiva in cagnara, in zuffa, in vendetta. In pratica quel trippone maledetto era il Pietro Micca del Gargano. A fargli eco c'era il siciliano Domenico Fucile di anni quarantasei detto "Canna mozza" a causa di certe dicerie sulle dimensioni delle sue parti intime, il quale, irritato dall'onnipresente critica, sbottava puntuale perché lui, il pugliese, lo odiava: «Ma cumminchia je sael? U deserto marrucchinu?».

E inevitabilmente nasceva il parapiglia perché subito se ne usciva qualcuno che non si sa perché, tirava in ballo Frank Sinatra, Lando Fiorini e Lando Buzzanca – che poi era il suo attore preferito fin da quando aveva recitato in *Virilità*, un film che lo aveva fatto ammazzare dalle risate, ma lo aveva anche commosso perché era una storia di padre, figlio e corna. E le corna fanno sempre piangere perché poi si spara e allora qualcuno si dispera. Il Lando però era proprio un grande attore (e anche il titolo di un fumetto spinto degli anni Settanta) e questo risvegliava nuovamente Canna mozza che centotrenta chili e «miiinchia!» a ripetizione, sputava fuori la sapienza inascoltata e dava di "arruso" a chi non la pensava come lui: quello di *Virilità* era Turi Ferro e Buzzanca aveva interpretato semmai *Il merlo maschio*, *L'arbitro* e *Divorzio all'italiana* e anche *Il bell'Antonio* con Mastroianni... Ci sarebbe anche stato da chiedersi: ma non si stava parlando dei Beatles, come siamo arrivati al Marcellone nazionale? Ma a chi interessava la vera ragione del contendere? A quel punto per forza di cose si andava dritti a testa bassa e allora: «Che ga dit?» il vicentino non era d'accordo coi meridionali perché lui era polentone e portava il riporto da *cumenda*, nonostante fosse un topo da appartamento e somigliasse parecchio all'Antonello Cuccureddu dei tempi migliori.

Per lui questi dettagli non contavano, perché i *teroni* erano *teroni* e non dovevano parlare che di lupara e miseria, altrimenti facevano schifo anche come *teroni*, pur rimanendo tali, e quindi: «Tutti zitti parlo mi» e giù la lista delle castronerie. Dubitavo che il vicentino, con quei suoi pantaloni verdi, attillati sul pacco e lisi sul culo, in un cinema ci fosse mai entrato se non per tentare una rapina, ma mi volevo troppo bene per confondermi con lui su una questione del genere.

A togliere ogni dubbio ci pensava Mezzochilo, un obeso torinese, pluricondannato per violenza domestica, tentato stupro e percosse ripetute ai genitori, finito in carcere per aver strangolato il dietologo che voleva trasformarlo in vegano: «*Il bell'Antonio* non era un film, ma un terzino: Antonio Cabrini, quello della Juve di Zoff, Gentile, Scirea e Paolo Rossi che nella finale ai mondiali sbagliò il rigore e... Oh, *bòja fàuss*, sono svenuto quando l'ha tirata fuori, poi l'è *arivato* il toscano... il Rossi, Pablito... Ma non era di Prato come l'Avvocazzo, il Rossi?».

Partivano i primi fischi, gli insulti sacrosanti, i soliti vaffanculo e i: «*Mo sochmel* che vuoi saperne te di cinema, ma va là!». Indispettito per non essere stato ancora tirato in ballo, il romagnolo interveniva di straforo perché a star zitti ci si guadagnava sempre ma ci si annoiava di brutto in quel bailamme. Capello unto, mocassino da scopatore d'altri tempi e dolcevita aderente color merda sciolta, si faceva avanti nel cortile assolato con una zeppola tale da fare impallidire la Gradisca: «*Mo che casso* ne vuoi sapere di Mastroianni, che era di Rimini, tu sei proprio un *pesso* di imbecille!».

«Eh no, caro mio» spuntava fuori indispettito il napoletano, Gennaro Vitiello da Mergellina, detto O' zompapere, per la sua attitudine a scoreggiare saltellando «Mastroianni er' e' Napoli! Hai capito, er' e' Naaapoli, Naaaaapoli *cummammé*! Mica *cummatté* che *si nu tortellino e' spaccimme*! Sai che devi fare, devi tornare in balera, e invece stai in galera, in ga-le-ra, guaglio', in galera a dire queste *sarchiaponate*!»

«Di Napoli?» riecco il vicentino riemergere dalle coltri «Ma chi, Arturo Di Napoli che giocava nel Vicenza? Quello l'aveva un destro che faceva fuori tutti! E che colpi *de* testa che *gaveva*, l'era una furia! Poi l'è tornato a giocar in *teronia* e chi s'è visto s'è visto.»

«Eh sì,» sbottava il detenuto più grosso e cattivo dell'ala C, Benito Andreoni, autentico gigante perennemente incazzato col mondo «sei vicentino e mangiagatti! Vanne anche fiero! Ma lo vuoi capire o no che qui si sta parlando di altro, si sta parlando di cinema, non di calcio... Ma vai in mona te e tutta Vicenza!»

Arrivato a quel punto, il vicentino avrebbe voluto anche ribadire, ma si doveva chetare quando il Benito la metteva giù dura: «Dagli torto te a uno come l'Andreoni!». L'ultimo che aveva osato contraddirlo ci aveva rimesso il mignolo e il setto nasale solo per aver detto: «Oh! ma sei proprio sicuro che oggi sia giovedì?».

Che poi anche lui era un bonaccione, sotto sotto: una volta che ti aveva fratturato qualcosa, si pentiva, chiedeva scusa, metteva il broncio se non lo salutavi... Insomma di cuore era buono ma d'avambraccio era parecchio brusco. In ogni caso Canna mozza se ne sbatteva delle botte, perché lui si chiamava Fucile e anche se la baionetta era, per così dire, di quelle poco spaventevoli, tornava sempre all'assalto per fare incazzare il resto della truppa. L'altro siciliano, Michele Picone, gozzo da tacchino e capelli radi sul cucuzzolo, seduto di fianco a uno scocciatissimo Boss Nicosia, irritato dal non aver ancora dato del cornuto a nessuno, allora esplodeva e se ne veniva fuori con una delle sue, finalizzata all'incazzatura generale. Una di quelle grosse, poco credibili e infamanti a più non posso, perché a sentirlo pareva che i gatti, parole sue, «li mmangiano pure i rreggini!» e lui, che messinese lo era da cento generazioni, queste cose le sapeva: da casa sua, sullo Stretto, si vedevano i dirimpettai a caccia dei gatti... «Come *fussero conigghi*! E minchia ci sparavano con la lupara sul lungomare quei *figghiebbottana*!» e una bella risata cesellava l'incipit...

«Oh! Messinese de 'sta mminchia! *Figghiebbottana* a chi o'diciste? Che se a Messina c'è una cosa bbuona, quella è il panorama, perché dalla parte opposta c'è Reggio di Calabbria?!»

Il siciliano a questo punto chiamava i suoi a raccolta perché dal calabrese non si accettavano nemmeno i complimenti, figuriamoci le prese per il culo: «*Ammuninni* picciotti» qualcuno metteva mano alla tasca per cercare qualcosa di sbagliato, che la temperatura era salita e il caldo si sa, fa agitare gli animi proprio quando sarebbe il caso di rimanere calmi calmi calmi.

Capitava quindi che si formasse un capannello poco raccomandabile e che le guardie si facessero segno fra loro che era il caso di intervenire o darsela a gambe, a seconda di quello che diceva il Boss Nicosia. E il Boss Nicosia, il mammasantissima che in carriera aveva sempre freddato col silenziatore tanto odiava i rumori forti, decideva di intervenire lui stesso in quella canizza di piazzale, perché manco in galera si deve avere pace a quanto pare: «*Iarabbuttana* ma la volete finire o veramente mi devo inalberare!? Avete rotto la minchia con queste scemenze! Mi sono fatto dare due ergastoli per non sentire da mattina a sera 'a *mugghiera* mia scassare *amminchia pi chistu e pi chiddu* e neppure qqui si rriesce a stare in pace! Avvocazzo, fammi u piacere, vieni qqua (con due q come soqquadro) che sennò faccio u' maciello».

Il sottoscritto, Nichi Moretti di anni 33, un metro e settantacinque al garrese e settanta chili scarsi con la coratella, detto l'Avvocazzo, onde evitare guai seri lasciava di schianto la briscola col ragioniere di Viterbo (che tanto giocava come un cane, cieco come una talpa non capiva gli ammicchi e, pieno di tic, segnalava un asso ogni due minuti anche quando in mano aveva tre scartine), sudato e sull'attenti come un alpino in un piazzale dove si fa la botta, il sottoscritto era chiamato a dare una risposta che fosse una, pura, semplice e che fermasse il caos una volta per tutte.

«Di *cu cazzu discutivate*? *Chistucchi* che vale la pena di tanto rumore, come si chiamava? Ah! sì, Fellino, giusto, Fellino. Avvocazzo, venite *accà*... Senti, *ciu diciste a questi cu minchia è 'stu Fellino*?»

A quel punto un uomo ha due scelte, o ride perché capisce di trovarsi in mezzo a tanti decerebrati e subito dopo firma il consenso all'espianto dei suoi organi, o spegne il cervello e risponde seriamente.

«Fellini era un regista cinematografico, uno dei più grandi di sempre, forse il più grande di tutti, il maestro di Rimini, il regista di *Otto e mezzo*, *La strada* e *I vitelloni*, un genio, un uomo dotato di estro e fantasia, un clown e uno scienziato allo stesso tempo, un uomo che sicuramente sarebbe piaciuto anche a lei, Don Nicosia baciamo le mani e che la Madonna la vegli giorno e notte anche negli anni bisestili... Dicevo, Fellini era un romantico, un signore dalla voce sottile, un visionario amante del bello e delle donne in carne. Le donne belle piene come Sandra Milo o Anita Ekberg, quelle con le belle *minne* grosse, come dice lei eccellenza, con tutto rispetto naturalmente, quelle carne e sangue e popppute...» e proprio mentre agitavo le mani nel mimare le fattezze della Sandrocchia nazionale piegando le ginocchia in avanti per assumere la corretta posizione da gibbone infoiato, lo sguardo stranito del boss, che non sempre accettava certe confidenze, mi puntava di traverso. Arrivava allora quell'attimo di silenzio che è lo stesso che precede la lettura delle sentenze in tribunale, e Don Nicosia, braccio teso e sguardo fiero, mi ammoniva con gesto marziale proprio mentre mi stavo infervorando: «Stop!» faceva lui. A mano aperta, con fare da vigile urbano, il boss intimava il silenzio guardandomi dritto in faccia, manco fossi il suo peggior nemico. Con lo stesso sguardo con cui liquidava i rivali al momento di gettarli in mare con le scarpe di cemento, ipnotizzava una folla silenziosa, spaurita e adorante di reietti che pendevano dalle sue labbra. Perché Nicosia era boss, capoclan e minchia dura, e quando parlava si stava zitti, si ascoltava e se per caso faceva la battuta si rideva a crepapelle fino a finire la voce, il fiato e tutte le espressioni di giubilo contemplate nella dotazione facciale, che sennò erano cazzi. Cazzi amarissimi e per tutti. Così, creato il dovuto pathos, con la risatina complice al lato destro della bocca sottile e il sopracciglio sinistro agli antipodi della faccia, il Boss Nicosia guardava gli inferiori un po' sorpresi dalla confidenza che talvolta mi permettevo nei confronti del superpotente e, socchiuendo lievemente le fauci, con la fronte corrugata, sentenziava maiuscolo: «O vedete l'Avvocazzo? Ci chiedi di Fellino e lui inizia *bbene* ma finisce sempre a parlare di *sticchio*! Lui solo di *sticchio paaarla*!» E tutti a ridere come bambini, tutti a fare contento il boss, tutti a darsi gomitate d'intesa, tutti a salvarsi la vita.

Don Nicosia allora sorrideva sornione: «Vai Avvocazzo, vai a finire la briscola chi si ne vinci mezza con quello lì, allora sei un fenomeno. *Ie uora u primo che scassa 'a mminchia* ci faccio passare un quarto d'ora di quelli *bbrutti*. Ci siamo capiti? Uomo avvisato...».

Sì, uomo avvisato, culo salvato, dicevo fra me e me e intanto tiravo a campare.

In quel perimetro cintato la vita scappava via, senza che nulla succedesse e mentre il mondo andava avanti, noi restavamo fermi a perdere ogni treno, ogni possibilità, macerandoci nel rimorso, nella rabbia, nella vergogna e nell'impotenza. Avevamo sbagliato ma lo stavamo pagando caro. Guardarsi allo specchio ogni mattina era come affrontare la morte al lavoro: *Sto perdendo tempo, sto perdendo tempo, sto perdendo il mio maledetto tempo* mi ripetevo a nastro. Mi massaggiavo le tempie e proprio non riuscivo a togliermi dalla testa l'idea che anche se davvero avessi commesso i fatti che mi venivano imputati, tenermi rinchiuso non sarebbe servito che a sprecare la mia vita. Abbrutito dalla cattività, non riuscivo a darmi pace, mentre tutte le teorie sulla punizione e l'emendamento, tanto care ai miei professori di filosofia del diritto, se ne andavano a quel paese come Tocqueville in gita nelle colonie penali americane.

In cortile, al caldo, c'era chi veniva dalla Campania e parlava di fughe fra i campi scappando dall'uomo grigio e di avventure di malandra, col sorriso sulle labbra. C'era chi sopravviveva planando a pelo d'acqua nel mare della Puglia su gommoni modificati, con la paura dei buoni e dei predoni albanesi che prima ti vendono il carico poi ti danno la caccia, con la pistola in mano e la bava alla bocca. Altri ancora provenivano dall'Africa ed erano forse i più. I più numerosi, i più poveri, i più spietati e sicuramente i più disgraziati.

Una volta usciti da quella fogna, sognavano di delinquere e di arricchirsi, di non essere presi e di fare fortuna per tornare a casa a fare i signorotti. Noialtri sognavamo solo di tornare a casa il prima possibile dalle nostre mogli, dalle nostre figlie, dalle nostre mamme, dalle nostre cambiali scadute. La vita aveva strappato loro l'infanzia e la giovinezza e ora, se volevano pareggiare i conti, dovevano correre su una macchina dal motore truccato o rassegnarsi a essere nient'altro che emarginati, ladri, negri, delinquenti, immigrati, risorse. Non più uomini ma bordi affilati.

«Sai che il cielo non è lo stesso in ogni parte del mondo? Le stelle brillano diversamente e hanno una posizione che non è la medesima ovunque. L'ho scoperto viaggiando per mare, vivendo nella pancia di un peschereccio per quasi tre anni. Mi chiamo Nadir e non lo so come ho fatto a finire qui. So che quando hai fame, anche la droga che vendi ti pare una cosa buona.»

La verità è che il carcere è una bestia che trasforma gli uomini in cattive idee, gli esseri umani in progetti falliti, in debiti insormontabili, in banche svaligiate, in donne da strada, in truffe agli anziani. E poi finisci dentro e il mondo ti scappa. Perché la galera è questo: l'annullamento della persona che non vive il progresso, se non di riflesso. Tutto va avanti ma fra quelle mura non si muove nulla: l'universo è paralizzato al giorno in cui sei stato preso, e ciò che si fa forte è l'istinto di sopravvivenza che schiaccia ogni sentimento: l'unico souvenir che porterai da questo viaggio è una valigia di brutti ricordi che ti sveglieranno ogni notte.

«Aoh! Avvocazzo! Che dici *m'a confermano 'a pena 'n appello* o me *libberano*?»

«Marozzi, è la decima volta che lo chiedi... Io non lo so di sicuro cosa succederà; certo, tirare due revolverate a un vigile urbano non è una buona azione, questo te lo assicuro.»

«*A bbello*, quello mica m'aveva fatto 'na multa, quello me scopava la *moje*, li mortacci sua.»

«E ho capito, ma due revolverate son tante... L'hai freddato come un cane! Una sola non bastava?»

«A coso, a Avvocazzo, che nun me so spiegato? Quello me scopava la *moje*...e che dovevo da fa'?»

«Che dovevi fare? E che ne so, l'avevi a prendere a cornate, così gli facevi male uguale ma non l'ammazzavi...»

«C'hai detto?»

«Nulla, che vuoi che abbia detto... No, Marozzi stai buono, stavo scherzando, non te la confermano la pena vai tranquillo, domani ti mandano via... No, dài, stavo scherzando, ti ho detto che scherzavo! Ahia! Non mi torcere il braccio che mi fai male. Ahia!»

7

Italian History X

Vista la condizione di detenuto modello, i pezzi grossi della baracca decisero di sfruttare le mie attitudini, mettendole a servizio delle loro ambizioni. E fu così che arricchii il mio pedigree divenendo anche un ruffiano, modestamente.

Ogni volta che c'era bisogno di un bischero di rappresentanza, venivo chiamato dal direttore, sbarbato e mandato in trincea a dire banalità col mio qualunquismo al velluto. Lui ordinava e io mettevo in scena il personaggio migliore: il detenuto modello, il redento, il ristabilito, il martire. In tutta onestà, non è che fossi questo prodigio della natura, ma in mezzo a quel catalogo di fauna scadente, il meglio che poterono rinvenire ero addirittura io, e alla fine risultai efficace.

In mezzo a stupratori, assassini, ladri e truffatori avevo trovato il mio posto nel mondo.

Ove innanzi all'ultimo degli scribacchini fosse necessario dimostrare l'efficienza dell'istituto, mi si prendeva ad esempio quale delinquente riabilitato per mezzo del lavoro. Quando invece vi fossero agitazioni fra i detenuti, il mio compito diventava quello di fare la spia... ma poco: addolcivo la pillola ai secondini e mettevo in guardia le vittime della mia delazione, invitandoli ad abbassare i toni e alzare la guardia. In mezzo a quelle mura putride ero riuscito a raggiungere il mio status naturale di individuo felicemente mediocre: il paraculo, il Kapò, lo scagnozzo di tutti i padroni. In cambio ottenni una serie di piccoli privilegi, concessi per l'ottimo lavoro che stavo conducendo.

In primis ebbi una cella più comoda per me e la Lorenzona, che ormai era divenuta a tutti gli effetti la mia segretaria e consigliera ufficiale. Di brutta presenza ma seria e servizievole, quella Miss Moneypenny dai polpacci degni di una mezzala tedesca d'altri tempi, era tutta felice per la mia carriera, senza peraltro mancare mai di darmi consigli inutili e non richiesti.

«Nichi, guarda che in fondo incontrarti è stata una fortuna; certo era meglio se mi chiudevano in gabbia con un bel sudanese sudatissimo, ma a pensarci, prima che tu entrassi nella mia vita ero una povera reclusa polverosa e dimenticata da Dio, mentre ora sono la compagna di cella di un barricadero, di un paladino della giustizia! Un Ernesto Guevara in salsa nostrana, sempre in prima linea» scimmiottava il gallino. «Quanti culi riesci a leccare in un giorno solo, Nichi? Sei il recordman dello sfintere! Perché le cose bisogna dirle: qui si sta bene, ci hanno dato una cella più fresca e dei materassi comodi, ma perdinci amore mio, lo ammetterai che ti sei un po' compromesso? Che a furia di difendere la capra e i cavoli non sei più quello scapestrato, quel marrano, quel fromboliere di un tempo? Io lo so che te ne accorgi, Nichi, di essere diventato uno strumento nelle mani dei potenti, però la cosa ti piace. Ti sei un po' adagiato. Io non mi lamento eh, ma ti apprezzavo di più quando eri il Sancho Panza di una volta. Perché non sobilli la rivolta carceraria in nome della libertà?»

«Sì tesoro» rispondevo distrattamente quando si comportava da Santippe in menopausa, rivendicando il suo ruolo di first lady debordante che fui costretto a concederle per quieto vivere. Con il mio rassegnato assenso, prese addirittura ingombranti pose da matrona di corte: mise su qualche altro chilo e avviò l'abitudine tutt'altro che decente di camminare in ciabatte (rosa, col fiocco sul davanti, consunte sul tacco e luride da far schifo) col naso insù, come una diva degli anni Trenta, sventolando un ventaglio spagnolo, graditissimo regalo della mia cara mamma. Perché la vegliarda, nonostante le mie resistenze, non faceva altro che intromettersi nella mia vita. L'assassina era infatti costantemente informata sulle mie condizioni di vita attraverso ripetute e appassionate telefonate al direttore del carcere e alla madre di un collega galeottissimo: tale Sauro Morongiu altresì detto "U capatosta".

Questi era un energumeno dai modi spicci, spudoratamente dedito alla sodomia, recluso per rapina a mano armata e certamente innocente a parere della mia informatissima genitrice. Il delinquentissimo si dà il caso fosse figlio della presidentessa del comitato per la tutela dei diritti dei carcerati, e la mammina, a forza di pascolare intorno al mio luogo di riposo forzato, aveva finito per fare conoscenza con colei che aveva messo al mondo cotanto gentleman. Una chiacchiera tira l'altra, una conversazione amichevole al bar, un biscottino col tè discorrendo del più e del meno... Si sa come vanno queste cose e così Gigliola Rapetti, la mia dolce mammina, aveva trovato un nuovo divertentissimo hobby: il turismo carcerario.

Si era informata dalla signora Morongiu sulla situazione dei reclusi, facendosi portare una mappatura non ufficiale delle celle, tanto per sapere con chi spendesse il tempo il suo figlioletto e da quel momento la mia vita tornò a essere constantemente in pericolo.

Convinta di fare cosa gradita e motivata dal proprio cuore sensibile ai patimenti altrui, fra una visitina e l'altra, l'ammazzanonne non si limitava ad anelare il mio ritorno subitaneo nella società civile, ma si permetteva il bel lusso di confezionare presenti per i reclusi meritevoli. Fra le varie elargizioni, il prezioso ventaglio della Lorenzona in raffinato stile andaluso. Ma la lista delle regalie sarebbe lunga: a qualcuno aveva inviato una sciarpa fatta a mano, magari coi colori della squadra del cuore (e quando sbagliava squadra per me erano guai seri) ad altri una pancera di lana confezionata in coordinato con lo scialle per l'inverno e la berretta fatta a maglia. A un paio di secondini inviò una spillettina in argento a forma di manette e così via, presente dopo presente nella mia totale silente disapprovazione. A Mirko Cacciullo (brutale omicida di uno sparuto trio di testimoni di Geova, colpevoli di avere suonato il campanello di casa con una certa vigoria e dunque di averci «scassato o' cazz»), inviò un kit per il découpage: tanti fiori colorati di cartoncino da attaccare a una serie di pentolini in latta. Queste improvvisate, non lo nego, a volte mi portarono la simpatia di alcuni malandrini che fino a quel momento neppure mi salutavano. Ma a volte…

Sovente, infatti, i regalini risultavano sgraditi, come quella disgraziatissima volta in cui fui costretto per quasi un mese a fare le pulizie (cesso compreso, anzi, cesso soprattutto) alla cella di Catello Rossitto. Questi, bestemmiatore incallito classe 1970, era in carcere per avere strangolato una parrucchiera nel corso di una rapina al negozio di Efrem "il Re del bigodino di Sulmona".

Il buon Rossitto, gigante salernitano, neppure troppo socievole, parlava poco e come intercalare usava i più fantasiosi epiteti rivolti alla Madonna e al Bambin Gesù, ai santi e al presidente Mattarella che, chissà come mai, non gli aveva concesso la grazia: una parola e una Madonna, due parole e due Madonne, tre parole e un Mattarella... Per raddrizzare quell'anima non sarebbe bastato neppure San Gennaro in carne e ossa con due taniche d'acqua santa e Maradona a fargli la predica.

Ovviamente i miei rapporti con lui si limitavano al mio cauto buongiorno e alle imprecazioni di rimando da parte sua: le nostre vite correvano su binari separati senza incrociarsi mai e questo era perfetto. Mia madre però venne a sapere di questa pecorella smarrita dalla fede claudicante e un bel giorno Catello Rossitto ricevette in dono un pacchetto a fiorellini con all'interno nientemeno che una immagine di Padre Pio in compagnia di Santa Maria Goretti, ricamata a mano su cuscino di piume, assieme a una magnum di acqua benedetta pronta all'uso. E il Rossitto non la prese bene. Ma per nulla, anzi, a dire il vero la prese peggio di una badilata in faccia.

«Certo,» scodinzolava la Lorenzona «la Gigliola ha proprio un gran gusto: che belle cornici avevano i quadri del Rossitto! Roba fine, davvero! Le ho intraviste mentre Catellone te le spaccava in testa giù nel cortile! Per fortuna non ti ha preso con lo spigolo altrimenti sai che bernoccolo sulla piazzetta! E guarda che merletti questo ventaglio, che fantasia floreale... Non è che magari sta cercando di sistemarti con me? Eh, sì, la tua signora mamma ha proprio l'occhio lungo, ha fiutato l'affare, ha capito che per quanto ti atteggi a vecchio donnaiolo, una così non la rinnegheresti mica... Eh! Nichi Nichi, eh eh? Tu hai bisogno di mettere su famiglia, porcellino birichino!»

Esasperato com'ero, devastato dall'ennesima razione provvidenziale di metadone ottenuta di sgamo, dagli atteggiamenti di mia madre, nonché dalle ripetute corniciate prese dal Rossitto, un bel calcio nel culo alla Lorenzona sarebbe stato il modo migliore per chiudere l'argomento. Evitai, preferendo prenderla a male parole. Poi, mentre mi massacrava l'anima definendomi un bruto, un lanzichenecco e un volgare energumeno, seduto sul licit con un fazzoletto candido, le pulii le lacrime tenendola per mano, scusandomi, chiarendo che non era colpa sua. Amavo la vita, anche fra quelle quattro mura lerce; l'amavo perché ogni giorno imparavo a muovermi nei panni di un uomo e non di una specie di dandy strafatto, pieno di sé, anche se quella parte del mio io mi mancava da morire.

«Vieni qui Lorenzona, vieni che ti metto anche lo smalto... alle mani eh, non ai piedi, rimettiti subito il calzino! Cristo che schifo, ho detto alle mani!»

8

Quinto potere

Essendo diventato una specie di sindacalista corrotto, su consiglio della Lorenzona, presi a darmi arie da Marat. Mi occupavo del resto di faccende relativamente importanti ed ero considerato addirittura come un avvocato vero... cosa che nella vita reale mi era capitata raramente. Nelle acque putride del sistema carcerario, ove i più sparivano sommersi dalla melma della dignità perduta, ero un salmone controcorrente che risaliva indomito il fiume della vita. E tutti finalmente mi rispettavano.

«Aho, Avvocazzo, m'avevi detto che me facevi ave' 'na bbella tazza nova ar cesso! Ma qui non s'è visto gnente, che me voi fa' 'ncazza'?»

«Cifrosielli, ho già fatto istanza per codesta cosuccia, ma non ci contare troppo. Anche perché l'altra tazza l'hai scheggiata scagliandola addosso a un secondino...»

«A faccia de mmerda! Se er cesso non ariva entro subbito te faccio fòri!»

Insomma, facevo parte dell'establishment.

Poi un giorno, giunto al culmine della carriera di leccaculo, ebbi la possibilità di dimostrare al mondo quanto fossi finito in basso e lo feci addirittura in televisione. Un martedì qualunque, mentre mi occupavo di scrivere una complicata istanza per fare aggiungere la torta della nonna allo sparuto menù carcerario, ottenni senza averlo chiesto il quarto d'ora profetizzato da Andy Warhol.

La fama mi travolse in tarda primavera a seguito della morte di un detenuto diciottenne, impiccatosi in cella dopo pochi giorni di permanenza nel nostro grand hotel. Appresa la notizia, i giornalisti accorsero in forze per strappare un servizio sulle brutali condizioni di vita nella struttura infestata da topi e blatte parlanti, poliziotti violenti e bestie assassine. Gli imbrattacarte, orda di avvoltoi sui resti di Little Bighorn, giunsero in pompa magna coi pulmini, le telecamere e i microfoni pelosi: vennero Mediaset, Rai, Striscia la Notizia, Report, Sky e anche TV Prato (in mio onore, ma resto umile).

Accorsero con la speranza di essere accolti da Mickey e Mallory Knox, armati fino ai denti, barricati in cella con cento ostaggi incazzati come scimmie: «Un sacco di gente là fuori è morta e non lo sa e ha bisogno di essere liberata. E a questo punto arrivo io: il messaggero del destino».

E invece dovettero rinculare.

Ad attenderli infatti trovarono me, il tenero Nichi Moretti, posato come un peluche e deciso in tutto e per tutto a deludere le aspettative sanguinarie del pubblico pagante, comodamente stravaccato nella propria poltrona in prima fila. La situazione era calda: si trattava del terzo suicidio in un solo trimestre, e da tempo sul conto di quel santo del direttore circolavano certe dicerie davvero poco igieniche. Vistisi con l'acqua alla gola, i vertici carcerari dettero le giuste direttive e passarono a me la palla: ci voleva qualcuno che impietosisse i telespettatori, in grado di mettere due discorsi in fila, evitando l'ennesimo denigrante passaggio televisivo. Convocato d'urgenza, l'Avvocazzo sarebbe comparso davanti alle telecamere assieme al direttore e come un idiota avrei dovuto testimoniare la vicinanza dei poveri reclusi al nostro secondo padre che tanto si impegnava per dare una degna educazione alle pecorelle smarrite. Nessuno meglio di un recluso con la faccia da perdente avrebbe colpito l'opinione pubblica nel suo lato ipocrita. Per questo c'era Nichi Moretti: in caso di emergenza rompere il vetro.

Mi promisero un mezzo strappo al regolamento e se davanti alle telecamere avessi recitato a dovere la poesia di Natale, era fatta. Si trattava della mia occasione: mettere in piedi un'esibizione commovente, per godersi in santa pace una meritata vacanza. E fui davvero tanto tanto buonino.

«Signori, all'interno del carcere» affermai contrito con la mia faccia da imbecillotto «il regime è pesante, perché le nostre famiglie sono lontane e i nostri figli a casa soffrono la mancanza dei loro padri. Per quanto il direttore faccia del suo meglio, qui non ci sono mezzi economici per ricreare un ambiente accogliente. Il povero ragazzo, che si è tolto la vita, non ha retto allo shock di trovarsi anonimo in una struttura fatiscente, tutto qui. Questo deve far riflettere senza che la memoria del nostro giovane compagno scomparso venga infangata da bugie false e tendenziose, atte solo a screditare colui che ogni giorno fatica per noi. Perché è soprattutto grazie a quel santo del direttore, che ci considera tutti come figli, se ogni prigioniero si sente protetto, compreso e accudito.»

Mi dichiarai mortificato e alcuni miei colleghi del tutto ignari del significato delle mie affermazioni, annuirono alle mie spalle guadagnandosi la consueta mancetta. Il direttore a quel punto si disse dispiaciuto per la situazione ma, se anche i detenuti stavano dalla sua parte, lui non poteva proprio essere incolpato di nulla e davanti ai microfoni chiese assistenza allo Stato.

Il pubblico dei benpensanti che da casa mi giudicava semplicemente un peso per le loro tasche, un galeotto cencioso o, nella migliore delle ipotesi, un fallito sull'impossibile via della redenzione, si era bevuto tutto il mio falso messaggio e si commosse. Forse tutte quelle larve ammorbate davanti allo schermo innanzi al quale marcivano ogni sera avevano ragione di pensare questo di me, ma certo il loro parere era l'ultimo dei miei pensieri, e in sostanza, col mio riuscitissimo recital, avevo fregato anche loro.

La sera, a parziale ringraziamento per la grande prova di attore, ci furono recapitate in cella una bottiglia di vino buono e un mazzo di rose rosse per la Lorenzona, che il secondino ci consegnò, salutandoci con un volgarissimo: «A' froci!».

Quanta inurbanità.

9

Ciao amore ciao

Puntuali come un orologio a cucù di fabbricazione svizzera, il giorno successivo alla mia esibizione mi vennero concessi i bonus promessi: una stretta di mano a pesce morto dal direttorissimo e un gradito permesso di ben ventiquattro ore, da godersi a pieno nel tepore amicale della mia casuccia, coi sopravvissuti affetti. Chiaramente, nei piani dell'istituto c'era la volontà di premiarmi e ci saremmo dovuti rivedere all'indomani; invece nei miei, quello era assolutamente un addio. Magari mi avrebbero ripreso e trasferito ad Alcatraz, ma nel frattempo avrei cercato di farmi uccel di bosco, visto che un piano di fuga ben strutturato lo avevo in mente già da tanto tempo. Senza tradire emozioni attesi l'ora "x" poi, dopo gli impegni burocratici di rito, ebbi solo due parole per la Lorenzona, la quale, grazie al suo spiccato intuito femminile, aveva capito le mie intenzioni. La vita purtroppo costringe al gabbio una come lei e lascia fuori tanti figli di papà che non capiscono una mazzafionda, e anche per questo non smetterò mai di dire che il mondo è un luogo assolutamente ingiusto.

Guardandomi mielosa, prima che me ne andassi, la mia socia volle interrogarmi con timore e rassegnazione: «Non stai per fare quello che penso, vero?».

«No,» risposi serio «non vado a Casablanca a farmi operare. Però ecco, se non dovessimo rivederci nel breve periodo, perché magari mi venisse in mente di tentare una fuga, sappi che sotto la terza mattonella blu del gabinetto ci sono cinquanta euro che ho nascosto per le emergenze, che Menicucci del braccio F mi deve un favore importante e che a te voglio bene. Cerca di non fare cazzate e ti assicuro che ci rivedremo, un giorno o l'altro.»

Ci fermammo a guardarci mentre abbozzavamo entrambi un sorriso che a me uscì storto. Le braccia lungo il corpo, le ginocchia stanche, i vestiti addosso come cuciti nel marmo e un groppo in gola che mi impediva di parlare. Non fui in grado di dirle nulla di patetico com'era nelle mie corde, né riuscii a farle una battutaccia per sdrammatizzare, visto che il trucco già le rigava la faccia.

«Non piangere che ti si scioglie il fondotinta e ti fai brutta.»

Poi l'abbracciai forte, come si fa con una sorella, un antico amore o un grande uomo. Le stampai un bacio in bocca sussurrandole di resistere, guardandola negli occhi da vicino, badando bene a non farmi sentire da nessuno. Comunque fosse andata aveva l'indirizzo di mia madre, che si sarebbe presa cura di lei fin quando fosse stata dentro; poi una volta uscita, in qualche maniera l'avrebbe aiutata, o ammazzata… La Gigliola era fatta così, prendere o lasciare.

Poi una voce: «Avvocazzo muoviti che le ventiquattro ore scattano adesso».

10

Parenti serpenti

Uscii dalla casa circondariale attraversando i suoi gironi infernali, preceduto da una guardia tintinnante quanto San Pietro, che si congedò con una pacca sulla spalla, dopo avermi aperto il portone.

Il sole tagliava la faccia, faceva caldo e prima di prendere coraggio e andarmene definitivamente da quella topaia, inciampai un paio di volte nei miei stessi passi, realizzando che, uscito dal carcere, sarei tornato a sentirmi l'inadeguato di un tempo. Ma stavolta ero solo, anzi no.

Nel riflesso sferzante di quel mezzogiorno c'era un puntino lontano con le mani indaffarate a stringersi fra loro. Era mia madre, in piedi, nervosa e persa in un piazzale grande come il disastro che le stavo facendo vivere. Gli occhi piccoli, le scarpe col tacco basso appena rifatto dal calzolaio sotto casa, la camicia bianca e i capelli vaporosi aggiustati probabilmente coi bigodini la sera avanti. Non mi riconobbe immediatamente: malconcio, polveroso e privo di quei modi altezzosi che mi avevano da sempre contraddistinto, non sembravo io. Lei invece era uguale: l'avevo tradita ma era lì, affatto arrabbiata, a fare la mamma, sottile come una statua di Folon, con la borsa della spesa al braccio e lo sguardo miope a cercarmi nel nulla, accompagnata da poche sue colleghe, che coordinate dalla Gigliola ormai si muovevano in gruppo come le nonne di Plaza de Mayo.

Dopo la mia comparsata televisiva, fra le madri del carcere ero diventato una specie di celebrità, così, riconosciuto dalla mamma di Arturo Bettazzi (sedici anni sul groppone, ancora da scontare), entrambe le donnette si mossero verso di me con piccoli passi. La mia genitrice avanzava piano sgranando gli occhi, mentre con un fazzoletto ricamato si parava la bocca a soffocare un grido per rinnegare il pianto e contenere la gioia, fino a che quel fiume in piena ruppe gli argini dei sentimenti e il silenzio irreale che si era creato: «Nichi! Vieni a casa che ti ho comprato la svizzerina!».

A vederla in quello stato, metà donna della mala, metà *ultima neve di primavera*, restai stordito.

I miei genitori erano stati onesti lavoratori, timorati di Dio e dell'Erario e io stesso avevo avuto un'infanzia felice, circondato da persone sagge che avevano cercato di inculcarmi i valori dell'onestà, del buon senso e del lavoro. Persone che mi avevano insegnato l'importanza di costruirsi una posizione col sudore della fronte, tenendomi nascoste le malizie del mondo per farmi crescere puro, illibato e giusto. Persone oneste e sincere che tutto si sarebbero aspettate da me, tranne quello che stavo vivendo.

Ma quella gente, mi dicevo, quelle teste di minchia che mi avevano fatto crescere scevro di disonestà, quegli idioti patentati che avevano cercato di inculcarmi l'onestà e l'abnegazione, ma non sarebbe stato meglio se si fossero bellamente fatti i cazzacci loro? Perché invece di rovinarmi la vita dicendomi: «Nichi, non rubare, non ti drogare, non andare con le donnacce, lavora sodo e non fare bischerate che sennò Gesù piange» inibendo così il mio lato migliore, più fantasioso e sincero, non mi avevano onestamente detto: «Guarda demente che in galera si sta male e visto che si vede lontano un miglio che voglia di lavorare non ne hai e che fra te e il primo della classe ci passa di mezzo tutta una scolaresca, allora fatti furbo, diventa un delinquente coi controcoglioni prima che sia la vita a scattivarti. Bada bene, piccolo Nichi, devi diventare un bandito di quelli che fottono tutti, compresi i propri complici, che non si fanno scrupoli e men che meno si fanno incastrare dagli sbirri. Perché tu non hai le capacità per fare una vita onesta e dignitosa: hai trovato una laurea nelle patatine e ringrazia la Madonna di Bocca di Rio per la fortuna che hai avuto, ma per carità, non spingerti oltre! Lascia stare la carriera, che gli avvocati sono gente ordinata, precisa, attenta, noiosissima e puntuale, mentre tu sei capace di perdere una pratica anche se te l'hanno appena ficcata su per il buco del culo col fascicolo e tutto. Diventa un malvivente e spara a chi ti vuole male, senza pietà e senza rimorso».

Magari, se queste persone, che spero tanto si sentano la coscienza sporca come la toilette di un autogrill sulla Salerno-Reggio Calabria a Ferragosto, mi avessero messo in guardia dai veri pericoli dell'esistenza terrena, magari, dicevo, il mio arco vitale non sarebbe stato funestato dall'esperienza carceraria. Forse, se quella masnada avesse taciuto o mi avesse instradato nella direzione giusta, quella mattina non sarei stato lì a piangere e a fare la figura del disgraziato con quelle madri di mezze tacche di delinquentelli a congratularsi per la mia telegenia, a dirmi bravo bravissimo e a darmi pacche sulla schiena con mani putride che la più educata di loro come minimo aveva fatto la puttana in un bordello vietnamita.

E va be', ero uno dei tanti rovinati dalle cattive compagnie.

Salutai tutte con deferenza e rimasi solo con mia mamma, l'abbracciai stretta e le dissi che le volevo tanto bene, tentando di ignorare il fatto che in fondo stessi ghermendo la temibile giustiziera di mia nonna.

11

Floquet de Neu

Mi bastarono poche ore per riabituarmi alla vecchia vita. Dopo un fugace assaggio del focolare domestico, al fine di non deludere i miei fan più sfegatati, come da programma feci in modo di sparire dal palcoscenico. Alla mia cara genitrice non lasciai che un bacio in fronte, una buona dose di Xanax mescolato a tradimento con l'acqua minerale e un pizzino sul quale laconico non vergai che:

L'uccellino è volato a casa; sognalo libero e felice.

Distruggi questo biglietto e quando ti svegli cerca di non uccidere altri parenti.

La vecchia al risveglio capì l'antifona e ne gioì. In fondo aveva un alibi di ferro grazie al figlio problematico che prima di darsi alla fuga l'aveva sedata a dovere. Quella donna aveva una vita interessantissima e carica di emozioni, mentre a me non succedeva mai niente di eccitante.

Per porre fine al mio immobilismo, fuggivo a Barcellona, o almeno ci avrei provato. Dovevo solo eludere la sorveglianza di due carabinieri piazzati davanti alla porta di casa e trovare un mezzo di trasporto anonimo che reggesse un viaggio di un giorno intero… Il tutto sperando di non farsi bere, strada facendo.

Certo, mi dissi, se sui fedeli nei secoli da sempre scrivevano le barzellette, un motivo ci sarà pur stato e quello sembrava il momento giusto per sincerarsene una volta per tutte. Fosse andata male, mi avrebbero spedito in gattabuia rinchiuso con la chiave di cioccolato e una pesante condanna da scontare; fossi invece riuscito nel mio intento, chi lo sa cosa mi avrebbe riservato il futuro: magari sarei finito rapito, ricattato, arruolato nella legione straniera e ucciso in terra d'Africa, ma almeno sarei morto da un uomo libero. Per questo dovevo provarci. E poi vivere a Barcellona era da sempre un sogno irrealizzato per via di quel noiosissimo hobby di fare l'avvocato che mi prendeva troppo tempo rispetto a quel che rilasciava in termini di felicità. Adoravo la freschezza del suo mare, la cantilena cittadina, i colori dei viali alberati e il gusto inconfondibile dei *churros* mangiati per strada.

Per questo ogni volta che mi era stato possibile vi avevo fatto tappa, anche solo per qualche giorno, per sentirmi libero e ritrovare quella gente che in una precedente vita probabilmente era stata la mia. Talvolta ero partito solo, in altre occasioni con il consueto manipolo di amici gaudenti per vedere le rose di Sant Jordi, la processione di Santa Eulalia o semplicemente per fare quattro passi in un luogo al quale avevo sempre sentito di appartenere anima e core. Barcellona, la città del Tibidabo, della Diagonal, del Raval, del Born, dei social club, del Bar Leo e di Copito de nieve, il defunto gorilla bianco.

Spesso da quelle parti ci ero andato con Biancaneve, il mio amico traditore dall'accento francese, la madre di tutti i miei mali: quello che mi aveva mandato al fresco senza spiegarmi il motivo di tutta la sua cattiveria, e per questo quella città sapeva anche un po' di lui. A noi piaceva lo stile di certi locali alla moda, come il Café Royale o il Melao, i nostri covi abituali, ma non disdegnavamo neppure posti più popolari come il Bar Marsella, la Confiteria o il Kentucky nell'Arc del Teatre, esattamente nel vicolo dove Zafón aveva collocato il suo cimitero dei libri dimenticati. Ci sedevamo, si ordinava qualcosa di forte, si parlava e si dava il via alla grande bolgia che a volte durava giorni e giorni.

Ma Barcellona non era solo sballo, alcol e donne. Barça era anche un'accogliente parentesi di pace, un *buen retiro* dove riflettere, riposare e vivere la vita a un ritmo ideale. Allora capitava che si andasse al Nacional o al Velodrom, in Passeig de Gràcia a parlare di calcio, di vita, di donne e di morte con quei vecchietti che facevano parte dell'arredamento del locale e bevevano con noi. Si parlava d'amore e di passioni, di invecchiare e morire dopo anni di avventure. Si passeggiava di notte nel Raval Alto o sul lungomare, camminando fino al piazzale dell'hotel W, davanti all'immenso blu, finendo a fumare l'ultima sigaretta alle sei del mattino appoggiati al gatto gigante di Botero nel bel mezzo della Rambla de Raval.

Era in quei momenti appannati che ci sentivamo amici veri, legati da un destino comune e origini agli antipodi. La nostra complicità, nata per strada e maturata col tempo, trascendeva ogni genere di rapporto e situazione, varcava i limiti delle classi sociali, delle origini e del pensiero comune.

Per questo, quando durante il processo mi aveva accusato di reati che non avevo mai commesso, tacendo a mio discapito le responsabilità dei suoi complici che avevano ordito, rubato e ucciso senza remore, avevo taciuto: perché in fondo, fino alla condanna avevo sperato con tutte le mie forze che dietro quell'atteggiamento ci fosse un disegno intricato per sgravarmi in ultimo di tutto quel male. Lo avevo visto parlare di quelle infamità che mi si addossavano, con lo sguardo basso, mentre il suo difensore, uno stronzo di viterbese enorme, avvocato dei Vip, lo scagionava botto botto da ogni colpa con disarmante facilità. Si era vendicato del mio benessere, delle mie passioni e di certe altre storie che ci riguardavano da vicino. Innanzi a tanto sconfortante disprezzo, preferii non reagire. Non fui uomo o forse lo fui davvero per la prima volta: sapevo di non avere il fisico per la galera e tantomeno per entrarci da infame. Se non altro, il mio silenzio mi sarebbe valso il rispetto dei colleghi e un giorno magari con Biancaneve avremmo risolto la faccenda come in uso fra gentiluomini.

12

Grace Kelly

Tornando alla mia dipartita, non fu difficile eludere il controllo dei fedeli nei secoli. In pratica, novello John Robie, fuggii attraverso il tetto sgattaiolando sereno, dopo aver commesso il crimine più umiliante della mia vita: ripulire il gonfissimo borsellino della mamma.

Al posto dei quasi mille euro che la vecchia teneva in saccoccia, misi un biglietto con una sola parola: "pagherò!" e sotto vergai un cuore.

Il sistema di fuga escogitato non era complesso e proprio per questo poteva funzionare.

Bastava arrampicarsi per il vano ripostiglio svitando l'intercapedine di un pertugio nascosto da un muro di cartongesso, vecchio tentativo di abuso edilizio messo in opera dalla buonanima di mio padre (il crimine che ve lo dico a fare, faceva parte del DNA di ognuno dei miei familiari), e il gioco era fatto.

Attraverso quel passaggio si arrivava in soffitta e da lì, un abbaino faceva accedere al lavatoio condominiale. A quel punto era sufficiente non guardare in basso e saltare sul tetto dell'edificio adiacente, per trovarsi d'incanto allo stato brado.

Anni e anni di nascondino fra i palazzi sapevo che prima o poi sarebbero serviti a qualcosa!

La porticina del fabbricato dirimpetto a quello di mia mamma era perennemente aperta per via della serratura scassata ed entrare nel condominio era un gioco da ragazzi. Presi a quel punto l'ascensore e senza incontrare nessuno scesi indisturbato nel vano garage dell'edificio.

Effettuato un rapido giro, individuai il mezzo che mi avrebbe portato alla libertà: la macchina di Azzolino Baldassini, un vicino di casa di quelli che avevano goduto e straparlato a ruota libera del mio scandaloso arresto. Per questo, per la bella abitudine di andare al lavoro in bicicletta di cui il cretino si vantava coi vicini e con mia madre e per quel nome a bischero, Azzolino, meritava di essere punito. Lo scarso uso della vettura mi consegnò un mezzo in perfette condizioni, donandomi oltretutto un pomeriggio di vantaggio senza che il ciclista derubato si trasformasse in perfido delatore.

Il rombo del motore era vita e io, fuoriuscito da Coiano senza dare nell'occhio, imboccai l'autostrada al casello di Prato Ovest e attraverso la strada tùtta curve e gallerie, dopo qualche ora fatta di sudore e Isoradio, arrivai nel paese di Balzac: intercapedine piana fra il carcere e il paradiso iberico.

Ero in fuga.

L'autostrada feroce si mangiava la Costa Azzurra, la Provenza, la Camargue, tutto scorreva: nastro veloce fatto di alberi, fabbriche, macchine e grill mentre io continuavo a ridere, incapace di calmarmi, con lo stupore dei villeggianti per lo più tedeschi che mi sorpassavano diretti negli arenili catalani e che non si stavano godendo il viaggio quanto il sottoscritto in quel beato momento.

Non stavo andando in ferie, stavo andando e basta, mi stavo muovendo alla volta della mia nuova vita. La polizia mi sarebbe stata alle calcagna e i Mossos d'Esquadra non erano certo un gruppo di simpatici buontemponi, ma a loro ci avrei pensato a tempo debito.

Percorsi i mille e passa chilometri che separavano casa fino alla Spagna in poco più di dodici ore, senza soste, pisciando in una bottiglia di plastica per evitare fermate inutili e telecamere curiose negli autogrill. Guidai indefesso verso la meta e giunto in Spagna i miei nervi si rilassarono. Varcato il confine, sentii un senso di spossatezza pervadermi l'anima, una sorta di appagamento nonostante l'adrenalina scorresse nelle mie vene in grumi grossi quanto piattole sudamericane. Fu grazie a quel brulichio se una volta entrato in Spagna mi diressi a Barcellona senza cedere alla tentazione di riposarmi ai margini dell'autostrada. Non scesi a compromessi, non feci sosta alla Jonquera, né a Girona: un uomo che dorme in macchina può destare sospetto in un piccolo centro. Strinsi i denti e arrivai in città poco prima di crollare, quando la testa iniziava pericolosamente a ciondolare.

Sentii l'odore della mia città a circa dieci chilometri dal Puerto Olímpico, dopo aver attraversato la prima periferia cittadina, e mi commossi. Piansi la mia disperazione, la libertà fittizia, la piccolezza umana e fui assalito dai rimorsi: stavo facendo la cosa giusta? Mi stavo condannando da solo?

Ormai era tardi per dubbi e ripensamenti, mi asciugai gli occhi, pensai alla Lorenzona che sicuramente sarebbe stata fiera di me e che un po' mi mancava e poi lanciai un urlo dentro l'abitacolo, per cacciar via ogni male battendo felice la mano sul volante.

Stavo meglio, come Lazzaro che si alza dal sudario. Ero a casa, ero un altro, ero libero, ero un adulto lasciato in una cesta ai piedi del monte che sovrasta la città, pronto a redimermi ma anche a cogliere ogni tentazione: «*Haec tibi omnia dabo, si cadens adoraveris me*».

13

Cos'è il genio?

Parcheggiai dalle parti della torre Glòries, siluro rilucente piazzato all'entrata della città: c'era il sole, strade piene di gente in pantaloncini e infradito, le ragazze a gruppi con il telo da mare sottobraccio, l'odore dei platani, il consueto chiasso. Frugai nel bagagliaio; il buon Azzolino aveva come da prassi in bauliera un drappo per coprire la macchina con tanto di elastico e copri targa in plastica rinforzato (certi accessori sono fondamentali per gli sfigati di prima categoria). Rivestii dunque il bolide prima di rientrare a bordo, buttai giù i sedili e nel buio dell'abitacolo mi sentii al sicuro come un merlo in gabbia, cadendo spossato in un sonno profondissimo.

Quando mi svegliai era giorno fatto. Riaprii gli occhi che era l'ora della corrida, mi stirai, sorrisi arruffato e capii di stare meglio, sentendo di esser pronto ad affrontare nuove mirabolanti avventure di squallore inarrivabile. Dovevo trovarmi un posto dove vivere, al sicuro dalle forze dell'ordine, senza spendere troppi soldi.

Non era uno scherzo, avevo un progetto assurdo: in città c'era qualcuno che avrebbe potuto accogliermi, solo che ancora non immaginava niente di tutto questo. Si trattava di un'idea balzana, la più rischiosa, folle e idiota che potesse esserci: ci avevo pensato per mesi e ritenni proprio che per i motivi anzidetti fosse la trovata migliore, o quantomeno quella che maggiormente poteva attagliarsi al sottoscritto.

Per quanto assurdo, avrei chiesto ospitalità ai cugini di Biancaneve, che avevano un appartamentino in centro: un posto non proprio signorile, ma a occhio confortevole. Non ricordavo nemmeno il nome dei componenti di quella banda di malfattori, però era gente a modo che entrava e usciva dal carcere con regolarità e che certamente avrebbe avuto un giaciglio libero per il povero Nichi. In fondo non si sarebbe trattato di una sistemazione definitiva, solo di un breve intermezzo atto a far calmare le acque in cui stavo sguazzando. Nessuno mi avrebbe cercato lì, e quei signori, dettaglio non trascurabile, mi dovevano più di un favore, visto che in passato grazie ai miei agganci avevano fatto buoni affari spacciando ogni sostanza ai miei amici di passaggio. In più il loro stesso cugino, Biancaneve, quel gran figlio della puttana di Babilonia, mi doveva qualcosa, visto che mi ero fatto il collegio al posto suo senza fare un fiato. Dunque, sebbene li conoscessi appena, v(i)olenti o nolenti, quei signori avrebbero dovuto accogliermi nella loro magione e trattarmi come un reuccio.

L'idea era splendida: quale poliziotto mi avrebbe cercato proprio a casa dei parenti del mio accusatore?

14

Back in black

La prima impressione fra persone di una certa schiatta è sempre importante.

Per questo al primo impatto col mio nuovo padrone di casa ritenni fondamentale un imprinting di un certo livello. Dai miei ospiti avrei potuto aspettarmi di tutto, a partire dalla calda accoglienza baci abbracci e lingua in bocca, fino a un tragico bagno di sangue col sottoscritto come agnello sacrificale.

Dunque dovevo agire con decisione. I musi neri si erano stabiliti nel Barrio Chino a due passi dal Raval, un tempo ricettacolo delle peggiori figure della delinquenza cittadina. Questo rendeva meno signorile il quartiere, ma contribuiva a farmi sentire ancora più a casa in quel barrio meraviglioso.

Il posto del resto era sempre stato il mio preferito per scorribande notturne e avventure picaresche, essendo rimasto una deliziosa feccia puzzolente, infestata da ristoranti di "serie Z", parrucchieri pakistani con licenza di minimarket, locali improvvisati e androni condominiali dal molteplice utilizzo di dormitori, pisciatoi, e piazze di spaccio. Un paradiso.

Prima o poi i Caterpillar distruggeranno quel ben di Dio e le prostitute che pascolano nei vicoli verranno cacciate come i mercanti dal tempio, solo che a fare la voce grossa non sarà il figlio di Nostro Signore, ma una compagnia di costruzioni che gentrificherà il quartiere, sancendo la fine di un'epoca.

Scevro da pensieri infausti mi recai tosto all'indirizzo dei miei ospiti con modi gentili, a mani vuote ma con l'aria indifferente di chi vuol fare una bella improvvisata a dei vecchi amici. Suonai lungamente il campanello, fin quando Pasqal aprì la porta e io sorrisi placido mentre il tipo, con due Samsonite da duecento litri appese agli occhi, provava a focalizzarmi, nel pot-pourri delle sue idee confuse. Poi un lampo e qualcosa parve sovvenirgli. Mi guardò da tutti i lati, si grattò la zucca, fece una di quelle espressioni come se stesse cercando un oggetto introvabile dentro un sacchetto vuoto e finalmente ebbe l'illuminazione: «Nichi… Sei tu?».

«Ta-daaan!» risposi allargando le braccia, prima di donargli il mio sorriso migliore. «Son proprio io!»

Non nascondo un attimo di silenzio imbarazzante, cosa che ho sempre odiato, ma per non dar peso alla circostanza, non badando a spese, vuotai il sacco tutto d'un fiato e senza inutili giri di parole. Spiegai che il suo consanguineo ben vestito mi aveva inguaiato e che il sottoscritto aveva immediata necessità che qualcuno riparasse a quel compromettente atteggiamento. Con le buone raccontai il mio malumore, dissi che avevo bisogno di cavarmi dai pasticci e che mi aspettavo un trattamento dignitoso e cordiale da parte sua, visto che a parti invertite avrei fatto lo stesso (e questo non era vero per un cazzo, naturalmente).

Al moretto e ai parenti di eguale cromatura non restavano che due possibilità: spararmi in bocca e seppellirmi in una discarica o accettare di buon grado il mio ricatto. Perché di quello in fondo si trattava: un'estorsione bella e buona, mascherata da richiesta amichevole in nome dei vecchi tempi.

Sulle prime il tizio sembrò non scartare seriamente nessuna delle due opportunità, con prevalenza forse della prima opzione sulla seconda; poi, magari per pigrizia, spinto forse da istinto caritatevole o per penuria momentanea di pallottole e sacchi neri, si scostò dalla soglia facendomi cenno di entrare: «Hurrà!».

Ufficialmente accolto nella famigliola divenni il maledetto muso pallido di un club esclusivo formato da Pasqal, dalla di lui sorella Ramona e da altri due cazzi lunghi di cui non ricordavo nemmeno il nome, però chi se ne frega, ero salvo! A mio modesto parere non solo non c'era di che lamentarsi, anzi, ero proprio un ragnetto felice nella tana confortevole di mamma tarantola. Gli accordi furono chiari da subito: nemmeno un fiato riguardo al sottoscritto, tantomeno con Biancaneve, il quale sarebbe stato avvertito della situazione al momento debito e solo in caso di improcrastinabile necessità. Le sue visite da quelle parti non erano mai state frequenti, e semmai, quando si sarebbe fatto vivo, ci saremmo chiariti. Nel frattempo decidemmo di non importunarlo con bagattelle e pinzillacchere, anche perché in fondo manco loro parevano aver troppa voglia di rivedere il congiunto altezzoso.

A questi prima o poi ci avrei dovuto pensare, ma nel frattempo era meglio non correre rischi e lasciare al tempo il compito di lenire certe ferite, prima che il carissimo cugino ne aprisse magari delle altre nel mio corpicino innocente a suon di coltellate e sganassoni.

«E poi» dissi per corroborare la mia tesi già credibilissima «il telefono del cuginetto è sicuramente sorvegliato dalla polizia e non è il caso di rischiare. Fra noi c'è stato solo un piccolo malinteso, roba da poco che risolveremo con un abbraccio quando ci rivedremo.»

Naturalmente non credettero affatto alla mia versione, ma biascicarono qualcosa di somigliante a una bestemmia e mi lasciarono vivo *sine die*.

Nessuno voleva storie con la giustizia, ed essendo i miei coinquilini tutti davvero troppo pigri per approfondire la vicenda, in qualche maniera si convinsero che la presenza di un fuggiasco in casa loro non fosse di malo auspicio.

Questo perlomeno speravo io.

15

I am an antichrist
and I am an anarchist

L'ultimo legame con la madre patria era l'automobile che mi aveva condotto fin lì e disfarsene rapidamente era un fottutissimo imperativo categorico. Azzolino, quella merda coi polmoni, sicuramente aveva sporto denuncia per il furto e i gendarmi del bel paese, fatti i loro conti, sicuramente già stavano dando la caccia al veicolo che li avrebbe portati dritti al povero cardellino in fuga.

Dovevo disfarmene subito.

Bruciarla era pericoloso, sebbene facesse molto B movie anni '70: e in fondo chi ero per imporre la mia mascolinità incendiaria a quella meraviglia della tecnologia? Scevro del freddo carisma dei killer da film (non somigliavo affatto a Henry Silva), abbandonai la pur pratica ma pittoresca soluzione caliente. Neppure lasciare il veicolo semplicemente al proprio destino in città pareva saggio, anzi quella era proprio l'idea più sbagliata: una volta rintracciata l'auto, avrebbero iniziato a cercarmi proprio da queste parti e al momento non potevo permettermi di concedere questo vantaggio ai miei avversari. Allo stesso tempo, e per i motivi di cui sopra, non potevo rivenderla, anche se un po' di grana avrebbe di certo fatto comodo alla causa. Così mi convinsi che l'unica maniera per disfarsi di quel meraviglioso prodotto meccanico, era farne dono a qualcuno messo addirittura peggio di me. Il che non era nemmeno facilissimo visto che al momento, peggio del sottoscritto non riuscivo a immaginare nessuno.

Serviva un soggetto che avesse bisogno di una vettura per una fuga improvvisata o per un viaggio senza ritorno e che si portasse via il fardello al posto mio.

Riflettei: da quella benedettissima città, qualche disgraziato doveva pur aver voglia di partire, dunque tutto stava nell'incontrare colui che si sarebbe preso il pacchetto a scatola chiusa, senza far domande. Fumata una canna d'erba Buddha Grass in compagnia del buon Pasqal, col quale avevo stretto un subitaneo patto di fratellanza basato sul buon gusto e l'omertà, mi recai poscia alla *salida* autostradale, percorrendo i viali assolati della B20. Ero un fuggitivo che occultava il corpo del reato, e per due minuti mi sentii un criminale. Parcheggiato poco prima del casello autostradale, mi misi a gironzolare per quei paraggi in attesa di incontrare un autostoppista o qualche fricchettone appiedato che potesse manlevarmi. Aspettai per delle ore, si fece sera e attesi, attesi e attesi ancora, fin quando, verso le undici, preceduto da tre cani rognosi e un pesante afflato di capelli putridi, Babbo Natale si presentò al mio cospetto travestito da punkabbestia: «Oh oh oh oh oh!».

Mi piangeva il cuore nel regalare quel tripudio di pulizia e meccanica a una pletora di sudicioni puzzolenti dalle zazzere variopinte, abitate da una quantità tale di specie animali da poterci fare due puntate speciali di Super Quark.

Eppure dovetti farlo.

Prima di abbandonarla al suo destino, spolverai con cura quella meravigliosa Duna Station Wagon edizione limitata: il nylon dei sedili posteriori era ancora intatto come il giorno del suo collaudo e i tappetini nuovi di zecca li scossi io stesso con cura, per esser certo di consegnarla con tutti i crismi ai miei soccorritori. A quei romantici portatori di malattie epidermiche e odori indimenticati, offrii i miei gioielli (la macchina e un arbre magique al gusto mughetto, che appesi dopo averlo rinnovato innanzi ai loro occhi cisposi), stringendogli la mano con maschio e italico vigore prima di consegnargli le chiavi con le dita messe a okay.

Era tempo di partire, poiché in questa vita non siamo altro che passeggeri... anche se io a quel punto ero rimasto semmai parecchio a piedi. Giunti al commiato, dopo aver controllato che i documenti della vettura fossero in regola, ci guardammo dritti negli occhi e, trasognanti, i cerberi sporchi mi ringraziarono nel loro idioma: «Hasta la vista, Azzolino!».

Nel dirmi questo, una goccia di saliva partì dalla bocca sdentata del capo punk, fluttuando nell'aria fino a imperlinare la mia Lacoste blu sbiadito proprio all'altezza del primo occhiello. Commosso, anche da quel bel gesto carico di significati e vibrioni che ci aveva resi più intimi, a lui e alla sua ghenga non chiesi neppure un passaggio verso casa (quell'abitacolo era troppo piccolo per me, i cani, le loro pulci, le pulci dei loro padroni e le nostre flatulenze riunite) preferendo percorrere la strada a piedi e da solo, piuttosto che soffocare in loro compagnia.

Andavano in Olanda, forse a commerciare in pidocchi o in malattie veneree, sicuramente a fumare l'impossibile. Al momento mi convinsi che tutto quello che avrebbero combinato era certamente per una buona causa, e fui fiero di aver contribuito a mio modo al loro percorso di vita. Congedandomi mi inchinai con fare solenne e raccomandai caldamente una guida prudente e che ogni quindicimila chilometri fosse fatto il cambio dell'olio e dell'acqua.

«D'inverno mettete il liquido o il motore si spacca...» tentai di spiegare, ma per farmi intendere dovetti gridare, perché i punk erano già partiti a manetta come Nigel Mansell a Interlagos. Li vidi salpare a tutto gas noncuranti della frizione appena rifatta e delle gomme un po' consumate; poi, malinconico, mi allontanai nel tramonto di Barcellona, solitario come "*The Lone Ranger*". Le auto che mi passavano accanto notavano di sguincio un povero straccione senza patria che agli argini della superstrada lottava contro l'asfalto ancora caldo e la luna piena a confondergli le idee.

Quella notte, per festeggiare la libertà ritrovata, mi concessi una serata romantica andando a caccia di prostitute nella zona dell'Hospitalet de Llobregat.

I tempi di Andoni el Zubi, di Cruijf e Luis Enrique con la maglia 21 erano lontani, ma nella capitale del bel calcio, in notturna mi concessi una splendida doppietta contro una pari età nigeriana. La mia schifosissima vita in quel momento, pensai, non faceva neppure tanto schifo e trotterellando verso casa ebbi addirittura voglia di cantare.

Freeeee, as a bird... It's the next best thing to be... Free as a bird!

16

La Ramona che entra in campo

Rincasai con la metro alle cinque del mattino, comodamente adagiato su una poltroncina anatomica di plastica sporca. Come compagni di ventura, sulla destra una tuta blu: barba di tre giorni, aria stufa e l'espressione disillusa, a sinistra una ragazza bruttina, caviglie abbondanti, occhiaie appena accennate, due belle tettone un po' molli e l'occhio stanco. Entrambi viaggiavano zitti a un palmo dal sottoscritto, facce opposte della medaglia: chi produce e chi spende, chi ha un futuro e chi è già pronto per il capolinea, chi sta per andare a letto e chi si è appena svegliato. In mezzo c'ero io con l'espressione soddisfatta da puttaniere appagato.

Scesi a Drassanes fischiettando, dopo aver dato un'ultima sbirciata alla pulzella, e salii gli scalini della metro due a due, con l'entusiasmo di un cucciolo che gioca a palla. Vidi la prima luce, un brivido di freddo mi percorse e mentre strofinavo spalle e avambracci per riprendere la mia temperatura, annusai l'aria del mare riempiendomi i polmoni di meraviglia. Il museo navale sonnecchiava, la città si stava scrollando il lenzuolo di dosso e il mercato già brulicava. Volevo urlare al mondo che ero libero, lo stavo realizzando ed era magnifico. Non potendo gridare, buttai un occhio all'immenso blu che mugghiava a due passi oltre la Ronda del Litoral, prima di dirigermi a casa, col cuore gonfio.

L'androne condominiale era aperto, varcai dunque la soglia indisturbato, feci le scale e mentre cercavo le chiavi sotto lo zerbino, attirato da un rumore di tacchi, alzai lo sguardo e vidi la luce: Ramona, la sorella ventenne di Pasqal stava rincasando.

Nei vari pellegrinaggi ispanici mi ero sempre tenuto a distanza da quello scarafaggificio ammuffito, alloggiando con Biancaneve in luoghi decisamente meno infestati, e avevo badato poco alla crescita di Ramona, che avevo intravisto solo un paio di volte qualche anno prima e che nel frattempo era diventata una donna. Inoltre al mio arrivo, mentre con Pasqal facevo il debutto in società, lei stava dormendo e non ci eravamo incontrati, quindi non avevo idea di che aspetto avesse. In quel momento però ce ne stavamo proprio l'uno innanzi all'altra.

Ed era bellissima.

I capelli raccolti in una lunga coda, fianchi perfetti, indossava scarpe col tacco alto e una camicetta viola aperta fino al terzo bottone. E da quello scollo, da quei seni che si lasciavano solamente intravedere, era come se provenisse un calore di donna mai sentito. Un alito caldo, un potente afflato di rose, un vento tropicale, una calura estiva che soffiava a ogni sguardo, un tepore ammaliante, una callara che nemmeno l'altoforno dell'Ilva di Taranto.

«Tu saresti l'amico di Biancaneve?»

«Nichi Moretti» biascicai intimorito.

«Mi ricordo vagamente di te. Io comunque sono Ramona...»

«Immaginavo, piacere mio.»

«Tu russi la notte?»

«Eh, come? No, no, figurati, sono silenziosissimo. Mi basta concentrarmi un secondo e non faccio nessun rumore. Comunque se ti infastidisco, mi dai una spintina e smetto subito.»

«Perfetto! Allora inizia a concentrarti, che sono sfinita!»

«Affare fatto!» Replicai pensando che con quel pezzo di sventola accanto avrei preso sonno minimo dopo quindici giorni, anche se mi avessero iniettato il Roipnol direttamente nel cervello.

In ogni caso il tempo per abituarmi alla sua presenza non sarebbe mancato: da quella notte avremmo dormito nella medesima camera, come stabilito il giorno avanti da Pasqal.

Giuro.

E quanto aveva insistito il moro perché soggiornassi con la sorella in quei quattro metri quadrati scarsi! Perché, parrà strano, ma non fui io a offrirmi di dividere in tutta promiscuità l'ambiente notturno con quel pezzo di sventola: alla vita ci tenevo e a volte una coltellata in certi ambienti te la rifilano per molto meno. Furono invece i cari parenti a spingermi in quella fetida alcova. La faccenda sulle prime mi lasciò del tutto indifferente: immaginavo Ramona poco più che adolescente e non avrei mai pensato di trovarmi davanti quell'autostrada di cosce. Una volta incontrata dal vivo però la faccenda prese tutta una piega differente, e la notte mi accolse eccitato come una lepre siberiana nel bel mezzo della stagione degli amori.

Col senno di poi avrei dovuto riflettere sul fatto che anche all'ospitalità ci doveva pur essere un maledetto limite, e che, in quella circostanza, tale demarcazione era stata ampiamente superata, ma ripeto: quando mi proposero la cosa, avevo delle importanti incombenze da svolgere (rifilare a qualcuno la macchina e poi andare a troie) e l'inturgidimento di certe parti anatomiche spesso non presuppone la disponibilità ad ascoltare consigli e prescrizioni altrui. Quindi tesi a minimizzare il significato delle parole di Pasqal, peraltro del tutto stonato, e mi dissi che ci avrei pensato a tempo debito. In tutto i fratelli neri si erano limitati a dirmi: «La stanza è questa, tu dormi con Ramona… sempre se ci riesci!» e una risata generale aveva accompagnato la frase. Fingendo indifferenza ricambiai il sorriso e ci misi una pietra sopra. La ragazza – immaginai – è affetta da sonnambulismo, oppure russa e fa il rumore di una Cinquecento Abarth in salita o peggio ancora è affetta da aerofagia e meteorismo e trascorre le notti beandosi delle sue flatulenze. Vorrà dire che in quel caso le terrò testa!

La storia però non stava troppo in piedi: avessi come sorella un pezzo di fica del genere la metterei in cassaforte, non nel letto gemello di uno con la mia reputazione che per di più si è appena fatto la galera e non vede una donna da secoli. Cominciai allora a pormi domande più serie: possibile avessero usato quel tono ridanciano per farmi intendere le attitudini erotiche della congiunta? Che fosse ninfomane? Però addirittura bearsi di questa attitudine e offrire in pasto al primo venuto la sorella, mi sembrava un po' forte come idea. Magari però era una furia del materasso e mi avrebbe rivoltato come un calzino. A quel punto avrei davvero ricominciato a credere in Dio, e nonostante il suo difettuccio di fabbricazione fra noi sarebbe anche potuto nascere qualcosa e col tempo forse sarei addirittura riuscito a cambiare la sua indole, trasformando in aneliti d'amore certi istinti erotici bestiali.

La faccenda richiedeva ponderazione e nel frattempo era meglio ambientarsi, anche perché lei non mi si filava di pezza:

si era lavata i denti, gettata di schianto sotto le lenzuola e già ronfava di brutto.

Ninfomane e letargica.

Constatato il fallito arrocco, rinfoderai i discorsi filosofici rimandandoli al mattino e caddi spossato nel sonno dei giusti fino a quando a ridestarmi fu il rumoroso eloquio di un passante maleducato. Dalla finestra aperta, una risata mi diede infatti la sveglia suscitando in me il cattivo. *Maledetto bastardo,* pensai, *ora chiamo la guardia e vedi se non ti faccio passare un guaio!*

Lustrandomi gli occhi constatai con un certo stupore di non essere più all'interno dell'istituto di pena, bensì in un posto più squallido e mal messo ma privo di sbarre e mi sentii riavere.

Sorridendo pensai che nel carcere certamente sapevano già tutti della mia fuga, e il povero direttore forse stava passando dei gran guai per colpa mia. E la Lorenzona? Chissà che chiacchiericcio nei corridoi… Da regina della ciarla qual era, ora poteva addirittura vantarsi di aver dormito accanto a un fuggiasco. E il boss Nicosia? In fondo anche lui un paio di volte aveva tentato di darsela, e il fatto che io ci fossi riuscito da solo, sicuramente mi rendeva un dritto ai suoi occhi.

Ripresomi dallo shock di esser libero, non avevo fretta di alzarmi, continuai per un po' a godermi il dolce tepore del mio lettino puzzolente; poi, attratto dal rumore soave del respiro di Ramona, mi misi ad osservarla. Era sdraiata come una venere, stravaccata molle a un palmo scarso dal mio naso nel lettino gemello. Slanciata come un'antilope, aveva lunghi capelli neri, alcuni dei quali raccolti in piccole treccine bionde che ricadendole sul seno destro ne disegnavano una forma graziosa, perfettamente rotonda. Dormiva con addosso una t-shirt celeste e il suo aspetto era quello di una bellissima bambina nera, innocente e allo stesso tempo scandalosa: le sue labbra carnose lievemente socchiuse avrebbero costretto a un brulichio di pensieri sconci anche l'uomo più probo, mentre le sue gambe lunghe e tornite somigliavano a quelle delle amazzoni guerriere sui libri di storia. Quanto ai suoi capezzoli neri e puntuti, sembravano lottare disperatamente per bucare l'incolpevole maglietta che a stento resisteva.

Guardarla dormire rinvigorì la mia malinconia: chissà chi era davvero quel cioccolatino a forma di donna e chissà cosa frullava in quella testolina. D'istinto pensai che proprio lei avrebbe potuto essere il primo mattone della mia nuova esistenza. Stipati nello stesso pertugio avremmo potuto stabilire una certa forma di complice intimità, visto che bene o male tutti i dimenticati da Dio hanno bisogno di qualcuno con cui unire le proprie miserie. Nel suo sguardo, la sera prima, avevo notato il bisogno di stabilità, come un grido di allarme e io, con la mia esperienza, avrei potuto essere il suo salvatore. In lei spiccavano la bellezza e la timida compostezza delle ragazze a modo che si sottomettono alla volontà dei fratelli anche se questo comporta una scomodità, come era stato nel caso della nostra situazione alloggiativa.

L'attaccamento alla famiglia era per me un valore fondamentale, e diamine, sentii subito che con quella ragazza avrei potuto costruirne una tutta mia. D'istinto immaginai che Ramona, se giustamente educata, in un prossimo futuro avrebbe potuto diventare la compagna di vita di un uomo come me. Calma, raffinata, disposta al sacrificio e provata da una giovinezza povera, sarebbe stata il giusto corollario della mia carriera; il punto di rottura fra la vecchia vita fatta di donne da una botta e via e un futuro stabile con una persona da amare e rendere felice.

Nel bel mezzo di queste mie elucubrazioni, come a voler esaudire ogni mio desiderio, Ramona si rigirò nel suo lenzuolo, scoprendo un fondoschiena alto e sodo, perfettamente solcato da un minuscolo perizoma verde pisello. Le fossette sul coccige, la vita stretta cinta da una catenina d'oro sottilissima, le palpebre delicatamente adagiate, la forma incantevole del suo corpo, parlavano da sole. Si trattava di un essere superiore, di una donna angelo: sarebbe bastato scostare la sua indole inesperta per fare affiorare il meglio di lei, come sarebbe bastato scostare quel perizoma verde per vedere tutti i valori in cui avevo sempre creduto nella mia vita.

Dopo tanto tempo sentivo di essere a un passo dalla felicità e decisi di festeggiare salutando Barcellona, facendo un giro per i miei luoghi del cuore, magari mangiando qualcosa, in attesa del risveglio della mia principessa. Avevo voglia di parlare con lei, di scoprirla e farmi esplorare lentamente, ma prima dovevo respirare la città che mi aveva accolto e donato una nuova prospettiva di vita.

Scesi le scale a due a due senza curarmi dello squallore che mi contornava: l'appartamento ove risiedevamo era al terzo piano di un edificio pressappoco pericolante e pressappoco puzzolente di letame… e dico pressappoco perché l'aroma emanato da quei muri ammuffiti avrebbe senz'altro confuso anche il coprofago più incallito. Dunque, se di cacca si fosse trattato, era ben tagliata con altre sostanze umorali appositamente distillate. Eppure tutto quel grigiore, tutta quella puzza, quello squallore e decadimento umano, non inficiavano affatto il mio idillio di cuoricini rosa e fiori d'arancio, perché un uomo innamorato pensa solo all'amore, all'amore e basta, mica alla puzza di merda per le scale del condominio.

17

Zampanò

Al mio rientro, a mezzogiorno, Ramona ronfava ancora, mentre l'ottimo Pasqal, reduce da chissà quale scorribanda, mi attendeva affacciato al terrazzino pericolante del pochissimo raccomandabile vicino di casa. Ridevano entrambi, felici come fanciullini, e intravedendomi fecero un ampio cenno di invito all'interno del loro *parterre de rois*, assolutamente lieti di vedermi.

Pasqal aveva l'espressione rilassata, degna di un marmottaceo reduce da un lungo letargo, mentre Tony, il dirimpettaio, sorrideva inebetito salutandomi entusiasta. I due si erano fumati un campo d'erba ed erano più fatti degli Wailers in tour, e questo forse spiegava l'estrema cordialità della coppia. Salii dunque le scale a naso turato, unendomi agli altri sul balconcino, con l'imbarazzo tipico del nuovo arrivato e il rispetto che il pivello deve ai fuoriclasse.

Per rompere il ghiaccio aspirammo il calumet della pace e a pieni polmoni rifornii i miei alveoli di THC, il che rese subito più morbido il nostro stare al mondo: sentii un certo frescolino alle ginocchia e un sorriso mi si stampò in faccia. Presi dal turbine verde, i ragazzi, già in vena di confidenze e resi ancora più loquaci dalla fumata salvifica, si vantarono di essere ottimi commercianti di erba e hashish. Complice la presenza dei social club, dove l'acquisto di quelle sostanze era ormai agilissimo, il loro mercato iniziava tuttavia a languire e per questo stavano passando alla produzione e vendita di LSD (quando si dice fare carriera).

Gettando le giuste quantità di principi attivi all'interno di una vasca piena d'acqua – e dicevano questo mimando gesti simili a quelli di un agricoltore che semina un campo di grano nell'Agro Pontino – mescolando a lungo e aggiungendo non so cosa, ne sortiva una miscela merliniana in grado di fare apparire qualsiasi cosa nel cervello di chi ne suggesse.

I culi neri la facevano forse più facile del dovuto: la chimica, a sentirli biascicare in quel loro spagnolo zozzo, non era che una materia basata sull'improvvisazione e il colpo d'occhio, sebbene più che un'elaborata formula chimica, la loro sembrasse la ricetta della polenta taragna. La lunga esperienza maturata e il ragguardevole giro d'affari corroboravano comunque il loro dire, quantunque la totale ignoranza della materia farmaceutica non deponesse a favore.

Dettagli.

Quale accorgimento, a dimostrazione di quanto fossero imprenditori avveduti, era stato assunto un assaggiatore ufficiale: uno studioso della materia che in nome della scienza sottoponeva il proprio cervello ai necessari test. Dopo mezza giornata in stato di trans stile sciamano delle praterie, questo benefattone moderno redigeva un report di viaggio, descrivendo le sensazioni provate, aiutando in questo modo il progresso e la scienza farmaceutica, senza necessità di fare test sugli animali.

Questo era quello che si chiamava una piccola e onesta impresa familiare di successo, con un grande profilo etico.

«Coi soldi messi via» pontificava Pasqal rullando l'ennesimo petardo king size «mi cavo una volta per tutte dai guai, la pianto di spacciare e tolgo Ramona definitivamente dalla strada.»

Ecco.

...

Rimanemmo un secondo in silenzio tutti quanti mentre Tony dava incoraggianti pacche sulle spalle al padrone di casa, con la faccia di quello che ha appena sentito dire delle verità assolute a un capo di stato.

Ora, come dire, avevo la vaga sensazione di non essere lucidissimo e forse non avevo ben afferrato cosa aveva biasciato il buon Pasqal. Perché dunque... magari avevo capito male. Anche perché ero strafatto e confuso. Perché lui... Pasqal dico, secondo me aveva detto quella cosa che avevo certamente frainteso: *Tolgo Ramona definitivamente dalla strada*.

Dalla strada.

Definitivamente dalla strada.

Dalla strada.

Definitivamente Ramona dalla strada... Queste parole echeggiavano nella mia testa ricolma d'acqua in loop, senza che io riuscissi a dare un senso concreto alla frase, salvo uno. Ma non poteva essere. Avevo frainteso. Rifeci mente locale.

...

«Ma come dalla strada?!» gridai facendo sobbalzare i miei quasi imperturbabili interlocutori d'ebano. «Ma scusa, tua sorella cosa fa... la puttana?»

Non l'avessi mai detto.

«Oh, vacci piano con le parole» sbottò Pasqal additandomi grave, mentre Tony si metteva in mezzo col proprio corpo, a dividerci. «Ramona non fa la puttana, bada come parli!»

Tirai un sospiro di sollievo.

«Perdonami Pasqal, sai è mezzogiorno e abbiamo fumato di brutto, ho equivocato le tue parole. Hai detto una frase che… sì, abbi pazienza, ho creduto di capire che Ramona battesse il marciapiede ma è evidente che… Davvero, perdonami, ho sbagliato io.»

«Sei scusato» disse con aria vagamente risentita il mio amico guardando il selciato sotto di noi. «Però quella parola non usarla più, perché è offensiva.»

«Chiaro!» replicai di schianto.

«Mia sorella batte il marciapiede ma non è una puttana. Ramona arrotonda lo stipendio con qualche cliente, però sia ben chiaro che non è una mignotta! Come ti sbernoccola di dire una cosa del genere in questa casa, *chico* Nichi? Ramona arrotonda. E comunque, giusto per far capire anche a te, si vende in centro, in Calle Joachin Costa, come le professioniste. Mica va in periferia a fare la mignotta come tante schifose che si nascondono dietro le macchine, tirano i sassi, accendono fuochi e pisciano per terra, lei batte in centro. Che poi batte… arrotonda, zio.»

«Ah, be'!» replicai affatto rasserenato. «Però, senza offesa e senza mancare di rispetto a nessuno e men che meno a Ramona, però ecco, il fatto di essere o meno una pendolare, non sono convinto che in ultimo contribuisca più di tanto a rendere maggiormente accettabile la faccenda. Ecco. Insomma, non è che le sto dando della puttana, no perdinci, ho ben compreso la differenza, ma… voi dite che la toponomastica in questo caso è il discrimine fra una puttana e una… arrotondatrice?»

I due mi guardarono spaesati.

«Nichi provo a spiegarti, perché sicuro come la merda non hai afferrato la situazione» intervenne a questo punto Tony con la gentilezza di un commesso Apple, di quelli che ti chiedono come ti chiami facendo la faccina interessata e subito dopo si fanno raggiungere dai colleghi, che tutti intorno a te sorridono e sgambettano nei pantaloni elasticizzati, che pare sia l'inizio di una gang bang e tu nel mezzo a fare da bersaglio. Ecco quel tipo di commesso. «Vedi Nichi, quel che dice Pasqal è che Ramona arrotonda, non fa certo la puttana. Capito?»

Mi parve d'uopo annuire, ma forse non convinsi il tizio che si sentì in dovere di insistere: «Ramona non è come tante donnacce che lavorano in posti del cazzo, che stanno sempre a scappare dalla polizia, che magari si portano i clienti nei portoni dei palazzi o in mezzo ai campi… Nulla di questo, porco il cazzo dei cani, no, no, no, lei non è "una di quelle".» E il Nostro espresse quest'ultimo concetto facendo le virgolette con le dita, quella cosa orribile che fanno i nerd. «Lei il mestiere lo pratica come si deve e porta i clienti in casa, onestamente. Insomma, non fa la puttana, lei… Hai capito cosa fa no?»

«Sì, certo, arrotonda, mi pare chiaro… Ma poi che ci fa con questi signori?» chiesi timidamente.

«Ci scopa! E che cazzo ci deve fare? Ci deve dire il rosario? Chiaro come il cazzo di un albino che ci scopa» tornò alla carica Pasqal condividendo con Tony un profondo sentimento di stupore a causa della mia mancanza di comprendonio. «È una persona seria, mica una troia. Ma proprio non ci arrivi? Sei anche uno studiato, per dio. Cerchiamo di intendersi,» e qui il moro fece una pausa scambiandosi uno sguardo di intesa col vicino a sottolineare come il concetto fosse lapalissiano e io fossi un idiota totale «non ha neppure il pappone!» Pausa.

«Capisci a che livello siamo? E la mattina smette quando vuole… Insomma non è una tossica, non si fa di niente. La cosa sta come ha detto Tony: lei non è una di quelle.»

Feci sì col capo.

La questione, anche rivista e corretta sotto l'egida del vicino Tony non mi pareva assumesse il minimo rilievo in relazione all'economia della vagina di Ramona, della di lei moralità e del commercio della vulva a costei appartenente… Insomma per farla breve, secondo me lei faceva la puttana. Ma tenni per me il pensiero. Mi sentii semmai a quel punto di scendere nel dettaglio della questione, senza rendermi conto di infilarmi in un autentico *cul de sac*.

«Va bene,» dichiarai «ammettiamo che Ramona, ecco, diciamo che… arrotondi. Okay?»

«È quello che fa, porco il culo!» risposero in coro i ragazzi.

«Ma come sarebbe la faccenda che lavora in camera? In camera mia? Cioè sua, cioè in camera nostra? Insomma, nella stanza dove dormiamo noi?» e dissi quest'ultima frase sottovoce, conscio di camminare su un campo minato con gli zoccoli olandesi.

«Nichi» chiosò Pasqal, sorpreso della mia incapacità di realizzare qualcosa di così semplice. «Ramona usa di notte il letto dove dovresti dormire tu di giorno, perché il suo ha le molle sfondate.»

«E perché ha le molle sfondate?» chiesi senza rendermi conto che la domanda potesse risultare un po' capziosa.

Mi guardarono seri.

Nessuno disse nulla.

Incapace di reagire, vedevo quei due gentiluomini come in un film montato a scatti: sequenze imperfette, mescolate a casaccio, audio graffiato, frequenti numeri a scorrere sullo schermo e bruciature sulla pellicola. Roba da far dare di stomaco anche il miglior Godard.

«Sì, Nichi,» sbiascicò Pasqal «ma non ti ha detto nulla mia sorella? Perché ieri, prima di uscire, le avevo detto di spiegarti la faccenda. Non l'hai vista a cena?»

No, non l'avevo incontrata perché a quell'ora, quando avrei dovuto parlare con Ramona, avevo già dato via la macchina e stavo scopando con una donna a pagamento.

Anzi, trovandomi fuori dalla cinta muraria cittadina, diciamo pure che mi trovavo a puttane.

18

The first blood

Addio propositi matrimoniali, addio fughe d'amore, addio contentezza, addio tutto.

Dopo una vita da puttaniere, freddo, distaccato e calcolatore di marchette, una volta che avevo deciso di darmi anima e corpo all'amore non retribuito, per contrappasso mi ero innamorato di una seria professionista del settore scopatorio.

Ripresi fiato concentrandomi sul panorama che si poteva godere dal terrazzo: l'appartamento di un ciccione in canottiera che cucinava una zuppa cantando ad alta voce una nenia popolare. Con la morte nel cuore e quell'ignobile spettacolo negli occhi, riflettei in merito al comodo giaciglio caldo che mi avevano concesso: quel letto zoppicante e vissuto sul quale avevo trascorso la notte andata e sul quale Ramona accontentava a pago le prurigini cittadine senza mai cambiare le lenzuola. La terra mi mancò sotto i piedi: era un miracolo che non fossi rimasto incinto.

Provai dunque a pensare a una soluzione per lenire i danni della mia avviatissima tragedia, ma vie di uscita non ne vedevo: tentare un nuovo alloggio era impossibile; coi miei pochi soldi e senza mezzo documento valido non mi avrebbero preso nemmeno i punkabbestia a cui avevo regalato la macchina di

Azzolino. Ugualmente, un ritorno in patria, con conseguente tentativo di far passare la mia fuga per uno scherzo mal riuscito, non pareva l'idea del secolo. Valutai anche il suicidio, ma con la fortuna che avevo in quel momento non sarei riuscito a farmi fuori neppure con un paio di quintali di cianuro. Cominciai a pensare che in cella non si stava poi così male.

Madido, impaurito e confuso, dopo una mezz'ora terribile decisi saggiamente di comportarmi da pavido e non affrontare il problema, di fottermene e tirare a campare. Se Pasqal e famiglia riuscivano a sopravvivere in quello schifosissimo modo, senza darsi troppa pena, tanto valeva facessi lo stesso o che perlomeno ci provassi. Ormai ero in ballo. Del tutto frastornato dalla situazione e dagli effetti del terrazzino psicotropo di Tony, coi sentimenti in pappa, decisi di recuperare morale e fisico investendo in un pranzo decente, quale cerimonia di addio alla vita civile.

Mi diressi perciò al mercato di San Josep, che distava giusto cinque minuti a passo svelto. Con una certa botta ancora in capo e una fame chimica di livello importante, quell'orgia di colori, odori e sapori rappresentava l'ultimo avamposto del paradiso prima di una vita fatta di rinunzie e delusioni. Stando così le cose, decisi che fin da subito me ne sarei infischiato delle forze dell'ordine e del pericolo di finire di nuovo dentro. Mi confusi tra la folla che sempre gremiva la Boqueria, accompagnato dalla mia ombra e da una folta schiera di propositi costruttivi da disattendere quanto prima. Di fatto stabilii che fare la vita del recluso, con la situazione abitativa che mi ero trovato, era più rischioso che starsene fuori a vagabondare con un cartello col mio nome appeso al collo. Le quattro mura puzzolenti di Pasqal erano un posto sicuro solo fra una retata e l'altra, dunque meglio abbandonare ogni strategia appannaggio di una vita da vivere "giorno per giorno", come dice Rambo 2 alla fine del film.

Conscio dei miei scarsi mezzi, penetrai il mercato osservando le bancarelle ricolme di frutta, pesce fresco, gamberoni rossi e granchi giganteschi. Per un secondo infinito mi sentii perso, totalmente abbandonato in mezzo ai colori e a una folla rumorosa che di me se ne sbatteva altamente. Sedetti allora al bancone del Barcentral accanto a una coppia di turisti orientali armati di telefonini di ultima generazione e tablet d'ordinanza. A corto di risorse com'ero, avrei potuto allungare le mani e scappare indisturbato col portafogli della signora, con lei in posa, distratta dal marito che la stava ritraendo su un block notes. Entrambi ridevano beati, sarebbe bastato un attimo e avrei risolto il bilancio della settimana a venire. Quel denaro in fondo serviva certo più a me che alla musa gialla, ma la mia natura non era quella e il mio cuore languiva, spezzato da una specie di arrotondatrice di piselli. Il che mi distrasse da ogni proposito disonesto. La notte precedente al momento del nostro incontro, Ramona stava evidentemente smontando, dopo essere stata a sua volta montata per tutta la sera dagli abitanti del centro cittadino. Ecco perché dopo pochi convenevoli era precipitata nel sonno dei giusti.

Bevvi una seconda birra e decisi di dirigermi verso la spiaggia, in bilico fra suicidarmi nell'acqua salata o attendere l'infarto che sarebbe giunto di lì a poco. Andandomene salutai la coppia felice accanto a me, sbirciando il ritratto venuto abbastanza bene.

«Japan?»

«Italiani, veniamo da Prato!»

19

Un pájaro amarillo

Sfinito dalla vita mi diressi verso il mare passando per la Rambla: c'era un bel sole, le bancarelle di animali e quelle dei fiori erano state tirate a lucido e i turisti come sempre affollavano il centro. Mi confusi fra la gente gettandomi nel Barrio Gotico, attraversai la Laietana e in un attimo fui nel Born. A capo basso passai davanti a El Xampanyet, e a passo lento mi diressi verso l'arenile. Avrei voluto camminare fino alla spiaggia di Nova Mar Bella ma mi contentai della Barceloneta, in quel tratto che i catalani hanno soprannominato Chernobyl. Il nome mi pareva evocativo.

Mi stesi sulla sabbia confondendomi tra gli indigeni e gli studenti sbracati che cominciavano a riempire la battigia. C'era chi faceva il bagno, qualcuno blaterava in gruppo, altri ancora schiamazzavano in inglese i loro "Hurrà! Yeah!" per chissà quale idiotissimo motivo.

Vicino a me prese posto un manipolo di assonnati ragazzotti spagnoli: stesero i loro teli e uno di loro accese uno stereo portatile dopo avermi chiesto se la musica mi disturbasse. Prima di rispondere chiesi cosa avevano intenzione di ascoltare: la radio sulla quale erano sintonizzati stava trasmettendo delle canzonette orrende, ma se avessero cambiato frequenza, magari un po' di solfa l'avrei gradita. Uno di loro, con simpatica aria di sfida mi porse la sacca dei cd come a dire: «Vediamo, vecchio, se sei in grado di scegliere». Rifiutai la cortese offerta, contentandomi di ascoltare quel che passava il convento.

Provenivano tutti da una località sperduta a metà strada fra Barcellona e Madrid, quella parte di mondo dove tutto pare tingersi di sole rosso e il nulla la fa da padrone, rimestando la sabbia che ammanta ogni cosa. Alcuni lavoravano presso lo zoo cittadino come semplici operai addetti alla pulizia delle gabbie, altri facevano i camerieri al Pipa Club.

Uno di loro, tale Julen, incuriosito dal mio spagnolo meticcio, si dimostrò particolarmente loquace e mi offrì da fumare. La cosa mi mise subito in buona ed esauriti i convenevoli di rito e i discorsi sul calcio, sulla birra e sul mare mosso, mi raccontò a cuore aperto la sua storia non lesinando i particolari più gustosi. Aveva voglia di parlare e io, controvoglia, feci finta di interessarmi alla sua vicenda. Mi disse di essere scappato dal suo paesino dopo aver combinato qualcosa di più grande di lui a causa di una cugina dal culo basso. Sputacchiando spedito nel suo dialetto misto català mi illustrò le proprie colpe blaterando di una specie di faida familiare con fratelli e cugini che lo volevano morto, senza che io afferrassi la gravità del racconto, a causa del mio stato semicomatoso.

Per non fare la figura del cafone, annuivo con serietà, interrogandomi soprattutto sul come, per sfogarsi delle proprie magagne, fosse riuscito, con un intero arenile a disposizione, a trovare l'unico essere vivente in tutto l'universo più sfigato di lui. Eppure c'era riuscito.

Il bamboccio in sostanza era rimasto coinvolto in qualcosa di umiliante, visto che continuava a ripetere di questo benedetto imbarazzo senza che mi riuscisse di capire per cosa si dovesse vergognare. La cugina sarà anche stata una cessa da gara (avevo visto la foto e non era proprio una bellezza) ma non era l'unica stronza al mondo con le chiappe a padella; quindi, nonostante la sua concitazione, io sorridevo respirando il salmastro mentre questi continuava ad ammiccare ripetendo a voce bassissima: «*Mi chica es embarazada*!».

E io non capivo. Del tutto frastornato a causa delle gravi prove che la vita mi aveva testé posto innanzi (ero alla quarta canna nel giro di due ore, roba che manco l'incredibile Hulk...) osservavo il ghigno di Julen senza afferrare il senso del suo discorrere. Poi, quando fece tanto di mimarmi il pancione, misi in moto il cervello e capii la delicatezza dei fatti. Preso dall'enfasi, mi scusai per il fraintendimento e stetti a un passo dallo scoprire le mie carte e raccontare la mia storia, ma poi non lo feci.

La mia identità segreta, il mio unico e assai esiguo patrimonio, doveva rimanere celata. Avevo solo quella. Fra noi però, risolto l'inghippo di stampo ginecologico, si stabilì un clima cordiale, come fra vecchi commilitoni, ed entrambi alla fine ci sentimmo meglio. I ragazzi mi offrirono da bere acquistando una *cerveza* in più da uno dei centomila pachistani che continuamente vergavano la spiaggia coi loro passi stanchi, vociando una litania infinita degna di un bonzo alcolizzato: «Cerveza, Coca-cola, San Miguel, agua mineral, cerveza, Coca-cola, San Miguel, agua mineral...» tutto il giorno a patir la sete per cavar quella degli altri. A cose normali, prima della mia vicenda giudiziaria e delle umiliazioni patite, non avrei speso un secondo con quegli sfigati, li avrei semplicemente osservati coi loro abiti improbabili e mi sarei fatto beffa di loro. Ma a quel punto, non ero proprio in condizione di prendere in giro nessuno. Avvinto da rena granulosa, circondato da una solitudine totalizzante, divenni preda dei sensi di colpa che marciavano sul mio io alla stregua di Gengis Kahn su un villaggio dello Xia Occidentale, trasformando la mia persona, travolta da un parapiglia di schiaffi morali, in un'indifesa pastorella tanguta. Cercai di respirare, rovistando invano alla ricerca delle motivazioni necessarie al mio sopravvivere. Ma come spesso accade, dopo una raffica di pugni ai quali si riesce a far fronte con spocchia, ne arriva uno definitivo, talmente potente da mandarti K.O. come Mike Tyson sul ring di Tokyo nel febbraio del 1990.

Sdraiate a breve distanza dal mio giaciglio, due ragazze si godevano il sole in micro-perizoma e T-shirt colorata, cavillando su chissà quali umori ricevuti sulle loro pelli diafane. La più alta delle due, in posizione prona, mostrava al mondo una schiena incurvata sulla quale fiorivano tentatrici due fossette meravigliose all'altezza del coccige, uguali identiche a quelle di Ramona: il mio amore perduto. L'altra, altrettanto attraente nello splendore della sua gioventù, se ne stava supina sulla rena, spargendosi crema abbronzante nell'incavo delle cosce appena scottate da un sole goloso di quell'antro delicato a ridosso del paradiso. La prima sorrideva, scattando all'amica improbabili foto con una macchina fotografica inesistente, sghignazzando la meravigliosa bellezza dei suoi vent'anni. L'altra, continuando a ungersi tutta, fingeva pose da diva, concedendo alla reflex inesistente, continui risolini udibili da tutti gli infoiati circostanti come rasoiate sulle parti molli della propria libido.

Il mio vecchio strumento da lavoro si fece duro come il sasso da marciapiede e tutto l'organismo parve piombare in uno stato di agitazione: il cuore a martello, la bocca felpata, l'anima in subbuglio.

Cominciai a escogitare espedienti per fare conoscenza con quelle meravigliose prove lampanti dell'esistenza di un dio: volevo alzarmi, raggiungerle e, come un tempo sarei stato in grado di fare, comprarle coi miei modi e le mie stravaganze appropriate. Quei giorni però, quelli in cui tutto mi era concesso, erano andati, morti sotto i colpi della vita e i tradimenti degli amici.

Pericolante sulla rena e incerto come un quindicenne pruriginoso, provai a indossare la faccia giusta e il sorriso di circostanza, ma la convinzione vacillò immediatamente sotto il peso del tempo passato in gabbia. Non c'era niente di interessante nel sottoscritto: niente di niente. Senza l'avallo del personaggio che un tempo avevo incarnato, senza la convinzione di essere speciale, avevo perso ogni mia certezza. I miei occhi erano quelli di un cane dietro una rete da pollaio, i miei vestiti poveri stracci, il mio fascino ridotto a una ridicola macchietta consumata e noiosa, incapace di dare allegria. Non potevo fare lo splendido, non sarei stato che uno spaventapasseri davanti a uno stuolo di feroci avvoltoi e sulla mia faccia si sarebbe letta, nitida come un'alba tersa, la sconfitta.

Decisi di rimanere al mio posto, con una ridicola erezione in fase calante, a osservare ancora un po' quel magnifico paese dei balocchi che non avrei mai visitato, mentre la ragazza a pancia in giù si slacciava il reggiseno lasciando intravedere seni grossi come mappamondi di pianeti rosa.

«Aspetta *espera,*» mi dicevo «aspetta *espera*» ripetendo il giochino di parole italo spagnolo. «Uscirai da questo tunnel, Nichi, e tornerai quello di un tempo.»

Salutai la spiaggia con occhi lacrimosi e corsi a casa a soccorrere la giornata.

In bagno, al riparo dalle pupille dilatate dei miei coinquilini, dopo essermi accertato di aver sigillato ogni varco, mi presi il tempo per una magnifica e succulenta masturbazione, quel privilegio assoluto che ogni uomo ha di fare sesso con la persona che davvero ama di più al mondo.

Chiusi gli occhi e immaginai che in balia di un indomito Moretti, fra sorrisi e gridolini, le due gazzelle zoppe si lasciassero imporre l'italica mascolinità debordante che ancora mi apparteneva in quel mondo ideale, fra languidi mugolii e fiotti di sperma a farcirne le grazie.

Al termine delle operazioni belliche mi sentii il nulla, rilassandomi appoggiato con la schiena nuda alla plastica appiccicosa dello sciacquone. Presi fiato ascoltando le pulsazioni violente del mio cuore spezzato, mentre una canzone di Joselito, proveniente da fuori, faceva da colonna sonora al mio malinconico funerale vichingo.

Por el juncal florido del riachuelo, viene volando un pájaro amarillo, por el juncal florido del riachuelo, viene volando un pájaro amarillo…

20

In my place

Spossato, sudato, moscio, con un kleenex in pugno, cominciai a osservare l'alcova piastrellata del mio amore auto-prodotto: ambrogette ornate di allegri ricami celesti, rossi, gialli e blu, un bidè traballante, rubinetti incrostati, un catino di plastica per la biancheria sporca e uno specchio quadrato con cinque lampadine fulminate, nere in cima, proprio sulla punta. Tutte tranne una. In buona sostanza un cesso, piuttosto malconcio, ma in fondo un antro tanto pulito da stonare con il resto dello stabile fetidissimo.

Visto dalla porta, sul lato destro accanto la finestra, c'era la vasca da bagno con l'inevitabile rigagnolo di ruggine vicino allo scarico superiore e il tappo di gomma nera con la catenella di palline d'argento. Anche qui all'apparenza nulla di nuovo: una vasca da bagno. Eppure anche quella che cadde in testa a Newton era solo una mela. All'apparenza.

Mi spiegherò meglio: quando ancora ero incensurato, nel trasferirmi a vivere da solo, memore di un brutto incidente in doccia, la prima cosa che acquistai fu un tappetino rosa in plastica antiscivolo. Qualche anno prima infatti, a Bilbao, mentre soggiornavo al Grand Hotel Domine, svegliatomi con una terribile emicrania depredante, pensai di darmi una sciacquata per scacciare il malessere e per poco non ci lasciai la pelle.

La sera precedente, infatti, nella mia qualità di sommelier di cocaina, mi ero dato molto da fare e per lenire il fastidio mattutino assunsi subito del Maalox misto Cynar: se funzionava contro il logorio della vita moderna, era logico che fosse efficace anche contro i postumi del crack, con buona pace di Ernesto Calindri. *Chiodo scaccia chiodo*, mi dissi, e sciolta una bustina di analgesico nell'amaro a base di carciofo optai per una bella doccia ristoratrice. Nudo come un verme, in piedi nella vasca, ruotai la maniglia dell'acqua calda senza considerare la precarietà del mio equilibrio e questo mi fu fatale. Colpito in pieno petto da un getto bollente, stile Custer dal dardo indiano, persi l'equilibrio slittando di schiena con le spalle al muro. Il tutto durò un attimo che parve non passare mai, fino a quando al termine della mia corsa sbattei la nuca contro la dura realtà del bordo in cemento della vasca da bagno.

Risultato: un bello svenimento e la convinzione, al risveglio, di esser rimasto paralizzato. A rianimarmi fu l'urlo di una camerierina incaricata del cambio degli asciugamani. La giovincella mi rinvenne nudo, sdraiato a pancia in su con lo sguardo dilatato di un uomo in preda al terrore. Un brutto spettacolo: la doccia scrosciante, il corpo freddo, la testa reclinata, la consueta faccia da scemo. Mi ripresi, osservando l'espressione attonita della giovane servetta, alla quale solo una cosa mi sentii di dire: «Faccia quel che vuole, mi denunzi se ritiene, ma non urli ancora perché ho la testa che scoppia».

Da quel momento, ogni volta che mi fossi trovato innanzi una vasca priva di tappetino antiscivolo, avrei sempre temuto per la mia incolumità.

Così, oltre a essere il delinquente meno delinquente della storia del crimine, potevo annoverare fra le mie qualifiche anche quella di essere l'unico idiota sulla faccia della terra a farsi intimorire dalla semplice, urbana e rassicurante presenza di una vasca.

Tornando alla fredda cronaca dei miei giorni da latitante, rimasto solo all'interno del bagno di Pasqal, guardandomi intorno non vidi il tappetino salvifico e provai il consueto brivido. Vista la mia condizione di ospite indesiderato, scelsi di evitare ogni lamentela coi padroni di casa: mi pareva presto per presentare le prime rimostranze, ma mi ripromisi alla prima occasione di acquistarne uno tutto per me… e per Ramona.

Insolitamente signorile per un appartamento vecchio e di edilizia popolare, la vasca era di quelle lunghe e coi bordi stondati: un bell'oggetto dentro al quale forse avrei potuto anche dormire, senza stare troppo scomodo. Magari con qualche cuscino nei luoghi chiave avrebbe potuto sostituire quel cimitero di peli pubici e spermatozoi che tutti lì dentro si ostinavano a chiamare "Il letto di Nichi".

Feci una prova.

C'entravo bene, quasi comodo: forse per la prima volta dopo tanto tempo l'avvocato Moretti aveva avuto una buona idea. Il piano era semplice: in tutta la casa dovevo rintracciare coperte e cuscini a sufficienza, poi, una volta che gli altri avessero utilizzato il gabinetto, prima di andare a letto, avrei arieggiato il locale e mi sarei "accomodato" fino al mattino.

Poco ortodosso ma si poteva fare.

Pasqal e i suoi fratelli (al secolo Rudy e Faustin) interpellati a proposito non ebbero nulla da ridire: «Coperte e cuscini» dissero orgogliosamente «sono nell'armadio all'ingresso, prendi pure tutto quello che ti serve che tanto è tutta roba rubata».

Per quel poco che avevo potuto constatare, quei signori cresciuti nella povertà e nel disagio avevano un inaspettato lato umano in grado di sconfiggere ogni karma negativo, e mi fecero sentire a casa immediatamente. Stesi un po' in terrazza le coperte, giusto il tempo di farle impregnare della puzza proveniente dalle cucine circostanti, e mi gettai nel rutilante vortice del sabato sera catalano, in compagnia dei miei coinquilini. Berretta in testa, abbigliamento motown, capelli unti e barba di due giorni: con questo look da elegantone, nel quartiere mi sarei mimetizzato magnificamente.

21

Rusty trombone

Alle dieci *de la tarde* del mio secondo giorno spagnolo, emozionato come una verginella viennese, ero pronto per il mio debutto in società.

In una mezza giornata avevo realizzato che il mondo intero non girava intorno a me e che per la prima volta sarei stato costretto a cavarmela da solo: stavo imparando un sacco di cose. Non potendo stare a carico di quei gentilissimi che già concedevano vitto, alloggio e droga a sufficienza, al fine di non beccarmi del disonesto accettai di collaborare all'economia domestica, con vero piacere.

Rudy e Faustin, per inciso, mi avevano chiesto di dar loro una mano a fare un paio di scippi e – diamine – mi sentii onorato di cotanta considerazione. Avevo difeso in Tribunale miriadi di comuni borseggiatori e sempre avevo apprezzato il gesto atletico che caratterizzava il loro agire. Inoltre, gettare via il lavoro è il primo fondamento dell'anarchia, dell'accidia e del disordine, e io ero un bravo bambino che non faceva quelle cose.

Prima tappa del tour organizzato: Plaza Real. Fra i lampioncini disegnati da Antoni Gaudí, in mezzo a ipnotizzatori di galline, saltimbanchi e maghi prestidigitatori, si trovava il nostro contatto: Norman lo strabico. Si trattava di un disgraziato strafatto con lo sguardo da medusa, la scimmia addosso e passo decisamente incespicante. Ci beccammo dalle parti dell'Hotel Kabul fra ragazzotti rumorosi e la solita pletora di stronzi che gravitano giorno e notte da quelle parti a far caciara.

A dispetto di una silhouette poco affidabile, il buon Norman era persona di una certa schiatta che alla bisogna noleggiava il proprio pulciosissimo cane in cambio di una manciata di pasticche fatte in casa dai miei coinquilini. Il quadrupede (ed era davvero difficile capire chi fra lui e Norman fosse la bestia) era il diversivo che avrebbe facilitato i colpi, mentre io, almeno di primo acchito, mi sarei limitato a fare il palo. Ci potevo stare: nessuno nasce imparato e non facevo eccezione.

Secondo le prime approssimative stime, sarei comunque diventato membro del clan a tutti gli effetti all'incirca al terzo scippo, verso le undici e mezzo di sera, quando mi sarei fatto un'idea ben precisa di quali fossero le mie mansioni. La belva aveva l'aria di servire alla causa, visto il suo aspetto satanico. Bastardo come pochi, con la coda mozza, le zampe incurvate e carico di denti gialli gettati a caso in quella bocca tanto simile a una tenaglia, quel maledetto di un molosso avrebbe spaventato anche il domatore del circo Medrano. Era grosso e cazzuto, ringhiava ansimando alla morte, e al collo, scritto con caratteri di ferro, portava un collare con su inciso il suo nome: Fufi.

A tenere la briglia al bestione era Rudy, il quale mostrava una certa abitudine nel girare la notte in compagnia del simpatico animaletto: catena in tiro, urla al suo indirizzo, gesti bruschi e Fufi rispondeva ai comandi come una scimmietta ammaestrata.

«I cani vanno trattati con mascolinità, se vuoi che ti rispettino! Un po' come le donne» sacramentava l'amico con fare da addomesticatore esperto e donnaiolo incallito.

Quanto ai cani, pensai, *quello ne saprà pure più del sottoscritto, ma riguardo alle donne, se valgono anche quelle a pagamento, io metto zitto anche il padrone di Rin Tin Tin!*

Con quelle premesse, forti della bella compagnia che avevamo formato, ci recammo in una zona dimenticata dalla grande massa dei turisti; uno di quegli anfratti bui che abbondano appena fuori dai centri storici di tutte le metropoli che si rispettino.

22

Tränen

Ben appostati, ognuno all'angolo prescelto, si doveva individuare la prima cliente da intimorire e derubare, senza provocare troppo clamore. Non è che avessi bene in mente il mio ideale di vittima o compreso appieno la dinamica del lavoro; tuttavia, per non passare da sprovveduto, feci finta di aver inteso tutto a meraviglia. Probabilmente una volta segnato il destino di qualche turista, Rudy le si sarebbe presentato innanzi, con tanto di cane sbraitante, stroncandola di paura. A quel punto, e solo allora, sarebbe intervenuto Faustin, che con l'agilità sua propria e la freddezza del professionista consumato, approfittando della confusione creatasi, avrebbe praticato da tergo il furto con destrezza.

Tutto qui.

Fin troppo semplice.

Quasi onesto.

Quasi.

In fondo i miei compari non usavano armi, rubavano a visitatori danarosi e nessuno si faceva male… E Fufi aveva anche l'aria di divertirsi un mondo.

Primo round: una tedesca pingue e riccioluta si aggirava tranquilla in bermuda per una via poco lontana dal quartiere dell'Hospitalet de Llobregat. Rudy con una certa nonchalance venne fuori da un angolo buio e lei, rispettando un copione non scritto, si mise a strillare. Il cane abbaiava come una furia sbavando a secchiate, muovendo il capo con fare aggressivo, tanto che Rudy si affannava a tenerlo fermo mentre la bestia avrebbe dato l'anima per cacciare un morso a quelle belle gambotte bianche, molli come würstel di tacchino. Io e Pasqal, di vedetta, controllavamo che non ci fossero carabineros a rovinare la festa. Faustin allora, spuntava alle spalle della derubanda, silenzioso e invisibile. La tedesca non poteva vederlo, avendo occhi solo per la bestia feroce e per Rudy, che in fondo lo teneva stretto indossando la sua faccia più rassicurante. A quel punto la mangiapatate iniziò a rilassarsi capendo di aver fatto la figura della fifona e schiantando di conseguenza una risata tale da spaccare in due quel volto rubicondo che il Dio aveva dipinto solo per lei. Rideva la crucca, mentre Faustin da dietro afferrava la sua borsetta strattonandola via, fuggendo nelle tenebre come un trucido Batman figlio di puttana. Il cane ricominciava ad abbaiare, la tedesca strillava tentando di inseguire il borseggiatore, ma questi spariva nel nulla che più nulla non si può.

Finito.

Morale della favola: la tedesca piangeva in strada col culo flaccido nei pantaloni color cachi, mentre il suo sabato sera era andato in malora e noialtri a poca distanza quantificavamo lo scarso bottino.

Primo colpo, centocinquanta euro, qualche oggetto inutile, un telefonino con scheda da gettare via subito e una borsa carina per Ramona.

E Ramona sul suo letto a quell'ora stava già arrotondando alla grandissima.

Che bella famigliola operosa era la nostra!

23

Secondo round

Prima regola della disciplina del borseggio è cambiare terreno di gioco fra un match e l'altro, per non destare sospetti e attirare sbirri. Per questo la location per il secondo scippo sarebbe stata nei pressi della Sagrada Familia: tanti turisti incuriositi dall'atmosfera da sogno della cattedrale incompiuta e qualche vicolo buio che avrebbe fatto la fortuna di Jack lo Squartatore.

Stesso copione, ma il cane era passato agli ordini del marchesino Faustin, il quale rispetto ai suoi fratelli aveva un'aria vagamente più chic.

Vittima predestinata, una ragazza nordica, bionda e sprovveduta. Nella circostanza mi sarei occupato di badare a eventuali gendarmi trascinandomi dietro un Pasqal già troppo ubriaco per essere affidabile. Mi appostai perciò dietro un pannello di onduline, sotto un albero dalla chioma ottenebrante, fino a che d'improvviso il grido strozzato della giovinetta interruppe la pace.

Sentii i miei colleghi scappare e Fufi sbraitare incazzato nero. Ancora una volta la bestia aveva interpretato il suo ruolo a meraviglia, tanto che se solo fosse esistito uno schifo di premio per scippatori a quattro zampe, quel figlio di puttana l'avrebbe vinto al primo colpo. Dopo le urla vidi i ragazzi infilarsi nella metro e mi detti alla corsa appena in tempo per raggiungerli, nonostante la zavorra costituita dal capofamiglia gonfio all'inverosimile di vino in cartone. Bel modo di dare l'esempio ai fratellini: cosa sarebbero diventati da grandi se il più anziano si sentiva libero di comportarsi in quel modo, per di più sul posto lavoro?

Deprecabile.

24

Yellow Submarine

Terzo round: finalmente toccava a me recitare la parte del protagonista.

Fufi era caldo come una farda di bordello, lo guardavo e sembrava ci volessimo incoraggiare a vicenda: che emozione diventare un delinquente da quattro soldi.

Il terreno di gioco era una brutta periferia. Sicuramente l'ultimo assalto della serata, ché il lavoro rende, ma approfittarsene fa arrabbiare le divise. Come stabilito, avrei guidato la bestiola. Sapevo come governarla e dovevo far vedere ai miei complici di che pasta ero fatto: *Sono un maledetto evaso ferocissimo, mica un qualunque spacciatore da due lire*, mi ripetevo nel disperato tentativo di farmi un briciolo di coraggio. *Sono la superstar, sono il pezzo da novanta, sono il pericolo pubblico numero uno, sono nientemeno che il condannato in persona, il fottuto galeotto da giornale, diamine. Io lo so chi sono!*

E infatti mi stavo cagando sotto.

Ci trovavamo in una zona che non avevo mai visto, in fondo alla linea della metro. Una specie di quartiere dormitorio dall'aria polverosa: palazzi di cinque piani con facciate di mattoni, negozi chiusi e poca gente in giro. Soprattutto non pareva ci fossero turisti da derubare. Da quelle parti, tuttavia, c'era una pizzeria italiana con insegna tricolore e tutto il resto: la tipica bettola odiosa per gitanti sprovveduti in vena di spaghetti alla bolognese. Per prima cosa si doveva aspettare che qualche cliente uscisse dalla mangiatoia satollo e un po' ciucco e una volta che questi si fosse portato in un'area isolata, gli si doveva organizzare una bella festa a sorpresa.

Presi il cane e ci mettemmo dietro un angolo ad attendere il primo segnale, che arrivò puntuale: dal locale doveva essere uscito un signor qualcuno, ma io non potevo vederlo quel portafogli ambulante. Dovevo attendere il secondo segnale che voleva dire: «Esci e fai tutto il casino del mondo» e quando finalmente il momento arrivò, saltai fuori dal nulla e davanti agli occhi mi trovai una coppia di turisti americani sulla sessantina, grassissimi e vestiti da perfetti idioti. Lei era coperta da una tunica a fiori, mentre lui si aggirava con passo pesante postprandiale, addobbato con giacca verde a quadri, bermuda blu e cappellino degli Yankees a sormontare una enorme faccia da mammalucco.

Questi, rapinarli è quasi giusto.

Fufi, innervosito dalla serata abbastanza movimentata, iniziò ad abbaiare e ringhiare ferocemente tanto che per lo spavento i due *gringos* prima sobbalzarono, poi presero a ricoprirmi di vaffanculo: «*Fuck off, fuck off, what the hell, son of a bitch!*» offendendomi con una certa vigoria, come se dipendesse da me l'incazzatura del cagnetto.

E la cosa non rese Fufi più mansueto, anzi lo fece incazzare del tutto, ma quei due stronzi del tutto incoscienti e del tutto infoiati continuavano a sparare insulti anche all'indirizzo del cagnetto, come se farlo incarognire ancora di più fosse la maledetta idea dell'anno. Il quadrupede, poi, al terzo dito puntato contro, parve perdere del tutto le staffe. E furono cazzi amari.

Fufi, infatti, aveva la grinta di un toro e tirava il guinzaglio con la forza brutale della sua schiena muscolosa: «Fufi stai buonino o qui succede un casino, datti una calmata o finisce che ti faccio castrare eh, bastardo di un cane bastardo».

Ma Fufi, a dispetto di una educazione rigida, era inurbanamente uso inalberarsi con asfissiante facilità. Così, mentre gli stelle e strisce sbiasciavano i loro vaffanculo al nostro indirizzo, la bestiolina finiva per perdere la brocca prendendo il sopravvento su tutto e tutti: «Fufi, porca troia, molla il polpaccio del signore o finisce che gli stacchi la gamba!».

Fiotti di sangue mi schizzavano sulle braccia, sulle scarpe e anche in faccia, mentre quegli idioti, dimentichi di non poter discutere con una bestia incazzata, urlavano della grossa i loro «Fuck off!» sul muso di Fufino, provocando in quell'anima candida un'incazzatura stratosferica.

La signora strillava a bocca spalancata, con bava copiosa e mascara verde che si spandevano ovunque, rendendo la sua espressione simile alla copertina di quell'album dei King Crimson. Nel frattempo, il marito menava schiaffi e cazzotti a casaccio, mentre Faustin, Pasqal o Rudy, di arrivare a darmi una mano manco se lo stavano sognando. Ma che cavolo stavano aspettando?

Agitato da tutto quel trambusto il cagnolino non mollava il polpaccio, mentre la cicciona, finita la voce, aveva preso ad assestarmi colpi in testa con la borsetta: una via l'altra a ripetizione che non le sentivo neppure arrivare tante me ne stava mollando. Infine, Faustin, che forse si era ricordato di me, arrivando di corsa aveva afferrato la borsetta della mia carnefice adiposa e di slancio, tirando un bel calcio in pancia alla matrona, era fuggito via, lasciandomi basito al grido di: «Scappa *cabrón*!».

Presi fiato prima di rivolgermi al miglior amico dell'uomo: «Fufi, scusami tanto ma ora hai davvero stressato tutti e anche questi signori credo vogliano andare a casa, quindi molla la presa o ti sfondo la mascella a calci» e così, per dar forza al mio discorrere, gliene sganciai uno in pieno muso col piede buono, tanto per farmi intendere.

Sferrata la zampata, cominciai a notare un lato sconosciuto di Fufi, più intimista, una certa bonomia mai espressa, tanto che quei suoi occhioni profondi lacrimando mi guardavano come a dire: «Mi sa che ora ti do retta o finisce che mangio le crocchette con la cannuccia per il resto dei miei giorni». Ripresi il guinzaglio che si fece più morbido e il cucciolo senza fare altre storie mollò la zampa del malcapitato signore. A quel punto, mentre i due americani riprendevano a strillare, ce la demmo a gambe, raggiungendo gli altri che ci aspettavano alla metro. Scendemmo nei budelli della terra mescolandoci ai ragazzi in tiro pronti per la serata, sparendo in quel marasma festante senza un briciolo di allegria.

Era la mia seconda notte in città, non ero ancora fuori dai miei pensieri e il lavoretto serale non aveva contribuito a rassicurarmi sul futuro. Pensai a mia mamma, alla mia faccia di nuovo sul giornale se mi avessero ripreso e incarcerato, e a mio padre che si stava rigirando nella tomba come una trottola impazzita. Pensavo ai miei amici d'infanzia, imprenditori affermati e rispettabili (tutti tranne una che faceva la prostituta a domicilio nei ritagli di tempo… e non scopava affatto male) e a come fossero stati differenti i nostri percorsi di vita. Pensavo e ripensavo giungendo sempre alla solita conclusione: stavo sguazzando nella merda e dovevo abituarmici, poi sarebbe stato facile. Intanto mi sentivo un viluppo di rimorsi, sudore e pensieri malandati, immerso nella puzza d'anice fra i muri scrostati del Bar Marsella, a respirare solitudine sorseggiando birra, contornato da gente chiassosa e dai miei compagni che invece, abituati a quella vita, erano felici come pasque. A consolarmi in quel trabocco di realismo, solo la prospettiva della vasca da bagno come letto per la notte. Era poco, ma almeno non avrei dovuto pellegrinare fra i bar in attesa del mattino come un barbone qualunque.

Ci dividemmo i soldi dalle parti del Llano de la Boqueria, poi i miei complici si mossero alla volta di un tapas bar con televisione incorporata, per finire in bellezza la seratina. Io ne avevo abbastanza; presi congedo accampando un mal di testa da casalinga frigida e feci quattro passi nel quartiere, prima di prendere la via di casa.

Quando finalmente giunsi alla meta, aprii e non c'era nessuno: Ramona aveva già dato prova della propria agilità vaginale e probabilmente sarebbe tornata di lì a poco per un bis da urlo. Mi spogliai rendendomi conto che un elefante putrefatto sotto il sole non avrebbe mai emanato la puzza che sprigionavano le mie ascelle e i miei pedalini. Era il caso di lavarsi.

Cercai ovunque il fottutissimo tappetino di gomma antiscivolo, senza riuscire a trovarlo. In ossequio ai miei precetti, scelsi di non fare la doccia, riempii la tinozza d'acqua bollente e mi bagnai come un cadavere nel Gange.

Mi immersi spossato, a occhi chiusi, e le tenebre scesero su di me.

25

La giraffa Rosamunda

Il fiume Melassa scorreva indolente
nella valle di glassa del Re gran fetente
con anima armata e occhi da orso
su lepre granata, discendevone il corso

la puzza di ospizio
il miasma potente
di dolce orifizio
il frazio morente

i fanti furiosi
l'armata sfintere
bramano astiosi
il dolce piacere

colì Rosamunda
matta giraffa
compagna danzando
il tramonto di Giaffa

tra palle di rughe
e cuori di peti
che volano alti
fra gonne di preti.
Di pelle le porte
dentate di morte
gl'istrici inermi
bestemmian la sorte:
"Signori è un gran bello

nuotar nel cotone
un vero bordello
ma senza battone"

Il bosco festeggia
la dittatura
con baccanali
di spazzatura

La festa che impazza
le lacrime agli occhi
il mencio fetore
la vulva, l'afrore

la morchia che impazza
il gracchiar di ranocchi
il vomito in bocca
il sapor di pidocchi.

Chi vive pascendo
del suo muco rosa
chi muore di schianto
e sperma ogni cosa

Inizia la festa
finisce la vita
gira e rimesta
si rompon le dita

fioriscan le rose
ribolle la terra
festeggiano esose
le orge, la guerra.

Il cranio di fuoco
scoppia e s'arrossa
i pallidi vermi
raschian le ossa
allo strabico cuoco

e i suoi pachidermi
muoiono fessi
ridicoli inermi

suona un bel mambo
tutto sudato
dentro al Mocambo
di latte avariato.

Strillano i monchi
dai visi conigli
gridano rochi
i feti dei figli:

"Siamo l'esercito della lussuria
Noi roditori dal volto smussato
Come un bastardo pazzo infuriato
Spargiamo dolore senza penuria

Siamo l'armata della goduria
Siamo il peccato e la redenzione
I satanassi e la punizione
Siamo l'esercito della lussuria
evviva evviva
la grande Jattura
Dei sacerdoti
è la dittatura"

Ballano gli orsi
rigonfi di bile
corron sirene
chiuse in cortile
di silicone
fatte le uova
soffia il monsone
su l'erba più nuova

salta sul lama
appena castrato

il mangiarane
dall'occhio pallato

e il coccodrillo
amico gaudente
lecca il mandrillo
che sa di serpente!

Tutti saltellano
si baciano in bocca
mangian dall'ano
quando trabocca

Orda buffona
c'è Rosamunda
giraffa zozzona
che vien di Burgunda
Carezza la testa
ama lo scroto
inizia la festa
si getta nel vuoto

"Rosamunda vivaddio
mi mancavi amore mio.
La giraffa saturnina
che mi burla di mattina

Ora che sei arrivata
con la pelle di patata
io mi lecco con peccato
quel tuo collo smerigliato

Sono io mio dolce amore
che del pio non ho l'odore
ti son servo e non son sire
ma ti osservo e devo dire:

non è il collo
ad abbondare

bensì il busto
minimale

ma ora basta chiacchiericcio
sono stanco e malaticcio
ed il tempo è troppo corto...
che piacere, suona a morto!"

"Son felice di vederti
vispo amore mio rugoso
scegli bene a occhi aperti
fra le grazie del luttuoso

Guarda in giro, eleggi a scelta
sputa al ghiro a bocca aperta
e non placare il tuo disio
chiedi tutto io son Dio."

"Stai tranquilla giraffina
di cicuta una tazzina,
e vorrei brodo di pollo
a illuminar quel tuo bel collo

anzi orbene è proprio quella
l'appendice che favella
che io bramo senza inganni
come fossi San Giovanni"

"Bene, amore mio schiavetto
questo il fiore tuo diletto
ecco allora a te l'opposto
del sedere mio discosto"

E la Giraffa Rosamunda si toglie il tubo fra le orecchie il culo.

"Ecco a te il mio bel collo
or cammino e non barcollo
sono un mostro e son felice
guai a chi mi contraddice

al bambino già satollo
niente crosta né midollo
mentre a quello più felice
una bella cicatrice

son giraffa Rosamunda
son il riso quando abbunda
sono troia e sbarazzina
con il naso da bambina

del diamante son la punta
son giraffa Rosamunda
tutta gialla e marroncina
come cacca di gallina"

gli occhi si apran
Il mondo ritorni
il cinghiale di merda
finisca nei forni

cessan le tenebre
assieme al piacere
finisce la vita
e bruci il sedere

tutto finisce
e tutto rinasce
Il povero muore
lo zingaro pasce

PARTE SECONDA

Oggi

26

Nancy Reagan

Dove sono? Chi c'è con me? Che ci faccio avvolto in questa coperta ruvida? È il cilicio, ho il vetro in bocca, il frastuono mi sommerge.

Sono nella candeggina, sudato, la vista appannata, la barba lunga, la faccia che non è la mia. Chi fa parte di questa folla borbottante? Cosa mi formicola intorno? Perché i ragni mi mangiano i piedi? Forse sono morto e mi sono reincarnato in un lombrico, in qualcosa di già morto? Lurido e viscido, in qualcosa di nauseabondo perché la puzza è quella. E non ci vedo. Il fetore del putrefatto, il dolore vivo, il mal di testa.

Sono sveglio, mi fa male tutto. Sono nella pancia della balena, sento le ossa spostate di qualche centimetro dalla posizione originale, come dopo un terremoto, che si staccano dalla pelle, le sento sfilare via, mi dolgono tutte, sto male e non so come mi sento, visto che a malapena so cosa sono, senza sapere dove mi trovo… Ma forse a farmi questo è stata la marea. La risacca di bile. Un'onda anomala. La pelle che brucia, gli occhi dolgono le sette pene. Non riesco a distinguere i contorni delle cose, è tutto appiccicato. Tutto è nebbia fitta, aria fritta, bruma fatta. Perché non finisce questo maledetto incubo? Come è cominciato? Qualcuno risponda per favore anche se non riesco a parlare, qualcuno mi dica qualcosa. Dove sono? C'è nessuno? Mi sento una larva, una schifezza appiccicosa, collosa, ricoperta di resina. Mi afferrano la faccia e qualcuno mi fa bere, cerco la sua espressione ma non riconosco chi mi sta davanti. Gli occhi bruciano per la luce e la puzza di varechina mi soffoca: fa freddo, sudo, non riesco a capire dove sono finito. Tremo. Vomito. Tremo.

Vicino a me sento parlottare e ridacchiare. Ma dove sono finito? Qualcuno me lo vuole dire? Ho bisogno di bere, che in gola ho il deserto. Cerco di farmi intendere, ma le parole non riesco proprio a farle venire fuori. Mi esce un rantolo e mi aiuto a gesti. Mi danno dell'acqua tiepida con un cucchiaino.

È ancora viva Nancy Reagan? Mi vengono in mente quei capelli cotonati alla televisione da bambino, quando spararono al marito. Mi viene in mente Calimero, il mago Zurlì, Loretta Goggi, Danika Mori, Pietro Mennea che fa la comunione accanto a me. Perché? Perché ho questi flash? Anche bere mi fa male, ho la gola secca e intorno ridono e parlano in spagnolo. Che c'è da ridere? Siete qui o è tutto nella mia testa? Tutti sorridono. Anche io sorrido, come un ebete. Tutti ridono ed è contagioso, è una festa, sono pesto sulle spalle e sui fianchi, ho l'anca che mi fa male; una in particolare, l'altra neppure la sento e rido come un ebete ma vorrei piangere.

Uccidetemi. Vi prego uccidetemi, vi prego, uccidetemi. Uccidetemi.

Una mano si avvicina ai miei occhi con del liquido caldo che poi mi scende giù per gli zigomi e sulla coperta lurida e sento che i miei fanali respirano. Qualcuno fuma, ho due chilogrammi di vetro spezzettato nell'esofago, vorrei provare a farmi intendere, capire qualcosa e l'unico modo sarebbe darsi una calmata, ma ho paura e mi fa male tutto. Agito le mani nel vuoto. Che incubo. Che appiccicume ovunque, sono nella carta moschicida. Il corpo incollato, le giunture inesistenti, le ginocchia piene di sabbia, la testa di cellophane, le tempie, le ossa, il rettile, la colonna vertebrale, il coccige, lo scroto, le guance, i reni, il malleolo, l'arcata sopraciliare, l'addome, tutto è pesto, fradicio di sudore, sporco, puzzolente, merdoso, infame, tutto spezzato, tutto perde liquido verde, tutto perde liquido, io sono liquido, io perdo me stesso.

Dove sono finito? Sono morto, sono... all'inferno. Ecco dove sono.

Sono all'inferno.

27

Ci ho messo un po' a capire

Quella sera, prima di mettermi a mollo, non mi ero chiesto cosa ci facessero in bagno una pedana di legno dietro la porta e un bastone appoggiato al muro. Non mi ero fatto queste domande perché prima di fare un bagno caldo non mi pongo mai questioni di arredamento spicciolo. Così, senza remore, quella sera ho riempito la piscina e fatto un bel tuffo carpiato nella fabbrica dell'acido del buon Pasqal.

Sì, perché a volte il capo famiglia produceva le sue pasticche nel bagno di casa, di nascosto dal vicino, tanto per smerciare gli acidi di prima scelta ai clienti migliori, senza dividere con nessuno i proventi. Era una vera e propria massaia coscienziosa, Pasqal, anche se, quanto alla pulizia dei sanitari, lasciava molto a desiderare. La tinozza era stata usata quale alambicco due giorni prima, senza essere lavata con la cura necessaria... E fortuna che i residui degli elementi erano in parte evaporati, altrimenti adesso sarei concime per vermi allucinati.

Invece sono vivo, vegeto e schifosamente degente. Per quindici giorni ho navigato, vaneggiando chissà cosa, tra un cucchiaino di zucchero e un lavaggio approssimativo a opera dei miei coinquilini. Poi ho aperto gli occhi, mentre mi trovavo ben deposto in quest'oggetto smaltato che ancora una volta aveva cercato di farmi la pelle, senza riuscirci. Di fatto mi aspetta una lenta, lentissima guarigione da trascorrere all'interno della toilette, dove la compagnia non manca davvero mai.

Purtroppo.

Ogni tanto la visita di Pasqal, a volte Rudy e Faustin, saltuariamente Ramona.

E non sempre vengono per conversare. Spesso, strano a dirsi, utilizzano questa stanza anche per le loro funzioni corporali. Talvolta si fermano a fare due chiacchiere pre e post operazioni belliche e con una certa serenità espletano i loro bisogni, mascherando magari le flatulenze con colpi di tosse o alzando la voce.

Pasqal a volte mi rompe i timpani.

Essendo bloccato in orizzontale, in pratica faccio parte dell'arredamento e tutti si stanno abituando a me come ci si abitua a un nano da giardino o a un leopardo di coccio in salotto: le belle cose di cattivo gusto che popolano il nostro quotidiano. I ragazzi arrivano in questa stanza, dicono la loro calandosi le braghe, si concentrano un attimo, e mentre si sforzano, per trovare lo stimolo mi guardano negli occhi. Ormai questa è la prassi: invece di leggere un giornale si concentrano sulla mia faccia da cane bastonato, e al posto di una cacata la loro pare una seduta dall'ipnotista. Più volte per gentilezza mi sono anche offerto di tenere loro i polsi e tirarli a me, nel tentativo di coadiuvare il nobile gesto, ma tutti, tranne Pasqal hanno sempre declinato.

Di solito parlano un po' anche lavandosi le parti intime, dissimulando imbarazzo. Faustin compie l'operazione nel lavandino, gli altri si lavano sporgendo le chiappe nella vasca stessa dove io riposo, usando la cornetta della doccia per praticità. A volte, molto raramente, mi chiedono come me la passi tutto il giorno sdraiato, dicendomi che nonostante tutto mi invidiano, perché trascorro le giornate a poltrire, mentre loro hanno da fare (cosa, non mi è dato saperlo).

Le mie condizioni sono stazionarie: si vede che permango al mondo in quello stato fra la vita e la vita di merda, ma insomma, sono vivo ed è già un miracolo. Tre volte al dì mi portano da mangiare... perlomeno quando si ricordano o quando non fanno finta di dimenticarlo per non dovermi imboccare e, di solito, sono tutti gentili. Certo, se consideriamo che in quindici giorni di permanenza in stato semicomatoso si sono limitati a mettermi il pannolone, senza mai darmi una bella sciacquata alle parti intime, diciamo che ora sono carini e che il post malattia poteva anche essere più traumatico; ma insomma, non è il caso di fare i sofisticati per due o tre brufoletti intorno al culo. Chiaramente se Ramona si offrisse di mettermi la cremina non disdegnerei, ma per ora non ha avanzato proposte e mi tocca fare da solo, con tutte le difficoltà del caso.

Sono comunque in buone mani, e loro, i miei fratelloni e la tigre del materasso, sono persone per bene: si prendono cura di me e portano pazienza, come usa fra disgraziati. Unico neo: la domenica, che rappresenta un semi-digiuno programmato. Nel giorno del signore tutti scappano di casa peggio dei milanesi nel fine settimana. Vanno al mare, in centro o a compiere le loro malefatte ai danni dei turisti e puntualmente si scordano del becchime per il povero Nichi. Diciamo che è il mio Ramadan settimanale e lo accetto di buon grado.

Non sono ancora in condizione di deambulare né di compiere con agilità alcun movimento, sebbene senta ogni giorno che le cose vanno lentamente tornando alla normalità. Per ora a malapena tiro su la schiena puntando i piedi contro le pareti viscide della tinozza, ma ribadisco: mi è andata bene. Più morto che vivo, ma all'apparenza felicissimo, sono stato rinvenuto nel buio pesto del gabinetto da un cliente di Ramona, di passaggio per la sua passera, dopo una notte sdolcinata fatta di bacini e fist fucking.

Il salvatore delle mie spoglie, un turista tedesco semi ubriaco in vacanza nella *ciudad*, aveva deciso di saggiare il sapore esotico di Barcellona profittando delle grazie a pagamento della mia amata crocerossina d'ebano. Infine, dopo essersi accoppiato, il teutonico aveva deciso di darsi una sciacquata al pistolino e a passo da pinguino aveva scoperto il mio povero corpo riverso, prima di chiamare aiuto. Come tanti fortunati sono stato salvato da un anonimo eroe borghese, scomparso nel nulla senza chiedere meriti, medaglie o riconoscimenti, mentre i congiunti circondavano il mio corpo nel tentativo di rinvivirmi. Io tornavo alla vita e lui, il "puttaniere misterioso", usciva di scena in punta di piedi senza farsi riconoscere e senza che nessuno lo ringraziasse a dovere per l'opera prestata. Ci sarebbe da scriverci un libro con un incipit del genere, perché in fondo questa è proprio una bella storia di Natale da raccontare ai nipotini vicino al caminetto scoppiettante.

I miei coinquilini, fatti i loro conti, si sono ben guardati dal portarmi all'ospedale: saremmo finiti tutti in carcere, perché anche da queste parti produrre la droga non è consigliato da alcuna legge, così come non lo è adottare latitanti, battere il marciapiede (sebbene in centro) o scippare i turisti... Insomma, in Spagna non si può fare nulla.

Una volta rinvenutomi in quello stato semi incosciente, i ragazzi, nel dubbio fra l'affidarmi a un medico, a un esorcista o seppellirmi vivo, mi hanno messo ad asciugare nel mio vecchio letto, curato con rimedi africani a base di brodoni di erbe di campo e brodo vegetale. Sfortunatamente l'idillio non è durato a lungo perché il giaciglio della bambina è il sostegno della famiglia, e più di un cliente pareva non gradire l'accoppiarsi con Ramona con una salma nel letto prospicente. La gente è strana. Restii a perdersi di coraggio i miei fratelloni neri hanno provato allora a buttarmi semplicemente un lenzuolo sopra, lasciandomi sdraiato; ma anche questa soluzione non ha ottenuto il successo che meritava: pareva di scopare in obitorio (una sorta di via di mezzo fra C.S.I. e Rocco invade la Catalogna).

Dunque, mio malgrado sono stato riportato in tinozza. L'ultima deposizione è stata in questa vasca, modificata nell'assetto con asciugamani, lenzuola e coperte ad assecondare la forma naturalmente spigolosa del mio quasi esanime corpo slavato. Accorgimenti primitivi, ma abbastanza efficaci, finalizzati a impedire la formazione di troppi ematomi nel mio scoccodrillare notturno. Assuefatto alla droga e devastato nel fisico, tutto imbacuccato in quel modo, sembravo un brutto neonato barbuto, adagiato a morire nella sua culla metallica. In tutto quel tempo credo di essermela fatta addosso – fra piccola e grossa – circa cento, centocinquanta volte, senza essermi goduto quei momenti di immacolato ritorno alla prima infanzia, peccato. Semmai mi sono chiesto cosa devono aver pensato i clienti di Ramona, dopo le loro scopate, vedendomi mezzo morto dentro la vasca. La curiosità me la sono comunque tolta una volta ripresomi, visto che ogni notte almeno cinque o sei romanticoni vengono qua a lavarsi l'uccello: accendono la luce, mi guardano e hanno le reazioni più disparate. Alcuni ridono, altri fanno finta di niente e si sciacquano silenziosi;

certuni gridano e sono i peggiori perché sbraitando finiscono per svegliarmi, mentre altri ancora semplicemente salutano, qualcuno con un cenno, taluni con un sorriso. Molti sbiancano, si rivestono ed escono senza fiatare... il che è meglio di chi si congratula stringendomi la mano dopo essersi toccato le parti intime. Quasi nessuno tenta di parlare e nessuno ha mai chiesto cosa ci faccia qua dentro. C'è anche un cliente abituale a cui mi sto affezionando: uno sulla sessantina con l'aria da poveraccio che andandosene, dopo aver pisciato ed essersi asciugato il pisello con l'asciugamano che gli altri usano per il viso, mi dà sempre l'arrivederci con un bel sorriso gioviale.

Dal mio avamposto privilegiato sul paranco più alto di questo porto di mare, senza muovermi ho visto una buona parte di mondo: ragazzini appena maggiorenni, signori anziani, cinesi, tedeschi, africani, svedesi e chi più ne ha più ne metta. Ognuno ha il suo approccio post orgasmico e il proprio metodo di ossequiarmi più o meno garbatamente, nonostante non possa essere loquace come vorrei. La parte nobile del mio cervello è partita per una vacanza a Mauritius e per ora non sono in grado di spiccicare mezza parola comprensibile, ma sento che le forze torneranno. A quel punto abbandonerò questo gabinetto e la smetterò di sorbirmi le cacate, le pisciate e le scoregge dei miei padroni di casa... E fidatevi, nessuno più del sottoscritto può sapere quanto scoreggino tre negri abituati a mangiare pesante e bere birra di continuo come questi che ho in casa. *Madre de Dios.*

Ramona almeno, al momento della sua quotidiana liberazione sfinterale, poggia sulla mia testa un asciugamano, prima di prorompere sul water in tutta la sua selvaggia femminilità. Un canovaccio a fiori attraverso il quale riesco a intravedere l'ombra di quell'amazzone meravigliosa e mi permetto di sognare. Di lei conosco i rumori, gli orari, gli odori, gli uomini con cui si accoppia per denaro, il suono dei suoi passi e la sua faccia appena sveglia. Conosco le debolezze che maschera con un'aggressività che non le appartiene e il sorriso sarcastico che indossa mordendosi il labbro superiore quando è arrabbiata. Conosco la sua fiatella mattutina, l'odore del respiro che emana dopo il caffè, il suono del suo russare che pare il bramito di un cervo in amore, le cose di cui si vergogna, le mutande dall'elastico lente con cui giocherella quando si sente in imbarazzo, i suoi difetti e quello che fa in bagno o in casa, da sola o coi clienti. So come ragiona, visto che ascolto le sue conversazioni al telefono e quelle coi fratelli, so come nasconde il dolore e come si vanti di cose che in realtà lei stessa ripudia. Conosco la rabbia che ha dentro, il rimorso per quel che fa e ne riconosco il buon ragionare e le cattive maniere. So che meriterebbe di più ma non posso dirglielo, perché non riesco a parlare e perché si offenderebbe a morte se solo pensasse che la stessi compatendo. Saprei descrivere minuziosamente la tonalità della sua epidermide bellissima, tanto bella che a volte vorrei averla io addosso, per sentirmi ricoperto del suo organo più evidente.

Non c'è mistero fra noi e non ce ne può essere alcuno visto lo spazio ristretto e la libertà di costumi di quella meraviglia. Eppure non ci siamo detti quasi niente, ma l'ho studiata. Al contrario di quanto succede nella vita normale, ho padroneggiato prima il lato vero della persona, quello ridicolo e volgare, caciarone e meno romantico, senza sapere come sia il suo sguardo quando inizia a interessarsi a qualcuno, come finga con chi le piace, come si atteggi, come si lasci corteggiare e conquistare o come respinga un uomo infatuato. Ho la fortuna di adorarla già così. Non so quale sia il gusto del gelato che le piace di più o se preferisca mare o montagna, gatti o cani, e se sorrida imbarazzata quando un uomo la guarda da vicino per il gusto di farlo. Ogni notte la sento gemere, prima di vedere i suoi avventori ubriachi e incontinenti, sedotti e abbandonati, che finito il coito lasciano questa casa.

Loro scompaiono, io resto.

Molti penserebbero che una prostituta non abbia lati umani, che non conosca la delicatezza e che la tenerezza sia avulsa da chi per mestiere fa sesso con tanti sconosciuti. Molti penserebbero che una persona che mette in vendita il proprio corpo pratichi il mercimonio anche dei sentimenti o non ne abbia di propri, non abbia pudori, non conosca la tenerezza e la malinconia.

Molti pensano anche che la terra sia piatta.

L'idea di averla accanto mi fa pensare a un Natale lontano, quando sotto l'albero trovai la pista delle macchinine, quella fatta a forma di otto, e il sorriso di mio babbo giovane, che attaccandola alla presa elettrica si beava del mio sguardo abbacinato, ridendo sotto i baffi, indossando una delle sue camicie a fantasia. Una felicità pura, leggera e sincera.

In questa casa nel Barrio Chino io sono rinato, sono quel bambino e Ramona è la mia pista Polistil.

Dio che voglia di leccarle la fica.

28

Gymnopedie

Mi esercito a tornare sano.

Muovo la mano nel vuoto come un pianista immaginario e vedo i tendini in trazione, la pelle elastica che li contiene fatta di materia misteriosa che non si strappa e si rigenera; le falangi che si muovono come tanti bacarozzi ossuti e il palmo che ruota su se stesso attraverso il complesso meccanismo del polso. Marvin Menini, il chirurgo delle mani più famoso al mondo, sarebbe orgoglioso di me e dei miei progressi.

Fossi morto mi sarei perso il tepore gradevole delle notti d'estate, il suono fastidioso della mia voce, i colori dell'autunno, il trekking, le partite a freccette, la noia, le donne e il loro profumo. Invece sono al mondo, pieno di ematomi, ma in lenta ripresa: non servo a nulla ed è bellissimo sapere di essere ancora un organismo inutile, vivente, presente e nudo dentro una tinozza smaltata. Il corpo si sta adattando al mio contenitore: sono in interdipendenza con la vasca e ne ho assunto lentamente la forma, come fossi cera molle o un cyborg umanoide in simbiosi con la sua culla, e presto mi spunteranno i rubinetti.

La mia voce è più o meno tornata, sebbene all'inizio fosse poco più di un rantolo. Ci ho messo un po' a favellare ma almeno non sono rimasto muto come temevo. Vorrei gridarlo al mondo che sono felice di essere vivo, anche se proprio quella è una delle cose che ancora non posso fare. E allora mi alleno canticchiando motivi semplici o parlucchiando a voce bassa coi miei fratelli, esprimendomi un po' a gesti e un po' a bisbigli nel tentativo di farmi comprendere. La prima parola biascicata da quando sono tornato al mondo, la prima cioè che sono riuscito a pronunciare, è stata "Ramona" e la mia fidanzatina si è quasi commossa.

29

Vincenzo la Merda

«Dài Rudy, ma perché ti infastidisce? È solo un soprannome!»

«A me non piace!»

«Ma non ti puoi inalberare in questo modo. Che poi mi pare abbia anche la sua classe: un'allure tutta sua...»

«Non ha nessuno stile chiamarsi Rudy Argento. Non mi pare ne abbia per niente, zio. Io non sono europeo, ho un cognome africano e non voglio uno pseudonimo da telenovela messicana: sono un guerriero Banunu... lo hai detto anche te che quello era il nome di un fesso che stava in televisione no?»

«Confermo.»

«E allora, Nichi, cerca di capire che non ho alcuna intenzione di disonorarmi portando un nome da scemo, solo per farti ridere. Non sono il tuo zimbello!»

«Ma non è un nome da scemo... e tu non sei il mio zimbello, sai perfettamente il bene che ti voglio e non mi permetterei mai. Semplicemente è un nomignolo divertente e non te la devi prendere per così poco, sennò fai il mio gioco: ignorami e mi passerà la voglia di sfotterti, no?»

«Scusa amico bianco ma se lo mettessi a te un soprannome del cazzo come la prenderesti? Se ad esempio ti chiamassi "Nichi la Merda", ti piacerebbe? Sarebbe solo un soprannome no?

Farebbe ridere, ma sarebbe anche maledettamente offensivo.»

«Scusa Rudy – cerco di spiegarmi nonostante ci siano evidenti problemi di comunicazione non solo legati alla mia voce altalenante – io non sono stato affatto offensivo nei tuoi riguardi, e il nomignolo che ti ho affibbiato non vuol dire nulla, non è una volgarità gratuita. Quello che invece mi vorresti dare te...»

«Okay, zio, questa te la passo e allora facciamo che lo traduco in inghilterrese, così è meno volgare e ti chiamo Nichi the Pooh! Ti piace?»

«No di certo! E ammetterai che l'argento è una cosa, la merda un'altra, scusami tanto eh... E poi Pooh non vuol dire esattamente merda!»

«E invece sì! Nichi la Merda... ti piace? Nichi the Pooh! Ahahahahahah, Nichi the Pooh!!! Bella zio, sì, sì, sì!»

«Rudy, non è come dici tu, altrimenti... Cioè allora Winnie the Pooh secondo il tuo ragionamento, si chiamerebbe Vincenzo la Merda! Ti pare che un orsacchiotto possa avere un nome del genere?»

«Invece è proprio così: Vincenzo e Nichi la Merda... Bella famiglia tu e quell'orso del cazzo!»

Rudy ha la testa dura e non accetta gli scherzi, però mi piace come combatte, nonostante poi abbocchi a tutte le storielle che gli propino. Diciamo che è il fratello minore che non ho mai avuto e lo devo bullizzare.

Ieri gli ho detto che avevo un amico finito nel programma protezione testimoni dopo aver denunciato ai vigili urbani un'infrazione stradale a Napoli. Ci ha creduto. Poi, quando gli ho detto che stavo scherzando si è stizzito e mi ha abbandonato tutta la sera da solo in vasca. A luce spenta. E senza cena.

È un po' vendicativo.

Oggi per farmi perdonare ho attaccato invece col soprannome... così per tramenare un pochino, sennò qua dentro ci si annoia a morte. Però non si tratta di qualcosa di offensivo, anzi, mi pare suoni bene ed era sul serio l'altisonante nome del cattivo di una telenovela messicana. Un ricciolone senza cuore, capace solo di ricattare l'altrettanto ipertricotica Veronica Castro: la Mariana nazionale. Il nome a molti non dirà nulla, ma un tempo era stata l'eroina di una farsa da due soldi trasmessa da tutte le televisioni locali in prima serata. Povera Mariana Villareal: ingravidata da Luis Antonio Salvatierra, un belloccio baffuto della Guadalajara bene, partoriva in strada, abbandonando il figlio del peccato a una famiglia di disgraziati acciuffati a caso. Il popolino si paralizzava davanti alle vicende della madre degenere; tutti quanti alle 20.00 si piazzavano davanti alla TV e silenti si sorbivano la solfa, come una zuppa di fagioli Zacateca.

In ogni caso, Rudy quel nomignolo non lo ha gradito. Probabilmente perché è l'esatto contrario di un cattivo da romanzo di appendice: capelli rasta, un po' timido, molto disponibile alla chiacchiera, sostanzialmente un buono, e parecchio insicuro. In questo periodo inoltre è particolarmente suscettibile per cause esterne e fatali: la fidanzata lo ha scaricato, mollandolo con il cuore sanguinante, per uno del Poble-Sec, senza arte, né parte che ha retto pochi giorni prima di essere a sua volta sostituito da un altro tizio. Profittando del nostro comune malessere (in fondo abbiamo entrambi una donna che ci ignora, perforata da mezza città) e del tempo libero che ci abbonda, da qualche giorno siamo entrati in confidenza.

Conversando vien fuori che lui e Pasqal sono cugini per modo di dire, che la madre di Rudy da giovane faceva anch'ella il mestiere più antico del mondo e che lo zio di Faustin l'aveva accolta in casa per toglierla dalla strada e farsi ogni tanto un bel giro a gratis con una signora che, pur avendo appeso le mutande al chiodo, in fatto di pompini rimaneva pur sempre una vera autorità.

«Vedi Nichi, qui siamo tutti fratelli, questo è il nostro personalissimo orfanotrofio: anche tu sei nostro fratello, eppure la tua mamma non la conosco neppure.»

Per fortuna tua, sennò conteresti i giorni che ti restano!, vorrei rispondere, ma taccio e lascio che lui parli della sua genealogia strampalata.

«Pasqal è il più spagnolo di tutti» e ammezza una risatina triste. «È nato qui, a circa cento chilometri da Gibilterra. Secoli fa, sua madre ingravidata da chissacchì, ha fatto i salti mortali per venirlo a sfornare in Europa, credendo che sarebbe bastato questo a fargli avere i documenti quasi in regola e che due carte del governo avrebbero fatto di lui un uomo rispettato, piuttosto che un morto di fame di immigrato. Secondo me quella donna si aspettava che il pupo del cazzo nascesse pure bianco, biondo e con l'accento castigliano. Invece nemmeno qui basta essere cacato fuori in terra consacrata per far parte della cricca dei regolari. Per mettere tutto a posto ci è voluto un fittizio padre spagnolo che riconosceva il bastardo e gli dava il cognome. Formalmente lui è a posto… anche troppo a posto. Sua madre, poveraccia, ha fatto tanti di quei sacrifici per crescerlo come fosse un indigeno, e invece il signore per sfizio gli ha pure fatto la pelle più nera di tutti noi. Per non parlare delle maniere pittoresche e del suo abbigliamento da *nigga* con cui si addobba. Doveva essere il più europeo della casa visti i documenti e invece non ha mai perdonato a sua madre di averlo messo al mondo lontano dalla sua terra di origine e di averlo fatto bianco.»

«Bianco?»

«Bianco! E lui dice proprio così: mia mamma mi ha fatto muso pallido e non la perdonerò mai! Perché secondo quel demente non è l'epidermide che conta o le radici lontane, ma i documenti e il luogo di nascita, oltre al cognome. Lui è spagnolo e nero come me che sono arrivato qui in collo a mia mamma su una carretta del mare, ma Pasqal García non la pensa affatto così.»

«Quindi il García sul campanello è lui?»

«No, è il tenente di Zorro, ma ora non vive più con noi! Minchia zio ogni tanto afferrane qualcuna al volo, però!»

E Rudy se la ridacchia, prima di confermarmi che al buon Pasqal avevano affibbiato proprio il cognome più comune in tutto il paese: bollato in tutto e per tutto.

«Certo definirsi bianco direi di no... Magari potrebbe dire "spagnolo" e non ci sarebbe nulla di sbagliato: di fatto parla la lingua, anzi diciamo che parla un catalano perfetto e uno spagnolo sporcato. Inoltre è nato qui, ha studiato da queste parti e a Barcellona ha il suo centro di interessi, la sua vita, i suoi amici, la famiglia insomma. In pratica che lo voglia o no è davvero integrato.»

«Assolutamente, e lui si sente spagnolissimo! Talmente spagnolo da sentirsi bianco! E il bello è che se ne vergogna addirittura di questo pallore, come se fosse davvero un cazzo di muso pallido, perché dice che gli è stata negata la possibilità di essere africano e che lo hanno snaturato con le cattive. Ti rendi conto quanto è scemo? E chissà che crede di dire, visto che se ci parli, se lo osservi, se gli stai accanto la prima cosa che pensi è che sia appena uscito da un villaggio di Boscimani. Poi arrivano i mondiali e tifa per la Spagna. Gli dico, ma perché non tifi Congo? E lui si commuove dicendo che il suo cuore tifa per i congolesi, ma la società lo ha obbligato a essere spagnolo e per questo tifa le furie rosse. Però non festeggia. Questo glielo riconosco.»

«Ha una sua logica!»

«Purtroppo da bambino ha preso troppe botte in testa e forse è rimasto idiota. Non c'è altro motivo.»

«In effetti... E della madre di Pasqal, che ne è stato? Non mi dire che anche lei faceva la puttana!»

Silenzio.

Mi sono pentito subito della frase, visti i natali del mio interlocutore, ma ormai era tardi e non era il caso neppure di chiedere scusa; mi stringo nelle spalle mentre Rudy guardando il pavimento mi risponde: «Come ti ho detto, la puttana la faceva mia madre e ora mia sorella Ramona, anche se poi lavorando in centro...».

«Esatto!» faccio io annuendo a occhi chiusi per dar forza al discorso.

«Quanto a Pasqal, di sua mamma so poco: lui non parla mai della faccenda. Credo si sia fatta una nuova famiglia. Ricordo che una volta mi ha detto che si era messa con un uomo più vecchio, un bianco, e questo fatto a Pasqal non era andato giù. Certo anche a me dispiace se mia madre si mette con un cazzetto corto» e mi guarda in faccia come dire: e con questo siamo pari «ma, con rispetto parlando, non c'è nulla di male. Comunque sia, per l'anagrafe io e Pasqal siamo residenti a Girona e anche Faustin, che con la signora ha ancora qualche rapporto. Lui è stato praticamente trovato in strada e quella donna gli ha fatto da mamma sempre. Per questo le vuole davvero bene ed è attaccato a quella donna più di Pasqal stesso. E poi, come dice lui, in questo modo nessuno può trovarci… e tutto considerato, qualcuno che ci cerca anche solo per riprendere dei soldi prestati c'è sempre.»

In bagno arriva anche Ramona. Si crea un attimo di imbarazzo, poi mi guarda seria e automaticamente afferro l'asciugamano dalle sue mani e me lo piazzo in testa da solo. Loro ridono, lei fa gli occhi furbetti: «*Cabrón!*» mi dice, e godo nel sentirmi considerato. Poi Rudy esce, lei siede e il lento fruscìo dell'orina nel centro perfetto del water sancisce il triplice fischio alla nostra conversazione. Sono le sette, non mi sento stanco, fra poco mi spetta il rancio e poi una notte scomoda fatta di uomini con le braghe calate che si illuminano con la luce fioca di questa stanza. Ancora qualche giorno e tenterò di mettermi in piedi; devo provare a fare del movimento, esercitare gli alluci, le ginocchia, la colonna vertebrale. Poi potrò andarmene, forse.

30

Lust for life

In un posto lontano, Chen produce manufatti a ritmo serrato per una paga da fame. Il padrone lo ha fatto partire spinto dal consiglio delle famiglie della sua terra e lui è arrivato con la palla già al piede. Il cinesino lavora e non pensa che a cucire maniche e orli imperfetti, a forgiare capi d'abbigliamento di pessima fattura che presto finiranno indosso a nuovi poveri malvestiti.

Al lavoro non c'è tempo per gustarsi gli avanzi riscaldati, si deve trangugiare e poi andare al bagno solo quando è strettamente indispensabile. Nel cesso non ci si chiude a chiave, non ci si masturba e non si va troppo spesso perché il giorno è composto di sole sedici ore lavorative. La parola svago non esiste, la parola affetto non esiste, la parola riposo non esiste; esiste solo una schiavitù che non ha nome, ma che permetterà al cinesino di comprarsi un giorno la libertà. Così, da grande, il piccolo Chen potrà farsi schiavizzare da chi preferisce, avrà tempo per andare al centro commerciale e iniziare lentamente a sfruttare i suoi simili, appena arrivati.

Intanto il nostro inutile eroe produce schifezze a ripetizione davanti a una Singer, che proprio non vuol saperne di cigolare a bassa voce. Chen lavora e il cervello corre lontano dove la macchina da cucire è un roboante prototipo, mentre la traccia ondulata del filo che cuce è il percorso a zig-zag di una strada di montagna. Una via percorsa mille volte a piedi nella Repubblica Popolare, che ora è il terribile percorso del campionato mondiale di categoria. Chen è in testa e a inseguirlo è il suo schiavista che neppure in sogno ha mai osato sfidare, neppure alla morra.

Ora però tutto è differente: Chen non è il piccolo emarginato che popola il ghetto, addesso è l'idolo delle ragazzine in minigonna, con le tettine che ballano mentre saltano e lo chiamano bagnandosi le mutandine. Chen è osannato dalle masse ululanti e le sue corse sono magnifiche epopee a lieto fine. Il suo corpo tozzo è inchiodato a una sedia di plastica che gli fa la schiena rossa e il culo a strisce, ma la sua mente viaggia su quella pista terribile. A testa bassa, fra le fila di un esercito di cavallette, Chen getta la vita, distruggendo l'economia e il lavoro di chi ha lottato per diritti che lui stesso ignora di avere. Chen siede al suo posto perché tanti grugni pallidi hanno mangiato con gli spacciatori di uomini, prima di farsi furbi e mettersi in proprio. E ora i bianchi sono arrabbiati con Chen, mentre i nuovi ricchi girano in fuoriserie, fumano come piccole ciminiere e bevono vino buono allungato con preziosissima acqua minerale. Un manipolo di comunisti reali distrugge il lavoro e le idee di altri uomini un tempo realmente comunisti. Inutile piangere, la macchina Singer deve girare. Il lavoro deve andare avanti.

In un'altra città, nell'Ungheria orbaniana, un italiano sta imponendo la sua mascolinità a due ragazze dell'Est, disposte a farsi penetrare ogni orifizio per una paga dignitosa. Lui le prende insieme e le brutalizza a turno mentre incrociano le loro lingue per poi leccare una alla volta lo scroto del loro benefattore, sorridendo alla camera digitale che le immortala seni al vento e sesso dilatato.

Le pulzelle hanno venti anni ciascuna, anche se all'obiettivo curioso, prima di farsi sodomizzare, hanno dichiarato di averne diciotto e con uno sguardo di circostanza sono esplose in una casta quanto maliziosa risatina. Sono belle e all'apparenza innocenti: la pelle chiara, le codine ai capelli e l'apparecchio ortodontico sul quale il nostro eroe sogna di concludere il proprio piacere. Così mentre vengono penetrate alla pecorina, le ragazze si sentono sopraffatte da uno sconosciuto ma ridono, perché questo piace a chi si masturba a casa.

Entrambe provano un leggero imbarazzo a farsi prendere davanti a tanta gente che le illumina, le trucca e che non vede l'ora di andare a casa. Entrambe si abituano velocemente alla compagnia e si lasciano andare. Poco importa se qualcuno le riconoscerà, poco importa se si verrà a sapere, la gente ha la memoria corta e loro sono bellissime. Entrambe, in ultimo saggiano il gusto dello sperma e delle loro lingue che si intrecciano. I capelli si appiccicano ai seni, alla biancheria e ai loro corpi. Le facce sono distese mentre si carezzano vicendevolmente per l'ultima inquadratura che sfuma sul loro sorriso imbrattato.

Dietro la macchina da presa, due inservienti preparano gli asciugamani puliti mentre la scena finisce tra la soddisfazione generale per aver girato a tempo di record l'ennesima opera: anche questo lo chiamano lavoro. Lo chiamano così perché una volta terminate le riprese l'attore fa "ok" con la mano, saluta le ragazze e le manda dal ragioniere a riscuotere l'assegno. Lui riguarda la scena mentre le signorine sono già nell'ascensore con l'interno a specchi, in fuga verso un bus che non faranno in tempo a prendere.

Alla fermata, vicine l'un l'altra sono semplici conoscenti e sorridono senza sapere cosa dirsi; per questo ora provano un sottile imbarazzo. Eppure sono felici, visto che si sono appena pagate un anno di retta universitaria. Inga scende dopo otto fermate e saluta l'amica della quale conserva, a sua insaputa, un minuscolo pelo pubico sotto la lingua che la disturberà tutta la sera, mentre finge col fidanzato di aver trascorso una giornata noiosa.

A Malé, Abdulla costruisce barchette per i pescatori delle isole: ha un flessibile e pochi attrezzi ereditati dal padre, anch'egli decoroso morto di fame. Il sole lo sveglia presto nella sua casa umida e il "cantiere" è una spiaggia a pochi metri dal suo letto. C'è tempo per iniziare a faticare e dall'amaca sente le barche dei turisti farsi largo fra i pescatori, i bagnanti e la barriera corallina: vede quell'orda di stronzi che invade la sua terra sostenendone l'economia, inquinando quel paradiso.

Il popolo di Abdulla è fatto di persone socievoli, un esercito che non incolpa il mondo della propria povertà: se deve essere così, che lo sia e basta, inutile lamentarsi. Abdulla ha la pelle scura, ma quando chiedono a quale etnia appartenga, dice di essere Maldiviano, né bianco né nero, uomo e basta.

Con le sue mani, Abdulla cerca di sopravvivere senza mischiarsi all'industria del divertimento e dei tizi che sbarcano e lo squadrano curiosi come una maschera popolare, un'attrazione esotica, un benefit pittoresco per il costoso soggiorno di tanti uomini in carriera. E lui sorride, perché il nano da giardino deve essere buono. Eppure un mese fa ha strangolato un pescatore e lo ha mollato in acqua, legato per il collo a far da esca ai pescecani. Un morto che torna nel sonno, con occhi che sono crateri e la faccia mangiata da pesci voraci. Sapeva troppe cose quella persona, parlava in giro, chiedeva soldi.

Suona un clacson, sbarca un battello di villeggianti americani, Abdulla sbircia dalla capanna i ragazzi bianchi, muscolosi, coi pantaloncini aderenti tutti colorati; si masturba guardandoli, fantasticando di esser preso come una troia nella sua barchetta nuova e sodomizzato da un nugolo di adoni sorridenti che se lo passano fra loro come fosse un oggetto. Scopato e umiliato, prostituta minorenne di un bordello filippino, enfia di malattie, usato e imbrattato, montato come una pecora coperta da mille montoni. Usato e sfruttato come il mondo civile sta già facendo con la sua isola.

A Parigi, all'interno di un mascherone Disneyano, Séverine smania sudore e ha la vista annebbiata, schiuma di nausea e sta per vomitare l'anima. Minnie Mouse non si fa di ero da due giorni, è incinta e sta a ruota come non mai. Lei che addosso ha lo schifo, con la sua faccia di peluche ride ai piccoli che l'abbracciano e trema, sbava e arranca sui tacchi di gomma di quel sorcio maledetto.

Muove le mani, Séverine, e la testa, la sua, le scoppia mentre gli occhi si stanno per ribaltare e la voglia di urlare bestemmie e maledizioni si fa largo in mezzo agli ultimi sprazzi di autocontrollo. Séverine odia il mondo ma coi piccoli sembra tanto affettuosa perché essere goffa fa parte del personaggio che interpreta, e se ogni tanto stringe troppo qualche creatura innocente o inciampa, mentre si vomita addosso e nello scafandro di stoffa, tutto sembra nella norma a chi la vede da fuori. Invece le sue braccia sono peste di buchi, inguainate da una calzamaglia che la stritola e le rende le gambe, gonfie di ritenzione, due salsicce di lattice sul punto di esplodere.

«Séverine est attendue dans la direction…» continua a vociare l'altoparlante di Disneyland Paris, dove tutto è una bella festa. Il direttore la vuol cacciare perché arriva sempre tardi e ha occhiaie da strafatta. A lui non importa della gravidanza, del fatto che senza soldi finirà in strada o tornerà dal suo ex che la picchia e la riempie di roba tagliata male. Lui ha mille buoni motivi per liberarsi di quel rottame e tornare a casa dalla sua bella famiglia che fra due anni perderà in un brutto incidente.

I bambini non sanno che Minnie li ammazzerebbe con le sue mani, strangolandoli a morte fino a fargli cagare l'anima dagli sfinteri liberi. Li storpierebbe di botte quei marmocchi del cazzo, senza il minimo pensiero, solo per una dose da spararsi nelle vene purulente. I bambini non lo sanno che la moglie di Topolino sarebbe pronta a battere il marciapiedi per comprarsi una dose e che se ha mantenuto il suo lavoro è proprio per la sua capacità di inginocchiarsi e succhiare.

Séverine invece sa tutto.

Sa anche che suo figlio nascerà malato e che le verrà strappato in fasce. Così Minnie piange sotto il mascherone morbido ogni volta che abbraccia un piccolo figlio di puttana in vena di coccole. Piange e sogna di sgarrarsi le vene con un bello schizzo d'amore.

A Barcellona in una vasca da bagno, un fallito punta i piedi sul bordo smaltato di una tinozza da bagno e tenta a fatica di uscire dal suo loculo.

31

Sparring Partner

Questa notte fra le cosce di Ramona, non c'è stato il consueto ingorgo e sono riuscito a dormire. Mi sento bene, forse fra una decina di giorni sarò in grado di alzarmi piano piano, di camminare con un bastone, di lasciare la vasca e ricominciare a vivere. La cura a base di pappine e latte caldo ha fatto effetto e sono quasi pronto per passare alla fase successiva: la masticazione.

I dentini del resto mi sono spuntati e coi nuovi incisivi, oltre a qualche biscottino Plasmon, vorrei tanto mordicchiare i capezzoli di Ramona.

C'è Faustin a farmi compagnia nel mio ufficio. L'eroe moderno dice che ho un colorito meno tendente al verde e che si inizia a distinguere la differenza cromatica fra la mia epidermide e la vasca da bagno.

È spiritoso il moro e oggi si sente particolarmente loquace; dunque ne approfittiamo per una rilassante chiacchierata fra delinquentelli. I fratelli oltretutto mi hanno portato una radiolina (che per scaramanzia ho posizionato ben lontana dal bordo della vasca) con la quale ascolto Radio Platja d'Aro, e una copia sgualcita della *Vanguardia* di qualche giorno fa. Ho già controllato la pagina con gli annunci delle prostitute e qualcosa bene o male l'ho trovata per quando mi sarò rimesso. Faustin, intanto, mi guarda e sorride. Il ragazzo si diletta di football ed è tifoso del secondo team di Barcellona.

La cosa pare inspiegabile.

Allora lo sfotto.

«Ma dico, come si fa a crescere nel centro della città del *Mes que un club* e tifare Espanyol? Maradona, Guardiola, Rivaldo, Ronaldo, Zubizzarreta, Segarra, Migueli, Puyol, Ronaldinho, Cruijff padre e figlio hanno tutti giocato con la maglia del Barcellona, mentre un giocatore buono dell'Espanyol non mi viene in mente nemmeno a pensarci con tutte le mie forze. Forse Iván De la Peña... che comunque aveva indossato prima la *camiseta blaugrana* per poi passare alla Lazio dove famoso lo divenne soprattutto per il coro degli ultras "De la Peña non si impegna", quindi lasciamo perdere. Neppure i pakistani che vendono souvenir in strada hanno nulla dell'Espanyol sulle loro bancarelle. Quelli smerciano solo magliette di Messi e Griezmann, al limite Xavi o Iniesta per i nostalgici, ma nulla di strisciato bianco azzurro: manco un maledetto portachiavi si trova in giro con i colori dell'Espanyol. Faustin mi guarda e annuisce: sa già tutto questo e chissà quante volte si sarà mangiato le mani per essersi affezionato ai colori sbagliati. Pare Nick Hornby: ha fatto una scelta che lo farà soffrire tutta la vita, ma una volta presa la decisione non puoi tornartene indietro: a quel punto sei fottuto.

«Chico Nichi, quando sei un perdente e decidi che nulla di buono ti deve appartenere, allora zio, nemmeno la squadra buona può essere la tua. A quelli come me con la sfiga addosso, il calcio interessa poco, ma se proprio decidono di tifare, lo fanno per le perdenti, perché è più facile riconoscersi in quei colori scialbi, piuttosto che nel Camp Nou intero, pieno di gente che paga il posto una fortuna e che urla contro il potere per farsi figo» diceva Faustone, tagliandosi le unghie dei piedi davanti a me con un tagliaunghie con impressa l'effige di San Jordi. «Se vinciamo qualcosa non so neppure come esultare, frate', o come fare festa... Non è proprio nelle mie corde battere un avversario, non mi è capitato quasi mai e va bene così. Se abitavo a Madrid, puoi scommetterci il tuo maledetto culo bianco che tifavo per l'Atletico o per il Getafe o ancora più facilmente per il Rayo Vallecano, e se ero di Torino portavo le mutande granata. È più forte di me e sai che ti dico, sono fiero della mia scelta: sono dall'altra parte della barricata, contro tutti e tutto. Aggressivo e perdente ma cazzuto come Jena Plinskey o Karim Abdoul Jabbar quando si mette contro Bruce Lee in tutina gialla e lo saccagna di botte. E poi i biglietti per lo stadio a El Prat costano meno. Sì, sì bello mio, sono convinto della mia scelta, anche perché...»

«No, aspetta,» lo interrompo «vuoi dire che quello che fa il karateka cieco nel film di Bruce Lee è sul serio Jabbar? Quello dei Lakers?»

«Proprio lui! L'amico Karim! E io mi sento cazzuto come lui e abbuffo il culo a tutti quanti» e fa un gesto da karateka un po' ridicolo.

«Cioè, tu parli di quello scalzo coi piedi zozzi che alla fine ne prende tante quante un somaro in salita? Ti senti cazzuto come lui? Stai attento che poi un cinesino di un metro e mezzo ti rompe il culo!»

«Bruce Lee intanto aveva mani registrate come armi mortali, non era un cinesino qualunque. Ma Karim lo incarta sodo ugualmente.»

«Uno che peserà sì e no cinquanta chili se si mette due sassi belli grossi in tasca? Quello lo menavo anch'io e nello stato in cui sono ora. Karim alla fine ci fa un po' la figura del tordo, altro che picchiatore...»

«Oh, vacci piano, ciccio, hai visto quanti scapaccioni molla a Bruce Lee mentre quello starnazza? Prima naturalmente che il muso giallo vinca per contratto. Tanti bei cazzotti e calci neri! Poi il cinese usa un trucco e vince senza onore» e fa un altro gesto da karateka, ma stavolta più accentuato e mi tocca ridergli in faccia: «Va be', non ti arrabbiare Faustone, so che è solo un film, ma non negare che il gigante ne prende una bella scarica, no? E fra l'altro farsele dare da uno alto un bigolo e due barattoli, conciato in quella maniera, che urla e strilla dopo ogni pugno, insomma è anche un po' umiliante, no?».

«Sì, ma scialla un attimo, perché se quella mezza sega non...»

Sbooom!!! Un colpo alla porta fa vibrare i muri della casa e quelli del vicino.

E ora che succede? Un botto forte, come qualcuno che sbatte su un mobile con tutto il corpo e quasi lo rovescia. Poi gemiti e urla incomprensibili.

Deve essere Pasqal e non è un buon segno che già a quest'ora sia in forma olimpica.

Ci guardiamo negli occhi e il mio amico caccia i suoi fuori dalle orbite come se quel rumore fosse quasi familiare. Ne ha viste troppe il ragazzo e la sua espressione si fa grave. Altro che cazzuto come Jabbar, ora è un topolino di campagna che si fa ancora più piccolo incassando la testa fra le spalle. Quasi trema, gli metto la mano sul dorso della sua e lo guardo per rassicurarlo, per dirgli che va tutto bene e che ci sono io. In un film di Ozpetek a questo punto ci saremmo già dati un metro di lingua in bocca e sarebbe partito il sottofondo musicale di Gabriella Ferri. Invece qui nessuno si muove mentre il resto della casa frulla al posto nostro.

«Vieni dentro pezzo di merda! Vieni che te la faccio passare la voglia di fare il furbo! Spia! Maiale bastardo vieni in casa che ti concio a dovere!»

Qualche soprammobile da due soldi va in frantumi, poi altri rumori sordi e un pezzo di vetro si spacca. Forse è una bottiglia o qualcosa del genere a giudicare dal rumore che fa…

«Quello che hai rotto era il cilum di Rudy: ora chi glielo dice a mio fratello? Mi sa che ti becchi anche le sue di botte quando torna, eschimese di merda! E stai attento o te ne darò talmente tante da farti rimpiangere di essere venuto al mondo, cinegro che non sei altro.»

È Pasqal a dirigere la quadriglia sputacchiando insulti: «Resta qui idiota che devo fare una cosina; se ti muovi ti ammazzo a calci in faccia; te lo spacco quel muso da scemo, capito?! Ti faccio tornare gli occhi rotondi a furia di sberle».

Ramona dorme beata con la fessura meno consumata del solito e il padrone di casa la sveglia mormorando qualcosa che non riesco a comprendere; mi accorgo solo che c'è un certo confabulare. Faustin si alza e va a vedere; non ha più la faccia intimorita di prima, ha capito che nessuno è arrabbiato con lui e va in ricognizione.

«Madre mia… e chi è questo? L'ha spaccato lui il cilum?»

«Non ho fatto nulla, lui mi ha spinto e il cilum è cascato da solo e… ouuf!»

Un calcione deve aver raggiunto il neoarrivato, almeno a giudicare dal rantolo… l'ospitalità da queste parti è sacra.

«Guarda che mi hai fatto, mi hai rotto il naso; vi state mettendo nei guai, lasciatemi andare… ehi no! No! No! Basta! Ahia, lasciami il braccio, ahia!»

«Il naso? Il naso te lo taglio, altro che romperlo!» vocia Pasqal perentorio, poi ancora cocci in frantumi, un mugolio sommesso e di nuovo vetri che si sbriciolano. Credo che i ragazzi siano passati alla distruzione sistematica di tutto il vasellame e fra poco, se vogliono rompere qualcosa sulla testa dell'ospite, serviranno i soprammobili dello scemo accanto. Magari vogliono fare un po' di pulizia del ciarpame e disfarsi del servito della nonna.

«Ragazzi volete distruggere tutta la casa in testa a questo cinese?» sbotta Ramona.

«Ascoltami bene, questo stronzo ha rotto il cilum di Rudy, quello che gli aveva regalato Manuela. E non mi pare cinese, cioè, questo ha gli occhi a mandorla ma si vede che è uscito da un altro buco.»

Silenzio.

«Cioè, raga, gliele state dando di santa ragione in due, solo perché ha rotto il cilum?»

«E ti pare poco?»

«Secondo me non è nemmeno un male: magari Rudy così riesce a metterci una pietra sopra a questa storia della sua ex… che quella non è una donna, è una voliera.»

«Ramona,» incalza Pasqal «guarda che questo qui l'ha combinata grossa. Ora lo gonfiamo per bene sto' Giuda.»

Sbeng! La padella sulla testa, credo.

È di nuovo il turno di Faustin: «Ma perché lo hai portato qui dentro? Non lo potevi picchiare per strada questo stronzo? Che ti ha fatto? E tu stai fermo, guarda che ti spacco quella faccia da ebete e ti rimando a calci nel tuo cazzo di igloo».

Sono confinato in questa stanza col mio puzzo di ascelle

e una volta che c'è dello spettacolo non me lo posso godere. Insomma, vorrei spaccare qualcosa anch'io, tanto per sentirmi della cricca... E invece c'è un certo mormorio, ma non riesco a decifrare cosa dicono: parlano troppo piano. Passano due minuti poi la voce di Ramona dalla cucina squassa l'appartamento e si ricomincia a ballare più forte di prima: «Cooosa!? Ma la puttanissima di sua madre, io questo lo ammazzo!»

Ramona non dire le parolacce che il turpiloquio non ti dona, penso fra me e me, ma poi... crash! E anche l'ultimo soprammobile (dal rumore pare un vaso finto cinese che Pasqal usa come gabinetto da notte) finisce in testa all'ospite. Speriamo almeno fosse vuoto.

Il nuovo venuto però deve averla fatta davvero grossa per meritarsi tutte queste attenzioni! In ogni caso i soprammobili di questo appartamento credo siano finiti, dunque non ci sono più scuse e si passerà alle botte pure e semplici, vecchia maniera. Se non altro i calci fanno meno rumore e magari riesco pure a rimettermi a dormire.

«Oh, ragazzi, tutto a posto?»

Tony, il vicino di casa, ha scelto il momento sbagliato per non farsi gli affari suoi e si sporge dal terrazzo direttamente in cucina.

Ermetico come da copione, Rudy lo liquida: «Negro, fatti i cazzi tuoi, tutto sotto controllo».

E in effetti qui è tutto a posto, tutto nella norma.

In cucina si confabula mentre il ciccione che abita davanti canta una delle sue canzoni stendendo i panni: «*L'avi Siset em parlava de bon matí al portal mentre el sol esperàvem i els carros vèiem passar...*».

Nel naso il profumo delle strade del quartiere è sconfitto

dall'aroma del pane caldo che arriva chissà da dove. Rumori più sottili, invece, scricchiolano vicino all'ingresso: deve essere il topo che tenta la fuga. Purtroppo l'uscio è chiuso a chiave.

Pasqal non la prende bene: «Ah, ma allora ci vuoi anche prendere per il culo?».

«No, io… no, veramente stavo solo…»

«Decidi» fa Pasqal perentorio «o ti piace farti picchiare, e a questo punto, visto che sono una persona buona non posso che assecondare le tue richieste, oppure stai cercando di scappare. Ma se stai cercando di scappare, non ho altra scelta che quella di fracassarti di cazzotti, tu mi capisci, no?»

«Non volevo scappare…»

«Allora ci volevi prendere per il culo?»

«No…»

«Senti… dimmi la verità» cinguetta piano piano Pasqalone maragià. «Questi che vivono qui, il negretto e la ragazzina… tu li hai presi per un mucchio di imbecilli, vero? Dimmi un po', pensi che siano dei gorilla con l'anello al naso e la sveglia al collo? Dài fratello, dillo a me» e qui la voce si fa meno gentile «dillo che i miei fratelli sono solo dei musi neri e pensi di poterli prendere per il culo. Dillo pure che poi ci facciamo una bella risata tutti insieme, eh! In fondo a me non fa né caldo né freddo, quindi dillo pure che sei più intelligente di loro, spione di merda! Parla se hai i coglioni!!! Forza, ripeti con me: io sono più furbo di tutti quei negri!» E a questo punto urla tanto che il ciccione dirimpettaio smette di cantare: «Ma forse gli eschimesi non ce li hanno i coglioni per dire certe cose! Voi e il vostro Confucio del mio cazzo.»

Silenzio e incredibilmente nessuno sfascia qualcosa in testa al prigioniero.

Silenzio.

«E ora che fai? Piangi? Non me ne frega un cazzo se mugoli, tanto ti ammazzo ugualmente, merda. Guardalo come frigna l'eschimese... Crede di intenerirci» e giù botte da tutta la famigliola. Questo in venti minuti ne sta prendendo quante Foreman a Kinshasa nel *Rumble in the Jungle*: «Pasqal buma ye! Pasqal buma ye! Pasqal buma ye».

Poi finalmente viene presa una decisione: «Per ora» grugnisce Pasqal «lo si imbavaglia col nastro adesivo e lo cacciamo in bagno, così avrà anche un guardiano fisso. Ramona, prendi lo scotch là dentro e tu Faustin dammi una mano che questo fagotto di merda pesa qualcosa...»

Allora lo scocciano tutto come una mummia postmoderna e iniziano a trascinarlo per casa.

Sono curioso di vedere come lo hanno ridotto.

Si apre la porta e mi scaricano in terra un cristiano con la faccia tumefatta che rantola sulle mattonelle rattoppate. Nessuno dice nulla. Io stesso taccio mentre i membri della Sagrada Familia mi guardano di traverso dalla soglia del cesso.

La cinepresa ruota di quaranta gradi e le immagini vengono catturate dall'alto, c'è una musica grave, una donna bellissima in mutandine, un uomo che sanguina sul pavimento, due fratelli torvi e un disgraziato semi paralizzato nella vasca da bagno.

32

La spia che viene dal freddo

«Intanto, questo non è un eschimese» preciso con irrinunciabile manierismo, agitando anche il dito indice «altrimenti si sarebbe sfregato il naso al vostro e offerto la moglie per una bella scopata in igloo. Sono gente a modo gli eschimesi. Questo stronzo è un peruviano da due soldi, anche se a furia di cazzotti gli avete quasi cambiato i connotati; altre due sberle e anche sua madre lo potrebbe scambiare perfino per un tirolese: il ballo degli schiaffi glielo avete già fatto fare in cucina, tanto vale gli mettiate una tutina con le bretelle e un cappello con la penna.»

Tutti zitti.

Nessuno pare gradire l'ironia di stampo inglese del mio siparietto.

Insisto cambiando rotta: «Insomma, questo è un peruviano, almeno a giudicare dai tratti somatici. Gli Amerindioidi sono un ramo distaccatosi dalla razza mongoloide e sviluppatosi nelle Americhe. Ora, se me lo permettete vorrei aggiungere...».

E viene il momento che il fratello nero alza la voce e stringe il pugno: «Nichi basta, o ti prendo a calci in bocca, perché un conto è sopportare un bambino viziato che se lo è fatto mettere in culo da mio cugino Biancaneve, un conto è questo infame che ci siamo portati in casa. Se tu sapessi quanto mi girano, ti giuro ci penseresti due volte prima di aprire quella cazzo di bocca di merda, perché sappi che ora ho solo tanta, tantissima voglia di fare fuori qualcuno. E se questo insetto è il primo in graduatoria, non è detto che non ci sia una bella razione di cazzotti anche per te».

Taccio, abbasso lo sguardo e mi aggiusto la coperta fin sopra il naso.

«Questo bastardo senza Dio» continua Pasqal infuriato, «stamani ha fatto ingabbiare Rudy.»

Rimaniamo tutti di sasso, poi il casiere insiste: «Stavamo aspettando Ricardo davanti alla casa degli ombrelli, lì in Plaza de la Boqueria, per vendere qualche pezzo, quando sono passati due sbirri che neppure ci avevano notati e lui, questo cencioso, questo vomito, questa spia, ha smesso di suonare il suo piffero del cazzo ed è andato a denunciarci, la merda».

Il ragazzo tenta di mugolare qualcosa, ma Pasqal gli molla un pugno vicino al collo che lo mette a tacere.

«È andato dai gendarmi, hanno parlottato un po', poi le guardie hanno cominciato a squadrarci. Uno dei due ci ha indicati col manganello e ci sono venuti incontro con passo spedito. Noi allora ci siamo dati, facendo gli gnorri e questi hanno cominciato a correre e a urlarci dietro e ci è toccato scappare. Cazzo quanto correvano, avevano il fuoco in culo i pulotti, e se la strada non fosse stata piena di gente ci avrebbero presi quanto è vero il mio culo, mezzi fatti come eravamo. All'altezza della statua di Colombo ci siamo divisi: io sono andato verso Plaza Genet più veloce della merda nei tubi, lui verso il mare. Al primo portone mi sono ficcato dentro e ci son rimasto un'ora con la paura fottuta di essere pescato. Rudy mi sa che lo hanno pizzicato dalle parti del Bar Leo. Questo me lo hanno detto Raul, Thomas e i ragazzi della Barceloneta che l'hanno visto coi loro occhi, porcaccio il demonio.»

Restiamo tutti di stucco, il sottoscritto al centro, gli altri attorno alla vasca, come in un presepe fra i sanitari. Pasqal ogni tanto butta uno sguardo torvo al prigioniero continuando il racconto, mentre Faustin e Ramona, straniti, pendono dalle sue labbra. Il peruviano, invece, stona con questa natività pagana perché ha gli occhi che strabuzzano dalle orbite e respira affannosamente tipo bulldog francese. Inoltre la sua pelle sta cambiando colore al pari di un souvenir che varia tonalità a seconda del tempo, e in questo momento è di un violetto pervinca, tipo quando promette temporale.

«Insomma, i ragazzi hanno visto Rudy passare di corsa, con dietro tutto un esercito di stronzi in divisa! Capito che faccenda?»

Con cautela, visto che l'ostaggio inizia a tendere a un viola ancora più acceso, tento di frenare il resoconto in corso: «Perdonami se ti interrompo, Pasqal, ma temo abbiate posizionato lo scotch troppo in alto in faccia all'eschimese, tanto da ostruirgli le narici e... cioè non pensare che sia dalla parte di questo Giuda Iscariota, per carità, ma non vorrei schiantasse soffocato, perché a occhio mi pare già cianotico...» e non finisco neppure la frase che Pasqal, senza guardare, sgancia un calcione al diaframma del prigioniero talmente forte che l'eschimese con uno sbuffo scosta il nastro adesivo dal naso, quel tanto che basta per non diventare immediatamente freddo.

«Questa merda squacquera per me può anche crepare, così mi risparmia la fatica di ammazzarlo... perché lo sai che ti ammazzo, vero?» e verga uno sputacchio al poveretto, il quale non accenna reazione alcuna ormai.

Poi si mettono tutti zitti e fanno per andarsene.

«Mica mi lascerete qui in bagno 'sta mortadella di cazzotti?»

«E dove vuoi che lo mettiamo Nichi?» replica Faustin. «La casa questa è… o pensi che dovremmo fissargli una camera al Palace Hotel?»

«Ma tu come hai fatto ad acciuffarlo?» chiedo a Pasqal. «Se sei scappato per non essere arrestato, non è che poi l'hai scambiato per un altro? Perché 'sta gente di colore si somiglia tutta. Sei sicuro che fosse proprio questo lo spione?» ma è impossibile andare avanti perché Pasqal è una furia.

«Certo che sono sicuro, ci potrei scommettere tutte e tre le mie palle! L'ho beccato esattamente dove l'avevo lasciato. Ti rendi conto che questo sacco di merda cacata a forza ha fatto arrestare mio fratello e nemmeno si è preoccupato di nascondersi? Se ne stava a raccattare la sua elemosina suonando il flauto insieme al suo clan di mezze seghe: ma chi siete, i Gipsy Kings eschimesi?! A me fanno incazzare anche quelli spagnoli!

Insomma, la faccio breve: li ho visti e mi sono nascosto, fin quando hanno finito di appestare l'aria. A quel punto lui si è mosso e l'ho seguito. Questo cane ci si è messo da solo in gabbia, venendo di sua spontanea volontà fino al peep show che c'è giù all'angolo. Non so se capite, questo merdoso, dopo aver tentato di farci mettere in galera, coi pochi spiccioli rimediati a fare il buffone, se ne stava andando a farsi una bella sega in santa pace al locale porno e alla faccia nostra! Capite che razza di degenerato è questo?»

Silenzio, ci facciamo tutti un esame di coscienza, poi Pasqal riparte: «Ma io glielo taglio il cazzo a questo stronzo!

Poi vediamo come fa a farsi le pugnette 'st'eschimese dei miei coglioni!».

Ramona si alza dal water, smette per un attimo di limarsi le unghie e si avvicina al prigioniero, brandendo l'aria col dito ondulante: «Eh eh eh! Bambino cattivo, non lo sai che a fare quelle cose si diventa ciechi? Ma ora lo zio ti fa tottò!».

E Faustin molla un bel calcio a quel viluppo di ematomi, tanto per non fare la figura del subalterno. Ora il nastro adesivo non rischia più di uccidere il peruviano, sempre se il tipo sopravvivera alla ripassata che gli stanno dando. In ogni caso non sono affatto convinto della congruità della ricostruzione dei fatti: Pasqal è il tipico soggetto che quando perde le staffe non distingue la realtà da quel che ci ha costruito attorno. Chiedo: «Tu dici che questo qui, dopo aver fatto arrestare Rudy, tutto tranquillo se ne andava al peep show? Ma sei sicuro di non aver preso un granchio?» grande delatore e grandissimo onanista, mi viene da pensare e già lo stimo il pifferaio. «E le madame manco se lo sono venuto a cercare per interrogarlo? Dopo tutto il casino fatto per prendervi, in fondo un testimone gli avrebbe fatto comodo. Oltretutto si tratta di un artista di strada, quindi uno che in teoria cambia spesso città e magari se lo perdevano. E poi, questo che vi indica davanti a tutti, si fa vedere mentre fa la spia e rimane sul posto, come nulla fosse, continuando a suonare. Dovrebbe avere le palle quadrate per tenere una condotta del genere, e a guardarlo bene questo mi pare proprio che gli attributi li abbia lasciati attaccati al flauto. Voglio dire: mica siete stati colti in flagrante, quindi se vi ha denunciato deve aver detto di esser stato rapinato, ma a quel punto ti portano in questura a fare denuncia… e tu invece dici che non gli hanno preso nemmeno i documenti. Magari è il primo informatore eschimese della polizia spagnola e allora cambierebbe tutto, ma a guardarlo, a Serpico ci somiglia poco e nulla...»

Pasqal sta perdendo la trebisonda perché le sue convinzioni cominciano a vacillare e il dubbio di aver fatto una cazzata si sta insinuando in lui, facendogli montare ancora di più il cattivo.

«Magari però» aggiungo per dar respiro alla manovra «possono averlo torchiato quando eri nascosto nel portone...»

«Certo che lo hanno interrogato in quel momento» urla Pasqal come in preda a una visione mistica «certo che è andata così, mica mi sono inventato tutto!»

Ma il moro parla per convincere me o se stesso?

L'ecchimosi vivente mugola qualcosa e stavolta la pedata entusiastica gli giunge proprio in faccia, mandandolo in sonno senza tanti preamboli.

«E poi» prosegue, Pasqal a voce bassa per non disturbare il riposino del nuovo venuto «magari Nichi ha detto giusto e questo è uno che collabora con le autorità. Che ti credi, gli infiltrati sono spesso degli insospettabili, dei sacchi di pulci come questo; anzi proprio quelli come lui sono adatti a intrufolarsi in mezzo alla brava gente e... e probabilmente era da un po' che ci dava la caccia. Non siamo mica delle mezze tacche, noialtri!»

Annuisco.

Ramona invece non lascia correre: «Avevamo El Chapo in famiglia e nessuno lo sapeva: senti bello, che ce ne facciamo di questo scemo?».

«Lo so io che ne facciamo» Pasqal sembra addirittura avere un piano. «Lo teniamo in casa con noi e chiediamo un riscatto. Ci facciamo mollare una sommetta dai parenti e col gruzzolo ci diamo alla macchia: fuggiamo a Madrid o a Malaga, che ne dite? Da lì si potrebbe anche andare in Marocco, in fin dei conti, Ramona, tu non parli un po' il francese?»

«Magari. Mica sono tuo cugino Biancaneve, io! In tutto conosco quattro o cinque bestemmie in quella lingua, imparate da Rosa, l'Edith Piaf del mugolone, quella che batte in Santa Monica, davanti al bar Pastis. Qualcosa mi ha insegnato... cioè so dire buongiorno, buonasera, arrivederci, tira fuori il cazzo, grazie e col guanto o senza?»

Quanto mi eccitano le intellettuali, penso ammaliato.

«Però, scusa,» riprende la francofona «ma chi vuoi che ti dia un soldo per questo scemo tutto ammaccato? Oltretutto ora sa anche dove abitiamo e ci ha visti in faccia.» Poi Ramona si interrompe e cambia tono, addolcendosi: «Guardalo che carino, si sta svegliando. Ma che tenero è? Tutto spaurito. Stellina t'hanno picchiato? Posso dargli un calcettino anch'io? Uno piano piano, giuro che non lo sciupo».

L'eschimese apre gli occhi e probabilmente prega con tutte le sue forze di essere uscito dal peggiore dei suoi incubi ma ha la delusione in faccia e Ramona ne constata il ritorno in vita: «Ciao amorino, io sono Ramona e faccio la battona».

Adoro questa donna.

«Sentitemi bene» e miracolo parla anche Faustin. «Questo ce lo teniamo per un po', tentiamo di ricavarne qualcosa e se non si guadagna niente lo facciamo fuori, lo strangoliamo e lo sciogliamo nell'acido nella vasca da bagno!»

«Ancora?! Possibile che nessuno di questa famiglia si renda conto che questi oggetti servono solo per lavarsi?»

«Lo teniamo nel cesso per un po' e...»

A questo punto Ramona sbotta: «Sì, lo teniamo nel bagno insieme a Nichi e cachiamo in mondovisione! Qui stiamo perdendo il cervello! E poi la notte, quando i miei clienti vanno a pisciare e si ritrovano questa specie di cadavere nella vasca e l'eschimese imbavagliato accanto, che succede? Mi pare che l'acquario col muso pallido sia già abbastanza esotico, no? Nichi tu mi perdoni vero se parlo così?».

Sorrido e faccio gli occhi a cuoricino: se mi dice un'altra parola la chiedo in sposa.

«Qui» continua Ramona «se non lo ammazzate subito, la notte vediamo almeno di piazzarlo nello sgabuzzino, che al gabinetto non si può proprio fare. A Nichi mi sono abituata perché è faccia nota da tanto, ma questo viene dall'Asia, chi minchia lo conosce a lui? Oppure...» e qui torna di nuovo dolcissima nei toni «gli chiediamo scusa e ce lo leviamo dalle palle... vero che non ci denunci, piccoletto sbertucciato?»

Silenzio.

«Guardate che tesoro,» riprende Ramona «ha fatto sì col capino. Pasqalino dagli un altro scoppolone di quelli forti in testa, che mi piace troppo quando si risveglia... Oh, senza ammazzarlo, eh!»

Il poveraccio accenna un guaito, vuol dire qualcosa, ha capito che ci potrebbero essere dei margini di trattativa, si agita, ma Ramona lo tacita subito: «Eh eh eh! Però ora non esagerare! Sei appena arrivato e vuoi tenere banco! Invece devi fare il bravo, altrimenti finisci nella vasca insieme al mafioso, ma in tanti piccoli pezzettini».

«E allora che si fa?» chiede Faustin.

«Va be', date retta a vostra sorella: per ora sistematelo qui, ma per la notte lo schiaffiamo nel ripostiglio e ándale!»

Faustin allora afferra per la cintura la povera vittima e lo adagia sotto il lavandino, legandolo come un salame. Poi gli molla un bello schiaffo in faccia, lanciando al coglione un'occhiata come per dire: "Guarda che se non fai il bravo, finisce che prima o poi qui le buschi".

L'andino ha gli occhi rovesciati ma gli passerà. Intanto qualcuno bussa alla porta: se sono i gendarmi siamo finiti. E io per primo.

Per fortuna è di nuovo il vicino di casa.

«Non è che ora gli sbirri vengono qui a cercare Pasqal?» insinuo, facendo l'avvocato del diavolo. «In fin dei conti hanno Rudy e, cosa non da poco, sanno dove abita.»

Faustin tace e cerca di aggiustare il cilum, mentre Ramona si siede di nuovo sul water, questa volta intenzionata a sfruttarne le funzionalità: «Rudy non parlerà mai, e per la polizia lui risiede a Girona. Tu invece che hai da guardare?» dice rivolgendosi al peruviano. «Non hai mai visto una donna che piscia? Dimmi la verità, Eschimio, vuoi farti la sega che ti è rimasta in canna, eh? Ma sei proprio un maialino tenerissimo tu? Pasqal prometti che se lo ammazzi mi fai stare a guardare?».

Il povero diavolo abbassa lo sguardo e lei rincara la dose:

«Piccolino sei: devi avere il pistolino ancora in tiro, saranno quasi tre centimetri, eh? Però non ti abituare alla mia passerina perché d'ora in poi ti becchi l'asciugamano a fiori di Nichi... e tu Nichi invece puoi guardare, tanto a te non tira più!».

A volte mi domando come ho fatto, anche per un solo secondo, a sospettare che ci fosse qualcosa di sbagliato in questa donna.

È semplicemente perfetta.

33

Tutte le mattine del mondo

Ore undici antimeridiane, la porta si apre e immediatamente è luce: bum! E il peruviano fissato con un gancio al muro, rivede il sole.

Pasqal lo prende di peso e lo molla nella mia stanza, senza complimenti, senza parlare, senza rivolgergli uno sguardo, borbottando fumo come una pentola di fagioli.

Poi torna via e ci lascia soli a guardarci in faccia. Sono sveglio da pochi minuti, lui ha l'aria di non aver dormito e pare cosparso di formiche rosse, tanto si dibatte, stretto nel nastro adesivo che lo immobilizza. Il mago Houdini si sarebbe liberato in cinque minuti, questo fesso ci ha passato la notte senza riuscire ad allentare un minimo la presa. Lo guardo, non posso aiutarlo. Soffre molto. Pasqal torna con un vassoio sul quale, posizionate in modo ordinato, ci sono due tazze, due pastine e una pistola.

È lunedì, fuori la gente onesta è intenta al proprio lavoro, mentre fra queste quattro mura un lavoro non ce l'ha nessuno. Per questo adoriamo il primo giorno della settimana: perché ci fa capire che siamo un po' speciali rispetto agli altri. Sono così belle le mattine di Barcellona, col sole alto, il silenzio dei suoi vicoli freschi, il rumore delle serrande, l'odore dei dolci che arriva dall'Antigua Casa Figueras o da Chök. Mattine così belle che rovinarle con un'occupazione stabile sarebbe un peccato mortale.

Pasqal sorride e butta un'occhiata di sufficienza al sudamericano che continua a dibattersi e mugolare. Come ogni essere vivente ha almeno quattro bisogni giornalieri: mangiare, bere, orinare e defecare ed è un autentico spasso quando riesce a fare tutto insieme.

L'altro giorno si è pisciato addosso e ne ha prese quante Willie Coyote in tutte le serie di cartoon messe insieme, quindi non accenna a mollare, ma anche ora deve essere bello carico.

Pasqal lo sa e si bea di questo ruolo di Padreterno.

Sorride, sbuffa l'ennesimo tiro di ganja stringendo l'occhio destro e controvoglia slega il prigioniero che subito si spoglia tirandosi via i bottoni dei pantaloni, quasi strappandoli, mentre il padrone di casa gli toglie lo scotch dalla bocca perché si faccia inserire dieci centimetri buoni di scacciacani fra le fauci, proprio mentre il moro si decide a passarmi lo spinello mettendomelo direttamente tra le labbra.

La canna in bocca, una ciascuno e il nero in mezzo. È una crocifissione laica che dura un attimo. Io tiro e resto fermo, adagiato in vasca, lasciando che gli alveoli si riempiano, poi sbuffo, mentre l'igloo, seduto sul gabinetto, rilascia di schianto tutto quel che ha in corpo, mugolando sfinito, devastato, cotto e sfranto, con la schiena fradicia, la faccia spaccata, gli occhi ribaltati, le lacrime, i capelli appiccicati a quel viso adunco. Le viscere libere dopo dodici ore di buio. Lo sfintere, la vescica, l'ano, la prostata, il duodeno, l'uretra, tutto si spalanca, si svincola, si rilascia in un miasma ribollente e nei rumori delle trippe che si sganasciano libere.

E della vita, quello è il suono.

Ancora mi guarda vergognoso il poverino, ma quella scena, con enfasi differente, talvolta inferiore, talvolta assai più potente (Ramona era fatta così) mi toccava almeno quattro volte al giorno. Ero avvezzo a tutto questo e mi scivolava addosso, come coloro che abitano in prossimità di una stazione e il treno non lo sentono più. Solo che un convoglio ferroviario dà un po' meno fastidio, prima di colazione.

Apro la finestra.

«Ma tu dici che davvero questo qui è argentino?» mi fa Pasqal.

«Peruviano.»

«Per me fa lo stesso.»

«La geografia oggi come oggi è così mutevole che potresti anche aver ragione.»

Pasqal non è convinto e scuote il capo.

«Comunque sei certo che non è merda eschimese?!»

«Ne sono certo. Gli eschimesi sono un popolo evolutissimo, tu pensa che gli inuit hanno nel loro vocabolario novantanove parole solo per dire neve. Mentre lo picchiavi questo ha detto solo ahi, ahi, ahi… Si nota subito che è un ignorante.»

«E se fosse un eschimese un po' cafone?»

«Potrebbe esserlo. In ogni caso avrei delle perplessità nel collocare questo qui, vestito col poncho e le espadrillas come lo avete trovato, dentro un igloo.»

«Magari è un eschimese in vacanza…»

«Magari è il barone di Munchhausen… in vacanza.»

«Credo di no, mi pare troppo stronzo per essere quello che dici te.»

«Quel che ti difetta, amico mio, non è certo il ragionare.»

e per sicurezza chiedo conferma all'ostaggio: «Tu non sei il barone di Munchhausen, vero?» ma lui non reagisce.

Pasqal si è scocciato di farci compagnia, anche perché se non gli si dà ragione subito, non accetta il contraddittorio.

«Va be', parlaci un po' con questo coso, così se c'entri in confidenza, magari vi leghiamo insieme nello stanzino e stanotte vi fidanzate.»

«Non mi son mai piaciuti i tipi violenti, ho sempre preferito gli intellettuali» e dico questo indicandolo.

«E fai bene, Nichi bello!» esulta il Pasqalone dandomi il cinque. «Sai una cosa, *chico*, quasi quasi oggi prendo contatto coi suoi parenti e chiedo un bel riscatto, perché mica ce lo possiamo tenere in casa a scrocco... Noi a scrocco teniamo solo gli italiani!»

Lo guardo e sorrido facendo l'occhiolino che lui ricambia al volo.

«Torchialo e fammi sapere!» ordina uscendo il mio fratellone.

34

Once you try black…

«Come è andata la notte?» domando al prigioniero. «Perché a guardarti, non hai mica una bella cera sai, caro.»

E lui tace.

«Hai provato con una tisana al fieno greco? Roba che fa miracoli contro l'insonnia. Comunque mi sa che neppure io sia il ritratto della salute: son qui da una vita e ti garantisco che non è affatto una bella situazione. E in confronto ora sto una favola.»

Il campesino guarda e tace.

«Levami una curiosità poi ti lascio stare: tu sei peruviano, vero?»

Il ragazzo prima fa finta di nulla, poi annuisce con lo sguardo da cane bastonato.

«Lo sapevo che eri un inti-illimano! E non hai tanta voglia di fare conversazione. Certo, con lo scotch sulla bocca si parla male. Io invece ho proprio bisogno di fare quattro chiacchiere, quindi ora ti tocca assecondarmi.»

Tanto per cambiare lui resta impassibile.

«Mettiamola così *compañero*: al mondo ognuno ha il suo destino. C'è chi finisce in carcere, chi in convento, chi al manicomio e chi vive una vita intera senza finire in nessun posto e poi sul letto di morte si accorge solo che è finito lui. Puf! Addio.

Nel mio piccolo sono finito in questa toilette. Personalmente avrei preferito un posto differente, però non mi lamento visto che si tratta di una soluzione temporanea. Oddio, con te sulle prime sono stati poco accoglienti, ma son certo che tu piaccia a questi ragazzi: lo vedo da come ti guardano prima di picchiarti. E poi l'hai notata Ramona? Bella la moretta, eh? Visto che gambe? Saranno due chilometri solo quelle! Ma giù le mani cumpa': mettiti in fila che prima ci siamo io e tutta la Catalogna! Poi magari verrà il tuo turno.» Coso mi guarda vacuo e non reagisce. «Che non ridi mai te?» chiedo senza ottenere il minimo sindacale di reazione. «Vorrà dire che ti racconterò una storia. Una faccenda drammatica, magari ti scuoto. Non si tratta della mia vicenda, sia chiaro: è la questione di un amico mio, che poi insomma mi ha detto di non raccontarla a nessuno; ma visto che siamo così in confidenza, per te farò un'eccezione.»

Nella stanza il silenzio si fa profondo, il chiasso del traffico, dei passanti, delle auto, del mondo scappa dalle orecchie. La luce cala un po' e un occhio di bue punta su di me, che vestito da Pierrot, col trucco sbavato e gli occhi cerchiati di nero, racconto la mia versione. Il ciccione dirimpettaio smette di cucinare, tende l'orecchio e si affaccia dal loggione col mestolo ancora in mano: il pubblico in strada trattiene il fiato, si apre il sipario.

«Ci sono due ragazzi, uno bianco e uno nero. Il primo ha avuto dalla vita tutto il comprabile ed è un po' viziato. Un tipo allegro, lui, rassegnato al suo essere un mediocre. L'altro, il nero, è più posato, diciamo un raffinato eccentrico dai modi garbati, capace però di andare su tutte le furie per un'inezia. Lui è stato meno fortunato del suo amico: alle spalle ha una storia travagliata e vorrebbe cancellare la vecchia vita e le sue origini poco nobili. Ma non c'è un interruttore per certe cose e se nasci guerriero, lo resti per sempre, anche se ti trapiantano nel bel mezzo di Manhattan con addosso un blazer blu e un paio di Church nuove di pacco. Del resto, anche noi siamo diversi: tu sei uno zufolatore sudamericano e io un ex avvocato, puttaniere, drogato e ubriacone... modestamente.

«L'uomo bianco si contorna di nani e ballerine che lo fanno sentire migliore. Lui non riesce ad ammettere che quelle persone lo sfruttano e non è capace di liberarsi di loro perché in fondo gli piace essere sfruttato: lo fa sentire potente e sicuro. Il nero ha capito come stanno le cose, ha scavato nell'animo dell'amico e più usa la pala, meno gli piace ciò che trova. La loro amicizia è sporca e il rispetto comincia a mancare. La simpatia si trasforma in scherno, la critica in disprezzo.

«E a un certo punto arriva una donna. Oh, nasone, mi ascolti almeno?»

Il peruviano alza lo sguardo al cielo. Mi tocca prenderlo per un sì. Fa lo scocciato, il signorino, roba che se mi incazzo, dico agli altri che ha tentato la fuga e mi godo il match.

«Dunque, arriva una donna» riprendo a raccontare «e tu sai cosa c'è di peggio di una femmina per rovinare un'amicizia? Nulla amico mio. Nulla è più fatale. Per di più meticcia, metà bianca, l'altra nera, come la luna, bellissima, ma cugina del nero, dal nasino piccolo e gli occhi furbetti: Janine, un incanto, con quel suo accento francofono che lo avrebbe fatto rizzare a un morto, figuriamoci al muso pallido. Il moro è uomo di successo per i parenti mangiarane che non sono a conoscenza del fatto che lui vive di mala e spara ai cristiani, spacciando il demonio delle vene, gestendo una rete di prostitute. Ma questo lo sappiamo io e te e deve restare il nostro piccolo segreto. Come vedi siamo già in intimità: amici per la pelle. La ragazza ha lineamenti dolci, gambe fantastiche e una chioma foltissima e profumata. Il bianco e il nero vogliono entrambi possedere quella primavera africana. E la situazione si fa tesa. A volte il bianco vede strani soggetti sotto l'uscio, strane facce, strani occhi in abitacoli fermi. A volte il nero riceve telefonate silenziose da numeri anonimi. La ragazza riceve fiori, occhiate maligne e comincia ad avere paura quando si accorge che qualcuno la pedina. Allora il nero parla da uomo: dice che la situazione lo infastidisce, che il bianco non la deve frequentare e invita l'amico a non allungare le mani e a non puntarla in quel modo.

"Lei non può stare con uno come te, un maiale mezzo drogato."

"Lei non può stare con uno come te che tratta le donne come bestiame, uno spacciatore. Negro."

«Il bianco si pente di quel che ha detto ma è tardi. Il nero allora va dall'amico per tentare una riappacificazione o per mollargli una coltellata in corpo, quando dalla soglia di casa vede uscire Janine. La dolce Janine. Di mattina presto esce di corsa, deve filare all'università e non nota chi la osserva. Scappa inguainata nei jeans a vita bassa e le tette piccole sotto la maglietta viola che lui le ha regalato. I ragazzi si parlano: "infame", "bugiardo", "bastardo". Ma poi si fa la pace di comodo e quando arriva l'estate Janine deve tornare a casa.

Incinta.

Il nero la prende male.

La famiglia lo odia.

Lei scappa di casa per abortire.

Eppure forse aveva ragione la ragazza a non volerlo il frutto delle reni di quello lì.

Il feto non cresce, il nero si vendica alla sua maniera, il bianco finisce in galera.

E giustizia è fatta.

Fine della breve storia triste.

Piaciuta? Prova a indovinare chi era il bianco...»

Il peruviano si è accasciato da una parte e non lo smuovono nemmeno gli applausi scroscianti delle prime file. Mi inchino stando seduto, dal loggione qualche timido fischio, il sipario si chiude, l'orchestra sfuma, in strada si torna alla vita, il ciccione dirimpettaio ricomincia a cucinare, e a cantare per noi:

«Gracias a la vida que me ha dado tanto,
Me dio dos luceros, que cuando los abro,
Perfecto distingo lo negro del blanco,
Y en el alto cielo su fondo estrellado,
Y en las multitudes el hombre que yo amo...».

35

L'amore è una cosa meravigliosa

È notte fonda e in camera con Ramona ci sono due gentiluomini d'antan che la perforano in coppia in ogni pertugio, urlando come ossessi, ridendo, tenendo sveglio l'intero palazzo. Vissuto da qui, pare un porno alla radio e la donna della mia vita si sta facendo starnare come una fagiana a due passi dal mio letto, spassandosela con una gioia senza ritegno. Sono convinto che il suo sia un atteggiamento studiato per farmi ingelosire e che subisca questo mio silenzio asettico, nonostante le apparenze. Dignitosamente taccio.

Piuttosto in questa situazione l'eschimese è quello messo peggio: Faustin lo ha piazzato nello sgabuzzino confinante col muro di camera e lì ha sul collo il fiato di quei due porci, appeso come un prosciutto a un centimetro di parete da quella scopata. E ora che ascolto meglio, uno dei due schifosi si è espresso in italiano: dovevo capirlo subito che il casino di stanotte non potevano averlo fatto che gente delle nostre parti. Ma perché dobbiamo farci riconoscere sempre?

Comunque pare abbiano finito, tanto che sento dei passi che vengono verso di me, si accende la luce, un attimo di silenzio, un secondo per abituarmi al chiarore, un ragazzo sui diciotto coi capelli raccolti a coda, nudo, si guarda allo specchio, si gratta il culo e in ultimo si aggiusta la chioma prima di lavarsi i gioielli di famiglia nel lavandino. Tanto poi gli sciacqui per la gola mica ce li deve fare lui lì dentro… Sulle prime non mi nota, poi il coglione volta il capo e fa un balzo indietro.

«Oh! E questo chi è? Andrea vieni a vedere, qui c'è uno mezzo morto nella vasca!»

Sento delle risate, sebbene l'altro debba aver ricominciato il lavoro sulle parti molli di Ramona: «Zitto, che questa si fa dare una botta extra e se non mi concentro non finisco più… Ma chi c'è in bagno, un'altra ragazza? Magari senti quanto prende».

Il caudato esce ridacchiando e se la commenta da solo: «Oh, non ci puoi credere, c'è un tizio che dorme lì dentro…».

Sbadaboooom!

È la porta di casa che sbatte.

Deve essere Pasqal, il quale stranamente rientra prima dell'alba.

Brutto segno.

A giudicare dai suoi sbuffi è ubriaco fradicio. Ora questi due ridono meno, mi sa tanto.

«Leo, che succede?» dice quello impegnato a dare la seconda mano di vernice a Ramona.

Silenzio.

Poi una bottiglia cade a terra e il moro fa il suo debutto alla grandissima: «Ehi, ma che ci fa questa gente schifosa a casa mia?».

Silenzio.

«Voglio sapere chi stracazzo è questa gentaglia!» e la voce denota una tenue irritazione.

«Pasqal, sei tu?» Ramona è stufa di sesso e di questa vita sporca, così risponde molle al fratellaccio.

«Che hai detto?» ringhia Pasqal. «Sono io e voglio sapere chi è il figlio di puttana nudo nel corridoio. Voglio sapere ora, immediatamente chi cazzo è questo frocio con la coda! E poi lo ammazzo.»

Pasqal ha una voce da orco che nemmeno il cattivo delle favole in vinile dopo una stecca di MS mundial: «A mille ce n'è, nel mio cuore di fiabe Pa Pa Pasqal…»

«Fratello, aspetta un attimo, ora ti spiego» piagnucola Ramona in falsetto. «No, non entrare…»

«Ehi, ma chi è questo qui? Quanti sono e che sta succedendo? E tu copriti, che ci fai in quello stato? Non ti vergogni… puttana? Non ti vergogni??? E voi, cosa avete fatto a mia sorella? Vi ammazzo, razza di maiali, vi scanno, merde, vi levo le budella!» e sento che Pasqal va in cucina, rovista fra le posate e probabilmente afferra un coltello.

«Oh ma qui sono tutti matti…» dice uno dei signorini con voce garrula. «Comunque, guardi, mi dispiace di quanto è successo e ce ne andiamo subito» cesella il solito in una specie di spagnolo milanese.

«Che hai detto?» Ora la voce di Pasqal è il ruggito di un animale ferito in fondo a una caverna. «Dove vorresti andare? Tu non esci mica con le tue gambe da qui, io adesso vi taglio tutti e due, poi vi getto in mare.» La porta sbatte di nuovo ed entra anche Faustin.

«Oh! Raga, ma cos'è questo baccano? Si sentono le urla dalla strada, datevi una calmata…»

«Vieni avanti Faustin, vieni in camera di tua sorella.»

«Ma questi chi sono? Ramona cos'è questa storia? Brutti schifosi e voi siete venuti in due a comprare mia sorella? Io vi stacco i coglioni!»

Gli italiani sono nel panico e Faustin rincara la dose: «Venite qui che vi squarto, maiali, venite che ve la faccio passare la voglia di violentare mia sorella!».

In fin dei conti sarebbero parole sante, dette da un fratello premuroso; tuttavia mi pare giungano un tantinello in ritardo.

Uno dei ragazzi, quello con la scopata più lunga, perde la brocca e comincia a correre alla disperata in cerca della porta di casa, di un pertugio, di una via di fuga, di un modo come un altro per non farsi ammazzare: è una falena impazzita che si scotta alla luce. Per un attimo si affaccia anche nella mia stanza. Ci puntiamo negli occhi, sgrano i miei e metto una mano sulla bocca, così per fare impressione. Col terrore nelle ossa l'italiano arretra piano e prova a fuggire verso la prima porta che trova schizzando come la pallina di un flipper, apre l'anta: è lo sgabuzzino. Dentro c'è il peruviano imbavagliato, legato al muro col consueto moccio al naso che mugola qualcosa che probabilmente avrebbe voluto essere un: "Aiuto!", ma di salvare l'agnellino nessuno ne ha voglia, perché tutti vogliono solo portare a casa la propria di pellaccia.

Un filo di silenzio, ancora un attimo, poi il giovane scoppia in lacrime: «C'è un tizio chiuso qui dentro, Leo, qui dentro c'è un indiano legato al muro con un gancio... Questi sono pazzi, ci ammazzano sul serio».

Benvenuti al *Bates Motel,* amici cari.

Faustin ha il passo pesante, il respiro affannato, chiude lo stanzino con un calcio e prende il giovanotto per il collo: «Tu non hai visto nulla, tu non ha visto proprio un bel cazzo di niente, vero?».

E l'altro piange, farfuglia, non sa che dire.

Allora Faustin sgassa sul ghiaino: «E sai cosa facciamo? Facciamo un giochino tanto bello. Voi pensate di venire a fotterci la sorella e passarla liscia? E allora mi sa che domani mammina piangerà il bambino che non si trova, ma noi non ti tratteremo mica male, sai... no, no, bello, ora ci divertiamo un pochino con i vostri culetti bianchi, poi magari vi lasciamo andare dopo averli rotti a dovere... Pasqal ti va bene se scelgo io? Perché mi sta diventando duro e voglio ficcarlo a quello lì, tenendolo per la coda! Guarda com'è tutto depilato, lo sa da solo che è donna e lo voglio far sentire una gran troia come merita. Ti va di essere la mia puttanella, ragazzino?»

Ramona piange, io sto cominciando a sudare, mi gira la testa, sento la pressione che scende.

«Mi faccio quello con la codina da frocio okay? Ramona, te li eri scelti proprio carini... Dài figlio di puttana e stai buono mentre ti faccio il servizio. Tu fai finta di legarti le scarpine e mentre te lo butto, te lo meno per bene, così ti diverti di più, okay?»

Qui la faccenda prende una di quelle pieghe che porca troia... Questi spacciano, scippano, rubano e ora inculano! Tento di alzarmi ma le gambe sono ancora troppo deboli, scivolo nella vasca ed è meglio rinunciare subito, che sono sudato da fare schifo, sono all'inferno ed è il calore delle fiamme a scaldarmi, sono nel girone dei sodomiti, degli assassini, dei figli di puttana.

Silenzio.

Silenzio.

Silenzio.

Anche l'altro italiano scroscia in un pianto disperato, l'unica cosa da fare è starsene buoni e sperare che ai fratelli neri si ammosci prima che una scintilla d'amore li faccia scagliare contro di me. Dio, salvami il culo, prometto che sarò buono, che la smetto con le donnacce, con la droga, che mi costituisco, mi chiudo in convento, consacro la mia vita alla religione, Dio, liberami da questo male!

«Senta, vi diamo tutto quello che abbiamo, ma lasciateci andare!»

«Oh, oh! I due signorini hanno preso anche noi per due puttane» grida Faustin «e guarda quanti quattrini! E tu non dici nulla? Golosone, preferisci che ti sfondi il culo, eh? Dài calati i pantaloni, svelto...»

«Vi diamo tutto quello che volete, vi diamo tutto, siamo in gita scolastica e volevamo fare una stupidaggine, ma è stata lei a dirci che si poteva fare, non volevamo.»

Pasqal rifila uno schiaffone dei suoi al ragazzo: «Non ti permettere di dare della troia a mia sorella! Dateci tutti i vostri soldi del cazzo piuttosto, altrimenti ve li leviamo noi di tasca prima di seppellirvi, merde» sentenzia Pasqal. «E fammi un po' vedere! Dammi qua! E levatevi anche gli orologi, i braccialetti, le catenine e tutto quello che avete!»

Silenzio.

«E ora, visto che siete stati bravi vi risparmieremo le chiappe, tanto, come avete visto abbiamo altri culi da sfondare sparsi per casa. Vestitevi e andate fuori dai coglioni!»

Uno dei due italiani singhiozza, poi la porta si apre e se la danno a gambe alla velocità della luce. Sento i passi per le scale, uno cade e fa un gran casino, si rialza e il portone di casa sbatte. Poi è silenzio, silenzio di tomba.

Ora mi sa che tocca a me... Dio, fai che questi perlomeno non siano in vena di tenerezze perché c'è un maledetto limite e passi farsi mettere a femmina, ma i preliminari no, quelli non è il caso davvero...

Silenzio.

Silenzio di tomba.

Sento aprire la porta del terrazzo che dà sulla strada e poi uno scroscio di risate. Pasqal si sta sbellicando dal ridere, anche Faustin pare sganasciarsi...

«Hai visto come ci hanno abboccato? Guarda come corrono quei conigli!!!» Ramona non la smette di ridere e di battere il pugno sul comodino di camera mentre Faustin si affaccia nella mia stanza con le lacrime agli occhi. Mi guarda ed esplode in una risata enorme.

«Bomba!!! Ci ha abboccato anche Nichi! Sei proprio un cazzone di italiano cacasotto!!! Ahahahahahahahah!» Ora tutti ridono a crepapelle e io sono sudato anche più del solito...

«Ehi, Nichi, ci sei rimasto male? Guarda che ti inculo lo stesso se fai il bravo, eh! Mi scoccia farlo, ma se ormai ci avevi fatto l'idea, mica voglio deluderti, basta che poi non ti innamori!»

Entra anche Ramona: «Nichi, piccolino, ti eri già montato la testa, eh? Di' la verità, ci speravi un botto che ai miei fratelli rimanesse duro duro tutto per te, vero? Chi ti piace di più lo spagnolo o *big bamboo*?».

Ramona mi guarda e sorride, capisce che ho avuto paura, mi afferra delicatamente per il mento e mi dà un bacino in bocca, con quella bocca che bacerà i nostri figli e che cinque minuti fa rigovernava due puttanieri schifosi... ma va be', arrotondava.

Ricomincio a respirare, mi rilasso e sogghigno, in casa tutti fanno festa e gioiscono.

Tutti.

Tutti tranne l'eschimese.

36

Sincerità

Mi sento bene, ho dormito sodo ed è domenica. Sono in casa da solo col peruviano. Ritengo sia il caso di provare a fare qualche esercizio per alzarmi in piedi, se voglio fuggire da questo matticomio prima che la toilette si affolli ancora di più. Adiacente la vasca, fissato al muro, c'è un porta sapone in metallo che potrebbe fungere alla bisogna come attrezzo a cui poggiarmi per fare esercizio. Per tentare una riabilitazione devo allenare le gambe; essendo sempre stato un buon camminatore, quei muscoli dovrebbero essere ancora tutti al loro posto e spero basti risvegliarli.

La testa, a differenza di altre parti inutili del mio organismo, funziona bene: ho smesso di sudare, di avere vertigini, allucinazioni, malesseri, e parlo meglio, anche se ogni tanto mi sento un po' rallentato. L'erba di Pasqal è chiaramente terapeutica e devo dire di essermi curato con l'omeopatia come meglio non era possibile.

Prendo fiato sotto gli occhi attoniti del prigioniero, le braccia stentano ma forse ce la faccio, anzi ce la devo fare a tutti i costi. Allora punto i piedi: le gambe paiono reggere e il pavimento si allontana dalla testa, lentamente. L'eschimese sembra più allegro del solito.

«Che hai da guardare? Ti hanno dato da mangiare e sei tutto contento, eh? Amico mio, con la pancia zeppa il mondo è bello, anche per un collezionista di sberle come te, vero?»

Pasqal dice di aver parlato coi peruviani e di avergli spiegato che certi amici suoi saprebbero dove sia finito il ragazzo e che forse lui stesso potrebbe fare da intermediario. I signori in poncho, a suo dire, parrebbero essersi bevuta la storiella. Per questo la famigliola ha deciso di non far morire di fame il prigioniero, aumentandogli le derrate e le soste al cesso sotto la mia ormai espertissima supervisione.

«Finalmente Nichi potrai renderti utile» mi hanno detto. «Sorveglia il ragazzo e vedrai che ne riceverai benefizio: l'occhio del padrone ingrassa il maiale!»

«Di norma» dico al buon Pasqal «lo castrano anche, il maiale...»

«Ma cosa dici? È finito il tempo in cui ci eravamo fraintesi col nostro ospite: ora lo dobbiamo trattare bene, che lo voglio riconsegnare sano e grassottello ai suoi amici. Sicché, finché starà qui è uno dei nostri!»

Secondo me fra poco qui ci arrestano tutti se non faccio in fretta a tagliare la corda.

«Vedi» dico al disgraziato «te lo avevo detto che ti avrebbero integrato! Fanno così, magari ti stroncano di cazzotti i primi tempi, ma è brava gente! Ricordati solo, quando arriveranno gli sbirri, di non dire nulla del sottoscritto: noi non ci siamo mai visti!»

Pasqal è convinto di essere un dritto, di aver fatto il salto di qualità, di essere a un passo dallo sguazzare nel denaro, invece sta solo combinando un casino molto più grosso di lui: rapimento vuol dire anni di galera e questo lo scemo non lo considera neppure. Inoltre bisognerebbe chiedersi con quali soldi gli amici dell'ostaggio, che a occhio ha più problemi del Burundi, pagherebbero il riscatto.

«Nichi, nessuno se ne fotte dei peruviani e questi certo non vanno dalla polizia!» dice lui. «E sai perché? Perché sono tutti clandestini dal primo all'ultimo.»

Il fatto è che i parenti di questo signore insalamato che mi guarda fare ginnastica non possono aver abboccato alla storia di Pasqalone, che oltretutto non sarebbe credibile come intermediario in una trattativa più seria di uno scambio di biglie ai giardinetti. Quindi si rivolgeranno alla polizia quanto prima... Sempre se gli sbirri non sono già qua sotto a fare la posta. Ed è anche per questo che ho deciso di accelerare la mia riabilitazione. Non ho bisogno di correre, ho l'esigenza di deambulare e di essere indipendente quel minimo necessario a farmi uccel di bosco, quindi mi alleno duro. L'eschimese sembra incitarmi: probabilmente pensa di essere compreso nel piano di fuga. Di questo me ne rammarico, perché nonostante la simpatia umana che quella personcina rattoppata mi ispira, è impossibile pensare di sottrarlo alle grinfie di Pasqal.

Provo ad accovacciarmi, tanto per far muovere le giunture e sento un male cane. Segno buono: vuol dire che i nervi ci sono tutti e che si stanno risvegliando. Allora lentamente mi rialzo e compio l'operazione una decina di volte, non senza fatica, sudando copiosamente. Sono un ginnasta da reparto geriatrico e vincerò le olimpiadi della terza maledettisima età.

«Che dici, *peruano*, sono bravo?»

Il picchiato mi guarda, sorride, annuisce e vorrebbe dire: *Allena le tue gambe e portami via di qua, sarà la nostra grande fuga!* e allora mi sento di essere sincero con lui.

«Vedi amico, io ti porterei via, perché lo so che non c'entri affatto in questa storia dell'arresto di Rudy, però se in quel momento, invece di startene a parlare con i poliziotti fossi andato di getto a farti quella benedetta sega al peep show, forse ora non saresti a pregarmi coi tuoi sguardi. Ti paio il tipo che da solo può mettersi contro questi signori, i quali oltretutto mi hanno salvato la vita?»

L'unica cosa che posso fare è cercare di convincere i fratellini che tu non c'entri nulla con l'arresto di Rudy Argento, ma ora è troppo tardi visto che questi si sono trasformati in una cellula dell'anonima sequestri e ti reputano un grande affare. Credimi, Coso, mi stai simpatico: non fai rumore, non guardi Ramona mentre piscia e in fin dei conti, tutto pesto in questa maniera mi fai anche pena. Poca a dire il vero, perché la musica che fanno i tuoi amici mi è sempre rimasta sulle palle. Però in questo stato di afflizione fisica conclamata cosa posso fare? Oltretutto non sono manco certo di riuscire ad andarmene io... e soprattutto al momento non saprei neppure dove andare. Certo, di qui devo scappare perché fra poco, credimi, arriveranno gli sbirri e ti libereranno. Inoltre, non mi stupirei se dopo la mia partenza i miei fratelloni si affezionassero ancora di più e ti prendessero nel clan... Ora, non farci la bocca, eh, cioè questa è gente a modo e magari, visto che si libera il mio posto, rapiscono qualcun altro e tu entri a far parte del business. Guarda che presi per il verso giusto sono persone perbene. Magari appariscenti e con il vizio di menare le mani, ma sono tipi alla buona: anche l'altro giorno, mentre ti picchiavano, si vedeva che lo facevano con garbo.»

Credo di non averlo tranquillizzato, tanto che ora guarda in basso e piange in silenzio.

Io invece mi sono messo in piedi e le gambe paiono reggere; forse mi ero sottovalutato.

Ancora cinque esercizi. Ancora quattro. Ancora tre. Ancora due. Ancora uno.

37

Ramona, al cuore Ramona

Sono uscito dal mio nido zincato, ci ho messo un pochino a fare i primi passi in equilibrio precario, ma in fondo camminare è facile, se ci si appoggia al mobilio e si sta attenti a non pestare oggetti fragili. Sul pavimento c'è di tutto: le scarpe di Pasqal, una pila di rotoli di carta igienica, un calzino spaiato, una stuoia ripiegata, due giornaletti, una chitarra con tre corde, barattoli vuoti, un costume da bagno, delle bottiglie accatastate, alcune foto. La storia di questa famiglia sta tutta sull'impiantito e la sto attraversando lentamente, poggiando le mani qua e là, con il manico dello spazzolone come bastone mentre mi dirigo da Lei, la dea d'ebano che riposa beata.

Ramona è l'unica che si sia presa a cuore la mia riabilitazione e avrà piacere nel vedere che il suo bambino ha imparato a camminare.

La osservo un pochino mentre respira e poi busso allo stipite. Lei apre gli occhi e il suo volto è un'alba africana. Mi guarda, si stropiccia un attimo, poi esplode in un sorriso dei suoi: «Nichi! Ce l'hai fatta! Bravo piccolino! Ti avevo visto fare esercizio ma non credevo ci riuscissi così velocemente. Come ti senti, maialino?» e col naso grugnisce piano. «Vieni a farti abbracciare».

Le vado incontro, deambulando fino al letto per farmi stringere da quelle braccia lisce. La sua pelle è seta e lei sa ancora di sonno, di pigiama, gioventù, vita e amore. Mi stringe riempiendomi di bacini piccoli, che ricambio con passione. La bacio dietro le orecchie massaggiandole il collo, le cingo la vita e la stringo accarezzandola tutta e Ramona si lascia coccolare, sonnacchiosa, mentre le sue tettine mi puntano il petto.

«Guarda come sei carino tutto messo in tiro: ti sei aggiustato per farmi visita, eh, pisellino bianco?»

Lei scherza e abbiamo tutti e due un po' di paura di quello che potrebbe succedere, o almeno questa è la mia impressione. Eppure ridiamo nel continuare a scambiarci piccoli baci tenerissimi fino a quando lei abbassa una mano e mi dà un buffetto sul pisello.

«Oh!»

Silenzio.

E ci guardiamo negli occhi, nessun pensiero, nessun ripensamento: «*This is the right time*» cantava Lisa Stansfield, e allora allungo le mani su quel fondoschiena scolpito nel marmo di Carrara che la piccola di casa si porta appresso e ne saggio la consistenza. Dio che bauliera ti ha fatto la mamma!

«Ramona sei il fuoco» dico baciandola sul collo e allungando le mani su quel corpo di velluto blu. E fa caldo, caldo umido, le metto una mano fra le cosce e quasi mi scotto: ha un forno fra le gambe, un forno rovente ed è eccitatissima, tanto che prima si divincola da ogni presa mugolando, poi mi afferra il volto fra le mani e mi bacia scavandomi le cervella con la lingua e ho come l'impressione che non aspettasse altro da giorni quella sacripanta.

Sento il suo odore acre, il singulto e una serie di impercettibili mugolii mentre con le mani si fa largo sotto i jeans afferrandomi con decisione lo scroto, stringendolo alla stregua del sacchetto della tombola, guardandomi negli occhi come a dire: *Trenta! Le palle del tenente!*"

Premo il naso sulla sua pelle per annusarla e farla mia con tutti i sensi, per averne un ricordo vivido mentre lei ansima e rumoreggia, e se finge va bene lo stesso, finge benissimo. Le tolgo il pigiama, la osservo un secondo e poi la penetro: mi lascia entrare accarezzandomi il volto e inizia a emettere tanti gridolini sottili come spilli. Gli stessi che ho sentito mille volte dalla stanza attigua, la notte, sognandola, bramandola e a volte anche maledicendola. Ma lei è questo: passione e quelle forse non erano grida d'amore ma queste mi piace pensare che lo siano, perché così vera non l'ho sentita mai. Ramona si muove, ansima forte, sta per avere il suo orgasmo, apre gli occhi e contemporaneamente vengo dentro di lei, nello stesso preciso istante in cui le nostre pupille si incontrano.

Vengo, contraendo il corpo, sdraiato, sfinito e col fiato corto, mentre Ramona compiaciuta sorride e stringe la sua fessura intorno a me più e più volte facendomi sussultare, gemere, contrarre in uno spasmo continuo, riempiendomi di baci, carezze, affetto e tenerezza allo stato puro, sussurrandomi parole da fata, parole calde, d'amore, di passione vera.

È stato fantastico.

È stato splendido.

L'ho sentita mia e sono riuscito a percepire il suo piacere e a vedere la sua espressione dolce dopo che fra noi si era consumato il rito più antico.

È difficile spiegare una cosa del genere per un uomo come me: cinico, scabro e calcolatore, ma ho il mio lato umano e tenero e avevo bisogno di questo, di sentirmi amato.

Siamo rimasti a letto baciandoci a lungo, facendoci reciproche promesse prima di separarci e poter ripensare a tutta la meraviglia che insieme a quella creatura romantica avevo creato.

Trenta euro spesi benissimo.

38

Dio che sudata!

Dieci minuti e sono al terzo pianerottolo di questa fetidissima rampa di scale.

Mi dolgono le giunture, il tallone destro frizza e qua e là ho dei formicolii strani: forse nel puntarmi contro la vasca ho sforzato qualche nervetto. L'equilibrio è un po' precario ma faccio progressi: gli esercizi, oltre che a farmi tirare parecchie bestemmie, devono essere serviti anche a risvegliare il mio corpo e a rimettere in sesto tanti muscoli che nemmeno ricordavo di avere. Finalmente mi sento un uomo, non una larva, e uno scalino alla volta, appeso alla ringhiera, ecco che sono già nel mezzanino davanti all'ingresso principale. Ancora una rampa e sarò a destinazione, pronto a fare una sosta e tornar su per ricominciare altre due o tre volte. Sul più bello però incrocio uno dei miei fratelloni che rientra fischiettando di passo svelto:

«Ciao Nichi bello!».

«Ciao Faustin, come butta? Visto che progressi alle zampe? Mi sento meglio e sto cercando di andare in strada.»

«Se trovi anche qualcuno che ti piglia in casa, non fare complimenti, eh, che qui non si incazza nessuno, zio.»

«Sei tanto caro.»

«Ciao fratello pallido, ci vediamo dopo.»

Ci sono quasi, pochi scalini ed è fatta: meno tre, due, uno... è finita. Apro il portone e c'è un quartiere meraviglioso che mi chiama a gran voce. Mi appoggio alla cantonata. Respiro il mattino, mi volto verso l'alto per vedere se il cielo è ancora azzurro e chino sul balcone, vedo il padrone di casa che controlla se sono riuscito a raggiungere il selciato con le mie gambe. In fondo lo so che un pochino mi vuole bene, il vecchio Pasqal.

«Oh, Nichi, ci sei riuscito, grande *chico*! Certo ce ne hai messo di tempo: mentre aspettavo ho fatto una bella cacata senza il tuo aiuto» e si fa una risata prima di trasecolare. «Porca troia, l'eschimese è nell'armadio!»

Me ne ero dimenticato anch'io di quel disgraziato: da quando la sera gli rifilano una bicchierata di Xanax (era nella borsa di una scippata di fresco), schiaccia dei sonni che nemmeno una marmotta a gennaio. Nel frattempo riparto, un bel respiro profondo e mi metto in moto: l'aria che viene dal mare mi manda in bambola, mi sbalordisce, mi confonde, tanto che all'improvviso succede qualcosa che non torna.

Non posso essermi sbagliato, ma non può nemmeno essere vero: insomma, non è possibile che sia lui... La camminata ciondolante però è la sua e anche i vestiti e... Oh, è proprio lui!

«Rudy, che ci fai qui?»

«Nichi, sono contento anche io di rivederti, eh! Comunque qui ci abito, sono stato via ma mica ho sbaraccato! Tu invece hai pigliato coraggio vedo, sei riuscito a venir fuori dalla vascazza e sembri nuovo di zecca. Sono contento zio, ti avevo visto male e invece stai una favola.»

«Eh sì, Rudy, però perdonami: noi tutti della famiglia credevamo che ti avessero arrestato, che fossi in cella, che ti stessero torturando per farti parlare: denti rotti, schiena rotta, culo...»

«*Chico* Nichi, sai quanti scippatori ci sono a Barcellona? Se ci arrestano tutti, la galera va in overbooking.»

«Sì, ma i cantanti peruviani hanno cantato?»

«Cos'è, un indovinello? Piuttosto, come mi vedi, sto in perfetta forma anch'io, no? Lascia perdere questo cerotto. E per il resto come mi vedi?»

È sano e grassottello, non capisco se sia stato arrestato dalla polizia o dagli agenti segreti di una beauty farm.

«Ti vedo in forma dopo quello che devi aver passato...»

«Be', che vuoi che sia? Nessuno mi ha picchiato e la pacchia anzi è durata troppo poco, purtroppo. Senti, ora vado a salutare gli altri, poi magari si vanno a fare quattro passi e si chiacchiera un po' che oggi son proprio preso bene. A dopo bello mio, fa piacere rivederti in piedi» e mi abbraccia tirandomi su di peso, tanto che mi metto a ridere e gli dico di far piano. In testa ha un cerotto bello grosso, forse in carcere lo hanno lobotomizzato e riprogrammato per venire qui a farci fuori tutti, che ne so, una specie di terminator dei poveri. Lo fermo prima che se ne vada per un ultimo controllino e dico: «Rudy, guarda che una volta evaso è proprio lì che comincia il difficile, che bisogna stare attenti a ogni mossa: nel senso, io ero impreparato e infatti guarda come mi sono ridotto, tu cerca di non fare come me. Mi spiego meglio, ammetto che in fondo le autorità non lo sanno neppure che questa è casa tua... ma così alla luce del sole, venirsene direttamente qui è come sfidare la sorte alla roulette russa con la pistola completamente carica».

Rudy non è convinto, anzi quasi mi guarda storto: «Senti, Nichi, magari hai fumato con Pasqal e mi stai solo prendendo in giro, quindi non mi arrabbio, anzi, ora salgo e mi metto in pari con voi, visto che ne ho proprio voglia, ma in carcere non ci sono stato nemmeno dieci minuti in tutto questo tempo. Da chi dovrei scappare? Anzi, magari mi ricercassero di nuovo!»

«Prego?»

«Non ti ha raccontato niente mio fratello?»

«No!»

«Strano. Comunque il giorno che mi hanno preso mi hanno portato per gli accertamenti in centrale, e immediatamente i pulotti si sono accorti di aver dato la caccia al negro sbagliato. Per giustificarmi con loro, allora ho detto che mi è salita su male quando mi hanno puntato contro i manganelli e mi sono dato per non farmi prendere, che, si sa, i poliziotti il più delle volte menano per menare. Gli sbirri mi hanno interrogato un pochino, tanto per sport e non hanno trovato nulla di meglio da fare che tenermi mezza giornata a parlare del più e del meno di stronzate con loro. Poi, visto che non sapevano che farci con me, mi hanno ridato la via ed eccomi qui in grande spolvero.»

In effetti è in gran forma, a parte l'operazione al cervello che deve aver subito.

«E quel cerotto? Le guardie carcerarie ti hanno picchiato per farti parlare?»

Silenzio.

Rudy si avvicina come per scrutarmi dentro: il bello è che il poverino crede che sia io, dei due, quello malato di mente.

«Oh, ci hai proprio la fissa con la galera. Ti ho detto che mi hanno portato solo in un ufficio per degli accertamenti, mica in gattabuia.»

Forse non sarebbe il caso di insistere perché mi sta dicendo una frottola dietro l'altra, però mi sento di andare avanti: «Ho capito che ti hanno fatto tante coccole e immagino quanti bacini, ma non possono averti tenuto tutto questo tempo in un ufficio. È più di un mese che manchi da casa».

Il poverino quasi si spazientisce, non capisce che lo faccio per lui.

«La testa infatti l'ho picchiata il giorno dell'interrogatorio e il bernoccolo mi è venuto fuori in quella occasione: vedessi che boccia... ora in confronto non si vede nemmeno; l'ho tenuto per far compassione alle infermiere e farmi trattare meglio, ma sotto non c'è nulla, anzi guarda, me lo levo proprio che tanto ormai...» e in effetti la testa, almeno fuori, pare sana.

«Tieni a mente che sono un avvocato, quindi posso anche darti dei consigli sul da farsi per fare causa a quella gente.»

«Nichi, ho detto che ci stavo bene, non che volevo restarci a vita lì dentro: non avertene a male, solo che ti ricordo meglio come puttaniere che come legale.»

«Se non altro ti stanno tornando le facoltà mentali, questa te la passo.»

«In ogni caso, quando mi hanno ridato la via, gli sbirri mi hanno accompagnato alla soglia dell'ufficio dandomi un bel calcio in culo per buttarmi fuori. Niente di cattivo, eh, quasi per scherzo, anzi, un calcetto innocuo, solo che il sagrato era stato insaponato e sciacquato male e ci sono scivolato sopra, battendo la testa. Ho perso i sensi davanti a una decina di testimoni, che essendo pure loro delinquentelli si sono affrettati a minacciare i poliziotti e a chiedere giustizia. Uno mi ha anche detto che per cento sacchi veniva a fare il testimone in tribunale. In fondo mica si possono prendere a botte gli innocenti!»

«La regola mi sa che non valga per i peruviani, perché... Ma lo scoprirai da solo fra un po'.»

«Peruviani? Boh, senti, non voglio grane con gli sbirri e ho lasciato perdere: mai sbirro mai spia.»

«Dunque eri in ospedale a riposarti?»

«Eh certo frate'! Ci ho messo un po' a riprendermi, ho fatto le cose con calma: mi hanno dato una stanza tutta mia e visto che stavo bene ne ho approfittato fingendomi malatino. Mi pare il minimo, no? La mensa era di quelle di lusso, le lenzuola pulite, le infermiere delle gran simpaticone e qualcuna pure figa. Che vuoi di più dalla vita? Va be', vado a salutare i miei. Pasqal l'ho visto ieri l'altro, ma Ramona e Faustin non li ho sentiti da quando mi hanno preso. Bella zio, ci becchiamo!»

«Aspetta un secondo... Per curiosità, da quanto tempo Pasqal sa di questa storia?»

«Mah, guarda Nichi, l'ho informato quasi subito. Ora però scusami sul serio che ho un gran bisogno di farmi una bella cacata sul caro vecchio cesso di casa: mi manca come un parente.»

«Eh già! Però il gabinetto è ancora piuttosto affollato, sai?»

«Sì, ma ora ti sei rimesso, no? Mica vorrai dormire lì in eterno?»

Gli indico la porta: «Sali Rudy... sali che ti presento una persona».

«Nichi, ho l'impressione di non capirti a volte.»

«Vai avanti che ti raggiungo con calma.»

Rudy sale due gradini alla volta, io me la prendo con comodo, faccio una rampa poi siedo sul primo gradino e apro un opuscolo pubblicitario lasciato in terra da qualcuno. In questo modo darò tempo alla famigliola di spiegarsi e frantumare chissà quanti altri arredi di design in testa all'eschimese. Certo se per le scale la gente facesse meno confusione, si leggerebbe meglio.

Poi sento un vocìo strano, il portone sbatte e una torma di stronzi si fionda dentro l'androne condominiale, almeno a giudicare dallo scalpiccio che sento.

Porca troia, è la polizia!

Li vedo arrivare in branco, *Mossos d'Esquadra* più due in borghese con la pistola in mano; salgono di corsa, mi spingono da parte e schizzano su come biglie da flipper. Questi non ci hanno abboccato alle balle di Rudy. Stavolta è finita sul serio e ci sbattono tutti in galera a vita. Maledetto Pasqal e maledette le sue manie da rapitore.

Staboooom! Hanno sfondato la porta, ecco che finisce la mia fuga, per colpa di quel demente ecco che finisce tutto.

PARTE TERZA

39

Biancaneve

Mi chiamo Biancaneve, sono un trafficante e a me non mi si fotte.

Vivo a Praga da qualche mese ma gli affari che mi hanno condotto qui non vanno come dovrebbero. Però campo, spaccio e spacco il culo a chi mi mette i bastoni fra le ruote.

E lo faccio sempre: *toujours*.

Segnatamente mi occupo di droga e di donne e svolgo la mia attività prevalentemente nei bordelli cittadini. Ci sono infatti una ventina di case di piacere in questa città: lupanari di ogni sorta, buoni per ogni palato e tasca, belli, brutti, affollati, con telecamere, dispendiosi o tristemente cheap. Molti a onor del vero sono ormai semplicemente volgari "acchiappa stupidi", ma cercando bene, c'è ancora un po' di movimento. La città purtroppo è stata ripulita delle sue oscenità ed è stata invasa da turisti amanti del mainstream, che passano veloci e ripartono dopo mezza giornata, quindi gli antichi fasti sono scomparsi. Soprattutto lo stile è calato drammaticamente.

L'uomo medio non ha voglia di affaticarsi, si contenta di mettere soldi nelle mutandine di ragazze stantie, godendosi uno show fasullo, trincando sottomarche di schifoso blended spacciato per Single Malt 25 anni. Questo posto è un parco divertimenti andato a male ma che per certa gente, priva di esperienza, funziona benissimo.

Un tempo si veniva qui per scopare ragazzine russe e bere champagne, ora ci si approccia a questa città esattamente come a tutte le noiosissime capitali del mondo cosiddetto civile: si comprano tazze fatte in Cina, felpe, calamite orrende e poi, se avanza tempo, si vanno a vedere due ballerine di lap dance, dandosi di gomito con gli amici. Ma il sottoscritto non è venuto nella Repubblica Ceca per vendere questo genere di esperienze. Io volevo metter su un giro di alto livello, un *Praga sex and drugs experience*. Ormai, invece, le bellezze di un tempo se ne sono scappate dagli sceicchi e la coca, o presunta tale, la vendono anche i ragazzini in strada: gesso impiastricciato di mannitolo a prezzi stracciati. Ti muri il naso, ti caghi sotto e ti sballi per l'effetto placebo: bella merda.

Questo al turista medio basta e avanza.

I locali storici, pochi ormai, hanno il loro stile che si è mantenuto nel tempo: arredi rossi, moquette pesante e quadri audaci alle pareti. Forse tutto un po' già visto, ma danno l'idea di un bel posto. Io bazzico quelli: locali che ti lasciano addosso la polvere dei broccati e che odorano di bei ricordi e donne nude. Certo, tutto è programmato per raggirare il cliente che fotte e spende senza rendersi conto che lo stanno spennando e questo ovviamente è l'ABC di ogni lupanare che si rispetti. E più il consumatore è danaroso, sprovveduto e idiota, meglio la ricetta funziona.

Eppure il mio trasferimento qui non è stato un buon affare: è che dovevo assolutamente cambiare aria dopo quella storia del processo di Nichi, e questo è il posto più comodo dove portare un bagaglio "stupefacente" e una pistola portafortuna.

Tuttavia, da queste parti manca la grande cultura della droga: il Comunismo aveva preservato la gente dai bisogni voluttuari, dalle necessità di terza generazione, e i cechi, carichi di entusiasmo dopo la caduta del muro e il riassestamento economico, sembravano pronti a ricreare una Milano da bere dalle narici capienti in salsa cirillica. Invece hanno prevalso altre droghe. Nemmeno i ragazzini mi danno soddisfazione, neanche loro si sono fatti corrompere come tutti i bravi ragazzi di questo schifo di mondo infestato da gente come il sottoscritto.

Per gli indigeni under 25, il massimo dello sballo è andare a fare quattro salti alla discoteca a cinque piani e rimorchiare qualcosa di straniero: *The biggest music club in central Europe* e magari farsi una canna a fine serata. Mezze seghe. La marijuana è per loro il massimo della vita. Persino Gloria, la mia ex pettoruta governante bionda, millennial da sballo *born in Prague*, racconta che i fanciulli che frequentano il *club danseur*, sono una banda di mammalucchi. Una mattina mi ha fottuto la *poussière d'ange* mentre dormivo e si è data alla macchia. Gloria: dovrei odiarla invece è la persona che stimo di più in questo paese, se non altro per l'ambizione criminale e per come si vestiva: spolverava il mobilio ancheggiando come una *mannequin*, quell'adorabile analfabeta impertinente.

Praga non è stato un buon affare, me lo ripeto ogni giorno: ero approdato per diventare un reuccio cittadino elegante e mi sono trovato a smerciare il nulla in questa ecatombe di salutismo e parvenu. Dovendo correre ai ripari, sulle prime mi sono organizzato alla vecchia maniera vendendo bamba nei locali alla moda, dove prostitute smaliziate offrivano ai viveur cittadini un giro in più sulla loro giostra a forma di materasso. Si trattava di poco o nulla rispetto a quanto si sarebbe potuto trafficare con una organizzazione anche vagamente adeguata. E nonostante questo anche quel minibusiness è svanito per colpa dell'incompetenza delle mie collaboratrici.

Risultato: nei locali che contano come il Tretter's, non facevano più entrare le mie galoppine che si erano fatte pizzicare come puttanacce da strada a offrire polverina ai clienti nella maniera più sbagliata che esista. Del resto, non si può varcare la soglia di un locale come quello, vestite come *lanciapussy* da marciapiede, ridendo sguaiate in botta piena, facendo una cagnara pazzesca, senza pensare che anche l'ultimo dei buttafuori non ti cacci a male parole come una sgallettata da due soldi.

Per prima cosa ci vuole stile, sempre, ma in certi posti ancora di più. Si individua la preda, si crea il pathos, si accavallano le cosce e si attende che il pollo di turno sia cotto a puntino. Poi, solo dopo essersi accertate che il conto da pagare sia abbastanza alto, si sussurrano le paroline magiche alle orecchie del bancomat che sta sbavando per te e ci si rifugia nei suoi appartamenti a far della gran ginnastica imbiancata.

Così si fidelizza un uomo di classe.

E anche se sei una baldracca proveniente dalla più squallida periferia di Bratislava, cresciuta a pane e povertà, abusata da tutta la famiglia in età prescolare e incapace fino agli undici anni di mangiare con le posate senza sbrodolarsi, se lo sai nascondere, un gentleman infoiato penserà che tu sia solo un po' stravagante e se ne fotterà dei tuoi aspetti naïf. Non è un concetto difficile. Eppure, quella manica di invertebrate che ho assunto, è stata in grado di mandare tutto a gambe all'aria ancora prima di farmi entrare nel mercato. Ed è andata bene che non sono stato ammazzato, ma al quartiere ebraico non mi ci posso nemmeno avvicinare che se mi beccano mi tirano il collo.

Quelle disadattate entravano nei locali, si infilavano in bagno col primo fesso che offriva mezzo Manhattan annacquato, stendevano una raglia di coca e prone sul lavandino tiravano su il vestito sopra il culo, svendendo scopate di sottobanco a morti di fame più scafati di loro, spandendo bamba per tutta la toilette.

Ce n'est pas possible!

Sono nel posto sbagliato, contornato di maestranze inadeguate che non capiscono la mia filosofia.

E hai voglia a picchiarle, qui le botte le hanno prese dai comunisti per anni e anni, figurati cosa gliene importa di due manate date dall'omone nero.

Non accettano proprio di farsi mettere sulla strada giusta.

L'idea però era buona.

Stante la filastrocca appena cantata, ho dovuto cambiare target: niente più *upper class*, bensì bordelli per turisti di passaggio, con coca supertagliata, che un po' di più diventa farina doppio zero e amen, addio sogni di gloria.

Alle mie dipendenze ho una torma di amiche volgarotte che ubbidiscono ai compitini che affido loro: ragazze meno belle, che lavorano nei cabaret e fanno frullare la merce all'interno di un settore controllato da gentaglia a mano armata, con cui faccio piccoli affari comprando e rivendendo a percentuale variabile. Il tutto è a dir poco *désagréable*.

Insomma, a Praga non ci sono margini per arricchirsi, e avrei già tagliato la corda se non fosse per l'unico motivo che mi lega ancora a questo posto: Iskra.

40

Foreign Affair

Passaporto russo, venticinque anni portati male e profondi occhi blu di Prussia, capelli biondi e un corpo che sembra l'otto volante di un magnifico luna park per depravati, gambe lunghissime e la grinta di cento donne. Un fisico che stride magnificamente con quel faccino corrucciato dei nativi post perestroika, illusi di un cambiamento radicale e di un benessere che grazie agli oligarchi, alla povertà, al clima insopportabile e al nuovo Zar di Leningrado, per quasi tutti loro non è arrivato e non arriverà mai.

Ero qui da pochi giorni quando vidi quell'essere superiore fare un numero di lap dance nella sala principale di uno strano cabaret, avvinghiata al palo di ferro nella pista centrale come un serpente trapiantato nel bel mezzo di Praga. Nonostante il genere non fosse decisamente il mio, persi il sonno e tutto il resto: mi svegliavo e pensavo a quella divinità pagana. Si schiaffeggiava il fondoschiena, si leccava le dita, sputava sul pubblico che la guardava imbambolato, mentre recitava in russo i versi di un poeta maledetto. Poi al culmine dell'esibizione scoprì il sesso e con lo stupore della piccola folla che si era radunata al suo cospetto, si masturbò liberamente, lasciandomi scosso, esanime, incapace di reagire, *dans un état confus.*

Lei era ciò che, senza saperlo, avevo sempre cercato, e dal primo attimo in cui posai gli occhi su quell'essere superiore non ho più smesso di esserne ossessionato.

Questo era l'effetto che faceva Iskra e lei lo sapeva bene, tanto che a tutto aveva dato un prezzo e nel suo tariffario non mancava la voce "amore". Bisognava corteggiarla, pagare la tassa dovuta e quel corpo sarebbe stato il giocattolo infernale per una mezz'ora abbondante, a tu per tu con la madre e il padre di tutti i piaceri.

Io però non volevo il suo corpo per un'avventura estemporanea.

Io la volevo solo per me.

Irretito dal suo odore selvatico, dalle sue movenze feline, dal suo fascino distante, mi ridussi all'elemosina sentimentale e al più classico dei digiuni, trascurando ogni necessità, compresa quella del sonno. Eppure, più mi facevo sotto, più venivo respinto, schernito e umiliato.

Però non mi sono dato per vinto: innanzi alla migliore bottiglia di champagne le dissi che ero qui per macinare soldi, che il mio titolo di studio era la patente di spacciatore e che se me lo avesse permesso l'avrei mantenuta nell'agio massimo. Non mi importava del suo passato e non avevo la pretesa di cambiare la sua natura, ma volevo essere il suo uomo a tutti i costi. Le chiedevo solo di concedersi senza riserve, prendendomi come volevo, lasciandosi andare ai suoi istinti primordiali.

Invitai Iskra da me e la creatura vide il grano e la roba. Feci proprio l'impressione del cafone e questo le piacque. Sapevo di essere solo un salvadanaio bucato per quella farfalla cresciuta nella pianura gelata, ma in fondo non c'è niente di male nel comprarsi la felicità e io lo feci, col sorriso sulle labbra e il portafogli sul comodino, fiducioso che un giorno le cose sarebbero cambiate. Del resto, Iskra conosceva i miei punti deboli e se li giostrava, ci scherzava mentre la osservavo terrorizzato, cercando di mascherare i miei sentimenti, sbriciolandomi i denti nella notte, contraendo ogni muscolo, fingendo una serenità in realtà ormai del tutto persa. A volte però restavamo in casa e facevamo sesso per giornate intere senza che mi fosse chiesto un soldo, mangiando a letto, scherzando e fingendo che il nostro non fosse solo uno squallido *do ut des*. Sembrava tutto perfetto, i suoi baci rassomigliavano a quelli veri, il suo corpo appoggiato alle mie spalle era caldo. Il suo cuore no, quello batteva piano, ticchettava numeri, calcolava sentimenti e al momento giusto, puntualissimo, arrivava il conto, *la dolorosa*.

Io però pagavo. Prima serenamente, poi a malincuore ma speranzoso, infine con indifferenza, paura, rassegnazione, e anche se avevo dato una certa intaccata al mio gruzzolo, giocando con quel meraviglioso corpo, per un po' ero stato quasi felice.

Quasi.

Così, dopo l'ennesimo capitombolo nella dura realtà del mercimonio sentimentale, dissi basta. Mi mangiai il cuore, con la segreta speranza che il distacco ci riavvicinasse e la consapevolezza che il suo prossimo fidanzato non sarebbe stato altro che il migliore offerente. Ci lasciammo: da quel momento, saremmo stati esclusivamente soci in affari.

Fu così che Iskra tornò a ballare al palo, iniziando a diffondere la mia droga nel locale in cui ancora si esibisce. Il mio angelo russo vende ai signori che la corteggiano senza il coraggio di andare in fondo, smercia ai ragazzini in vacanza che la vedono, si eccitano e ridono ubriachi, e distribuisce ai giovani yuppie cechi che la vogliono nelle loro serate. Insieme abbiamo guadagnato abbastanza soldini. Solo che la mia musa ha il vizio di spendere tanto per comprarsi stralci di felicità passeggera e compulsiva, e qui si guadagna troppo poco.

Dunque, per l'ultima volta: venire a Praga è stato tutto tranne che un buon affare.

Fanculo.

41

Questione di stile

Apro l'armadio, decido chi essere oggi.

Ho un bel guardaroba e ne vado fierissimo, cerco di vestirmi con classe e seguo principalmente poche regole ferree. La cravatta regimental, ad esempio, si indossa solo con un abito monocolore, esclusivamente con la camicia a tinta unita, preferibilmente bianca o al limite celestina, Oxford, con le iniziali ricamate a sinistra, mai sui polsini, mai sul colletto.

Non si mescolano le righe, e i quadretti non vanno mai coi pallini, a meno di non voler sembrare un televisore scassato. I colori pastello mi fanno sentire ridicolo e quelli forti mi conferiscono l'aria del cafone, mentre il velluto mi invecchia. Il blu è il mio colore naturale, ma a volte mi fa sembrare troppo serio. Il verde non lo indosso mai. Il grigio solo con la cravatta e mai con le scarpe nere.

Non ho neppure un paio di jeans, non indosso piumini e i miei cappotti li faccio venire direttamente dall'Italia. Ho un debole per il cachemire e le scarpe fatte a mano, così come per i gemelli di oro massiccio. D'estate mi concedo i pantaloni color carta zucchero, da indossare con scarpe di tela, ma la bella stagione qui dura un battito d'ali, quindi buona parte delle cose che mi ero portato da casa non le ho mai indossate.

In compenso ho una quantità sterminata di sciarpe e maglioni di ogni colore. L'eleganza è un pregio innato e un buon guardaroba costa tanti bei soldi; tuttavia, vestire in un certo modo è fondamentale se fai il mio mestiere. L'immagine che devo dare è quella di chi fa sul serio e tutti mi devono rispettare. Se non lo facessero mi arrabbierei e ricomincerei a spaccare crani a mano, come un tempo.

Dolcevita senape e abito marroncino mi danno l'aspetto da delinquente titolato che stavo cercando: devo incontrare tipi poco avvezzi alle buone maniere e questa tenuta mi darà il necessario appiombo. In mezzo a questo esercito di stronzi che si vestono ai grandi magazzini, io sono quello che ha stile. Mi trattano come il figlio di Bongo per il colore della mia pelle, questi stronzi slavati. Spesso scherzano ma c'è sempre un sottofondo di verità in quel che dicono. Avessi dieci lauree, per loro sarei sempre e solo un negro: i loro genitori hanno preso bastonate dai russi tutta la vita e hanno il coraggio di chiamare me schiavo. Ho scelto questa vita, ho studiato, mi sono fatto largo ammazzando la gente giusta e ora, a parere di queste cimici, dovrei ricominciare da capo al loro servizio. Si fottano, da qui fra poco me ne andrò e fanculo loro e il loro fottutissimo freddo.

Prima tappa dell'odierno tour: il mio bordello preferito.

Devo incontrare Iskra, fare il punto e come ogni volta provare a tenere distinti affari (nostri) e sentimenti (miei); ed è questa la parte difficile del mio lavoro attuale.

Fa caldo stasera, mi incammino lungo la Krymská passando a grandi falcate davanti allo Shakespeare café. Il locale fra poco brulicherà di eccentrici stranieri, fighette studiatissime e pezzi di antiquariato in cerca di puttanelle finto intellettuali da scassare con comodo. Fuori, al solito, Victor il barista ha posizionato la bancarella dei libri usati e i primi clienti stanno già consumando caffè, atteggiandosi a livelli stratosferici. Si viene a Praga 12 proprio per questo: per consumare drink a prezzi stracciati in una periferia decadente, vestiti come finti poveri dal passato raffinatissimo, con le tasche vuote e il Cartier al polso.

Purtroppo non posso fermarmi e tiro dritto: arrivo a Náměstí Míru, due fermate di metro e sono in piazza Venceslao, nel girone dantesco dei miei affetti,

Ve Smečkách 32, Praha 1, Darling Cabaret, sometimes up to 150 go-go girls. The largest and the best cabaret in Prague Center, with beautiful girls, invites you to a night full of entertainment. Sexy can can, erotic samba, snake woman show.

Tutti conoscono questo posto.

In questo caso non è neppure adeguato parlare di "bordello", qui si è in presenza di una vera e propria casa di piacere vecchia maniera: ci sono tre bar all'interno, ballerine di lap dance ovunque e varie aree dedicate al relax puro e semplice. Una calma artificiale da spendere in compagnia di splendide nudiste prezzolate che accompagnano la selezione di vini a prelibatezze più raffinate.

As every lover of good food can appreciate an excellent restaurant and its chef's exceptional skills, you also have a unique opportunity to allow your sweet tooth to choose the best from our menu: the most delicious entertainment in the whole of Prague!!!

Qui sono un *habitué*, ma per entrare devo pagare il biglietto come tutti gli avventori della *maison*. Questa è la fredda serietà dell'est che non distingue un ottimo cliente da un turista di passaggio. Inutile insistere, siamo differenti. O forse è proprio me che non vogliono, perché per quanto mi vesta meglio di tutti loro, per questi signori resto sempre un cazzo di spacciatore negro e non fanno nulla per non farmelo notare. Venire qui è stata una pessima idea: ve l'ho già detto, no?

Appena entrato, noto Katrina e Lenka vestite di paillettes che parlottano stravaccate sul divano. Di solito lavorano in coppia: si somigliano molto e i clienti impazziscono all'idea di osservare due sorelline russe che ballano nude solo per loro, mettendosi vicendevolmente le mani in ogni dove. Di norma raccontano la frottola di essere uscite dallo stesso orfanotrofio e nel frattempo, mentre indossano le loro faccine tristi, si danno tanti bacini, si leccano a vicenda, allungano le mani sul cliente quel tanto che serve a farlo uscire di cervello, sorseggiando champagne, proponendo strip in privato e una striscia di bamba a corroborare l'evento: *le diable avec des seins*.

Io che le conosco e so che hanno avuto un'infanzia normale e che sono assolutamente eterosessuali, non le sopporto e basta, pur apprezzando l'opera meritoria di corruzione morale che pongono in essere, in favore del mio lunario. Mi faccio vedere e le invito a passare in una zona più tranquilla: i padroni del locale non sanno niente dei nostri traffici ma ho il sentore che inizino a sospettare, e questa non è una cosa buona. Le ragazze mi seguono, ordino da bere e siedo a un tavolo poco lontano da una tettona col cappello da cowboy, che ancheggia davanti a due americani sbavanti. Ha mammelle enormi la ragazzina, grosse ognuna come la testa dei due *Yankees* che le stanno consumando con gli occhi. La guardano e vorrebbero farle un pigiama di saliva. Si dovranno accontentare di finire i loro spiccioli mettendo banconote da dieci in mutandine luccicanti impregnate di sogni. Lei si chiama Alice, è splendida, lavora per me e mi disprezza, *comme d'habitude*.

«Come andiamo bambine?»

Mi guardano, sorridono, parlottano nella loro lingua maledetta e questa cosa mi dà ai nervi.

Inizia Katrina a vuotare il sacco, è lei il cervello bacato del duo: «Ieri c'erano degli italiani e la tua roba se la sono spolverata via in un attimo. Fra l'altro hanno pagato anche la doppia tariffa tanto erano infoiati e naturalmente non li abbiamo fatti scopare» ridono entrambe.

«Brave le mie cerbiatte!» sorrido anch'io.

Iskra struscia dalle mie parti, mi guarda appena, lanciando un'occhiata che non promette niente di buono: Procella, quale sconquasso hai in serbo stavolta?

Faccio i complimenti alle ragazze, prima di defilarmi promettendo un prossimo rifornimento, poi passo al bar, mi fermo al bancone, prendo un secondo coca e whisky e salgo verso il salottino al primo piano. Nella sala lap dance, Sandra la nana sta ballando nuda al palo girevole, fra l'ammirazione allegra di alcuni avventori e il cazzo duro di altri più onesti consumatori. La piccolissima ancheggia, muove il culetto, stira la gamba e fa la lingua a tutti, poi ringhia e sorride al suo pubblico prima di avvistarmi e farsi seria, visto che mi odia. Mi alluma, mi indica e sputa verso di me come una volgare puttana di bordello, continuando ad ancheggiare mentre tutti ridono. Io la saluto con un cenno e in tutta risposta lei si passa una mano fra le cosce, col medio che finisce dentro la fessura prima di puntarmelo ben dritto in faccia.

Dégoûtant!

Iskra mi aspetta sul divano di taffetà guardandomi storto, mentre mi incammino verso le sue cosce depilate di fresco senza dare seguito alla provocazione dello sgorbio.

«Che succede bello, nel negozio dei magnaccia oggi c'erano i saldi?»

Decido di non discutere, sorseggio il drink e fingo di non aver sentito, ma lei insiste: «Sul serio, Biancaneve, perché ti vesti in questo modo? Cioè, niente di male nell'essere un po' estrosi nello stile, ma a volte sembri proprio il principe dei papponi. Già che ci sei mettiti due orecchini belli grossi ai lobi e fatti chiamare Marsellus Wallace».

«Va bene, diciamo che non abbiamo mai avuto gli stessi gusti e piantiamola qui. Come te la passi?»

«Sto come una che lavora in un bordello sei giorni su sette e che ha molto da fare con lubrificanti, cazzi di gomma e bruciori di culo. E non fare tante cerimonie fingendoti premuroso, che la sincerità non è il tuo forte. So dove vuoi arrivare, quindi piantiamola con le cerimonie: la tua roba adesso si vende, come ti avranno detto le tue amichette, dunque non stare a preoccuparti di come me la passo e cerca di farmene avere dell'altra per domani. Inoltre, vedi di farti notare un po' meno dai padroni del locale, che stanno facendo domande su di te che vieni qua dentro, fai lo splendido e offri da bere senza mai consumare al piano di sopra. Che qui io ora ci vivo e non voglio rogne, capito?»

«Mi stai dicendo che dovrei portarmi qualcuna in camera, per non far brontolare il padrone?»

«Che c'è, non ti ricordi più come si fa? Io ti ho avvertito, poi se vuoi continuare a fare il romantico, sentiti libero.»

«Tu scherzi col fuoco, amore mio. Magari una di queste sere prendo la nana, se proprio ci tieni.»

«Con te non ci viene, è troppo bella, e come avrai capito, da un po' di tempo non le stai troppo simpatico.»

Iskra mi guarda e fa un sorriso cattivo prima di alzarsi.

«Senti non è che ogni tanto ti scocci di fare la stronza? Sappiamo tutti e due come stanno le cose ma sappiamo anche quello che c'è stato fra noi...»

Iskra si alza e se ne va ravviandosi i capelli: uno spettacolo per gli occhi e un disastro per i miei sentimenti. La guardo allontanarsi poi mi tiro su anch'io; faccio l'occhiolino alla nana che ricambia con un sorriso sarcastico scoprendo il piccolo brillante fasullo incastonato nel canino e poi mi incammino verso l'uscita. Devo andare dai miei fornitori a farmi passare la polvere. Riprendo il cappotto dal guardaroba, cerco di togliermi di dosso la puzza di troia che emana questo posto e fingo che vada tutto bene.

That is the reason for inviting you warmly to the world famous Prague cabaret "Darling", which nowadays follows the erstwhile 1920s and 1930s' tradition of cabaret performances in a place where passion permeates through the atmosphere.
The only thing you risk is falling in love!

42

Žižkov, Praga 3

Fa freddo quando stai per morire.

Il sudore ti scende per la schiena, si appiccica ai vestiti, ogni filo d'aria è un brivido, la canotta si fa tutt'uno con la pelle e la maglia di lana a collo alto diventa uno scafandro. Sto sudando come un beduino nel deserto, il ferro in bocca poggiato sui denti, il sapore del metallo e della polvere che si mescolano alla saliva e al sangue che cola in gola: ho una guancia squarciata, un braccio dolorante e il meglio deve ancora arrivare.

Perché fra poco uccido tutti.

Zoran, il capo di questo manipolo di cadaveri strafatti che mi tengono in ostaggio, mi guarda negli occhi credendo di impressionarmi, ma nel frattempo la mano gli trema come a un malato di Parkinson e forse fra un po', se non si calma, mi farà saltare le cervella per sbaglio. Comunque vada a finire, so che avrò la mia vendetta, o qui o all'inferno.

Stai tremando come una femminuccia, razza di idiota, penso. *Quello con la pistola in bocca sono io. Prega il tuo dio zingaro di avere i coglioni per ammazzarmi, perché se non premi il grilletto prima che riesca a liberarmi, farai una brutta fine. Perché una sola cosa è certa: se avessi voluto farmi fuori sul serio, a quest'ora avresti già fatto fuoco.*

Ma questo cacasotto di slavo, figlio di puttana, non è che un ragazzino in botta che approfitta dell'assenza di suo fratello per tentare di alzare due spicci, rapinando proprio me. Solo che il marmocchio l'aveva pensata più facile l'operazione e ora non è in grado di fare niente di meglio che cagarsi sotto.

Rotto in culo, non hai le palle per farmi fuori, eh?

Ma dico: se non si hanno gli attributi per freddare qualcuno in tutta calma, allora lo si aspetta dietro un angolo e lo si ammazza a tradimento. Un colpo in testa, la chiorba si apre come un melone e siamo tutti contenti. Ora invece, Zoran, ti tocca farlo a sangue freddo. E questo non lo avevi previsto. Lo avevi immaginato tante volte magari, ma te lo aspettavi differente, credevi di essere capace di puntare la pistola e fare fuoco in testa a un uomo che ti guarda. Così taci, tieni il ferro a mollo nella mia bocca e temporeggi incerto se metterti questo negro sulla coscienza. Nel frattempo i tuoi amici, un ciccione con l'alito alla merda di cane e un ragazzino biondo, ti guardano e aspettano il botto.

«Spara Zoran!» dicono, ma tremi e non ti decidi. Allora sono io che prendo coraggio e la risolvo alla mia maniera: mi muovo di scatto, sfilo la pistola dalla bocca con un movimento del collo, ti afferro il polso e ti giro il braccio dietro la spalla. E le cose cambiano.

L'arma è nel palmo della tua mano, ma non la puoi controllare perché la tengo per la canna e mentre lottiamo partono due colpi a casaccio verso il basso. Uno dei proiettili ti prende la caviglia che inizia a sanguinare copiosamente. La tua scarpa sprizza sangue e ti rotoli sul pavimento cercando di fermare l'emorragia.

Fai pure. Ti ammazzo fra poco Zoran, prima voglio divertirmi un po'.

La rivoltella è finita a terra e il ciccione tenta l'assalto frontale con il coltellaccio da cucina in mano, ma si calma di botto dopo il calcio nei coglioni che gli rifilo con tutte le mie forze, sollevandolo da terra per mezzo secondo.

Avessi tempo gli aprirei la trachea a questo maiale, e scannandolo lentamente gli farei pensare alla sua merdosissima vita. Allora invocherebbe pietà, chiamerebbe la mamma, perderebbe il controllo degli sfinteri e si cacherebbe addosso. Sarebbe dolcissimo.

Invece decido di occuparmi del biondino che tutto impaurito mi guarda con gli occhi sgranati, spalle al muro. Lui non ha mosso un muscolo, se non per tremare, e ora piange. Potrei risparmiarlo perché al massimo avrà sedici anni. Invece prendo la mira e gli sparo in faccia.

Pum!

Meno uno.

E si va avanti.

Ora comando io.

Il secondo colpo finisce in pancia al ciccione, che fa una faccia sorpresa. Sgrana gli occhi e strozza un grido tenendosi le trippe. Gli ho sparato dove si sente male. Perché con un buco in corpo si muore con calma, dolorosamente, coi succhi gastrici che se ne vanno in tour per le viscere infettandole, fino a quando non si crepa in spasmi dolorosissimi. E mentre muore, con le pupille ribaltate e un principio di convulsioni, mi dedico al padrone di casa che trema come un vitellino al macello.

«Zoran, *mon amour*, non è che per un attimo hai pensato che ti avrei risparmiato, vero? Sai,» gli dico tirandolo per i capelli «non sarà mica facile piazzare la coca e sarà un gran casino anche sbarazzarsi di quel sorcio di tuo fratello e degli scagnozzi della tua famiglia del cazzo che mi daranno la caccia, ma ora ho troppa voglia di scannarti mentre frigni come una puttanella. Quindi preparati che ora ti faccio prendere aria alle budella.»

Così afferro il coltello, scopro il collo allo zingaro che si dibatte e gli sgarro la gola per bene. Lo scanno come un porco e mentre gorgoglia soffocato dal suo stesso sangue, lo tengo per la fronte, badando bene che il suo sguardo stia sui suoi amici morti.

«Buona notte dolce principe.»

43

Se telefonando

«Pronto Ramona? Ciao sono Biancaneve, mi senti?»

«Biancaneve? Carramba! Allora è proprio vero che chi non crepa si rivede!»

«Sono io, tesoro, *comment ça va*?»

«*Ça va sans dire…*»

«Che?»

«Niente cugino, niente… Ma tu come stai? Perché mi pare di capire che hai in un certo affanno…»

«Eh sì, scusa, ho il fiatone, sono un po' di fretta e…»

«Se vuoi ci sentiamo quando ricominci a respirare!»

«No, figurati, è che oggi è stata una di quelle giornate… Lasciamo perdere. Ti chiamo anche per questo e vengo subito al dunque: mi trasferisco dalle vostre parti a breve…»

«Vacanzetta?»

«No, no, stavolta vorrei proprio trasferirmi in pianta stabile a Barcellona.»

«Accidenti! Guarda che qui non è più il paradiso di una volta. Il Barrio Chino lo hanno ripulito e anche nel Raval tira un'aria poco buona.»

«Lo so, lo so, ma ho i miei agganci e magari trovo casa dalle parti di Poblenou.»

«Mica male.»

«Vediamo.»

«Comunque cugino, i tempi sono cambiati veramente dagli anni che furono, e anche Pasqal e Faustin ora sono messi maluccio: le loro ultime mosse gli sono costate care.»

«Stavolta che hanno combinato? Qualcosa di serio?»

«Be', sono finiti in galera.»

«In galera? Ancora? E stavolta per quale motivo?»

«Ehm… Rapimento, modestamente.»

«Ma che dici? Rapimento? E dove li hanno spediti?»

«In galera! Cioè avevano chiesto di essere mandati a Disneyland ma ecco…»

«Ma in quale galera?»

«Credo a Madrid. Il numero della cella purtroppo non lo so… e non è che possa indagare, visto che in teoria potrei fare la stessa fine.»

«Oh, cazzo. Senti, arrivo da quelle parti fra poco, stai tranquilla. Domani stesso mi metto in viaggio e fra un paio di giorni sono lì.»

«No, ma non ti preoccupare, cugino, sul serio, vedrai che in qualche modo riusciamo a venirne fuori come abbiamo sempre fatto, non importa che…»

«Come non importa? Ti pare che vi lascio nella merda?»

«Non sarebbe la prima volta eh…»

«Non dire sciocchezze. Parto domani mattina e ci pensa Biancaneve a sistemare le cose. Avevo già deciso di venire, come dire… *pour raisons de service*, ma a questo punto è proprio necessario che vi raggiunga.»

«Senti, ce la siamo sempre cavata, continueremo a farlo, non stare a venire, cugino.»

«No, no, lasciami insistere. Comunque ci vediamo presto e ne parliamo, ora scusami ma devo appendere.»

Click!

44

Au revoir

Metro, linea gialla, mercoledì sera, mani tumide, fronte madida, schiena fradicia, la luce dei lampioni, museo naturale, freddo umido, odore di asfalto, topi, piazza Venceslao, il filobus con la gente onesta che torna dal lavoro, il sauna club, il freddo, le ferite.

Darling Cabaret, pago alla cassa e mollo l'ombrello al guardaroba prima di farmi perquisire. Fanculo, vengo qui tutti i giorni, non potreste risparmiarmi questa solfa una volta ogni tanto?

«Iskra, me ne vado.»

«Non ti avevo nemmeno visto arrivare!»

«Me ne vado da questa città, da questo paese, basta. Non me ne importa nulla della coca, delle ragazze, non me ne fotte di stare ad aspettare di essere ammazzato e vivacchiare. Vado via e ti voglio con me. Ho una sommetta da parte che ci basterà per ricominciare in Spagna, in attesa di fare prima o poi il colpo della vita.»

«E quando avresti deciso di togliere il disturbo?»

«Ho deciso così, oggi, tutto in un secondo. Mi sono guardato allo specchio e...»

«Ed è stato lo specchio a conciarti così la faccia?»

«Non ho intenzione di discutere, me ne vado e volevo salutarti. Se vuoi ti porto con me, altrimenti resta a guardare questo treno che passa e amen. In fondo potremmo anche essere felici. In caso contrario, è stato bello conoscerti: hai tutta la notte per pensarci e se magari ti convinci che la tua vita vale più di questo schifo, allora vedi di essere a casa di Victor per le nove in punto, domani mattina.»

«Victor? Ancora frequenti quel coglione che somiglia a Charlie Brown?»

«Stanotte dormo da lui, se vuoi venire, cerca di essere puntuale: l'autobus è alle dieci e mezzo.»

«Autobus?»

«È il mezzo più sicuro se devi viaggiare armato.»

Iskra sorride, mentre cerco di fare altrettanto; la saluto e mi incammino. Faccio appena quattro passi verso l'uscita e mi sento chiamare.

«Hey!»

Mi volto: «In bocca al lupo».

«Au revoir.»

45

Perfect day

Miami, South Beach, Collins Avenue. A due passi da Ocean Drive, sono le cinque del pomeriggio e fa caldo, quando è appena terminato il mirabolante show per bambini ricchi del Clown più famoso di tutta la Florida.

È il 15 febbraio e nella splendida magione dei Wilson si festeggia il compleanno del piccolo Charlie riccioli d'oro. Guest star del "Torta di fragole party" non poteva essere che lui: l'arcinoto pagliaccio burlone che sconquassa la festa coi suoi occhi roteanti e le pirotecniche risate al fulmicotone: Hugly "festa a sorpresa" il Clown.

Che mito quell'Hugly.

Il lavoro per lui anche oggi è finito, il naso rosso di plastica è già chiuso dentro la scatoletta di latta, nella stanza degli ospiti, si prende una pausa e qualche libertà. Giù in salotto la festa va avanti fra schiamazzi e risate, interrotte solo dai rimbrotti di mamma Wilson e della giovane bambinaia cubana un po' scocciata dal baccano.

Hugly tira il fiato: la faccia incrostata di spesso cerone bianco, i capelli di plastica viola che si staccano dalle tempie umidicce, le ciglia finte di gomma verde, le scarpe rosse col pollicione che fa capolino, i pantaloni di lino a scacchi e tra le gambe il suo peccato, grosso e bello duro. Hugly il clown ama il suo lavoro, adora far ridere i bambini, giocare coi cuccioli d'uomo, fare le facce strane e suscitare risatine e applausi, gridolini e sorrisi. Soprattutto Hugly ama i bambini. Li ama tutti quanti alla follia, dal primo all'ultimo: li annusa, li coccola, li tiene sulle ginocchia e li fa sobbalzare al ritmo di filastrocche simpatiche, strofinandoseli addosso, gemendo sotto il cerone. E loro ridono mentre Hugly porcellone accarezza il capino folto dei pargoletti blasonati, e quando molla affettuosi pizzicotti sul loro culetto soffice sente affluire tra le cosce pelose il sangue caldo.

Teneri, dolcissimi, splendidi marmocchi arrapanti, pensa mentre palpeggia i virgulti messi a sua disposizione a ogni festicciola, *che manine morbide hanno, che facce innocenti. Sembrano bambole di porcellana e i loro genitori li ingrassano come oche da* foie gras, *solo perché possa riempire di bacini le loro guanciotte soffici.*

Hugly vive per il suo lavoro e quando lo porta a termine è sempre arrapato come una bestia famelica al cospetto di una preda terrorizzata. E questa cosa glielo rende di marmo.

«Che schifo che faccio» si ripete Hugly, con ancora addosso il costume di scena, mentre nella camera degli ospiti al piano nobile comincia a menarsi il cazzo. «Che schifoso che sono, che uomo putrido, che infame porcone. Quei piccoli sono tentazioni viventi e non posso resistere, sono troppo belli da palpare, potessi averli tutti per me...»

La luce soffusa, la porta chiusa a chiave, la poltrona anatomica e Hugly è solo coi suoi sogni luridi a immaginare voluttuose scene di gruppo coi marmocchi che sorridono e lo amano. Hugly è fuori di sé, pensa alla pelle liscia di quei bambini, ai loro atteggiamenti da piccoli uomini, alle risate innocenti, a quanto la piccola Lucy sia attraente nel suo vestitino a righe rosse. Ah, quante belle cose potrebbe farle se l'avesse tutta per sé prima di ucciderla sbattendola al muro. Per un attimo il pagliaccio sofferma il suo pensiero sul sorriso di quella creaturina, sul suo passo incespicante, sul pancino appena pronunciato e sulla bocca piccola, macchiata di cioccolato. Lucy ha quattro anni, lui quarantatré, ed è un cane in calore, ma all'improvviso ferma la corsa della sua mano, fa un respiro, scioglie ogni tensione e scoppia in lacrime.

Hugly è malato, lo sa e si sta spingendo in una terra di confine. Da tempo la polizia gli controlla il telefono, la posta, il computer e ogni sua mossa. Fra poco qualcuno busserà alla sua porta in piena notte, mentre sta dormendo soddisfatto per aver scambiato foto via internet con uno come lui. Allora i suoi oggetti, i suoi ricordi, le sue immaginette sconce verranno messe in tanti fascicoli ordinati.

Hugly piange, il cerone si riga di solchi scuri, il ghigno ridanciano diventa una maschera di morte. Sa bene, il nostro eroe, di essere un aborto della società, un soggetto orribile che non dovrebbe esser venuto al mondo, ma ormai è tardi per ficcarsi di nuovo nell'utero materno, e Hugly non può farci nulla se quella è la sua sporca natura; così, indefesso, riprende la sua sega. Lui non lo immagina, ma finirà sul banco degli imputati, non lo sa, ma qualcuno sul muro della sua casa scriverà "qui viveva un pedofilo". Non può sapere che una mattina qualunque di un giorno di ottobre, un secondino svogliato lo troverà penzoloni nella sua cella, con un grosso ematoma nei pantaloni e i testicoli ficcati in bocca. Tutto questo Hugly non lo immagina, come non sa che poco prima di trovarsi appeso al gancio qualcuno sussurrerà: «Te lo faccio vedere io un bel giochino, pagliaccio».

Lui non sa nulla, va avanti a masturbarsi e questo è tutto.

Nel Darfur, in quella specie di deserto, in quella specie di terra desolata, in quella specie di pazzia collettiva, gli uomini con le armi si spartiscono la povertà dei loro simili, affamandone le membra e l'anima tutta. Lì, Amina è seduta a terra, poggiata ai resti di casa, non mangia da giorni e non sa cosa ne sia stato dei suoi affetti. Amina ha un foulard stracciato che le circonda la fronte e pochi cenci sporchi a coprire il corpo stanco.

Suo marito l'ha portato via la guerra e una raffica di mitra, i suoi genitori sono morti uccisi dai soldati davanti a lei che, impotente, se ne stava nascosta dietro un muro diroccato. Amina ha smesso di piangere e attaccato al suo seno porta un figlio di dieci mesi, che pesa un chilo e mezzo e succhia il niente dalle sue mammelle vuote. Amina ha spento la testa ed è entrata in quello stato di incoscienza che solo la fame e la disperazione riescono a creare. Gli occhi socchiusi, il caos intorno, le membra anchilosate. Lei non sa che il peggio deve venire, che il tempo la renderà dura e insensibile, che la disperazione lascerà spazio vitale alla cattiveria fino a portarle via l'ultimo ricordo di umanità.

Amina dorme e non sa che attaccato al suo capezzolo suo figlio ha appena esalato l'ultimo alito di vita. Al mattino, con la prima luce, troverà il frutto del suo grembo morto, ancora appeso al suo corpo avvizzito, come una pera marcia a un albero secco.

A Parigi la notte di Pasqua, dai Tousset regna il silenzio. Da anni apparentemente non c'è più voglia di solennizzare neppure le feste comandate, perché a farla da padrona è la tristezza. Si rispetta il lutto per la morte della Signora, giovanissima mamma, scomparsa sulle strisce pedonali una sera disperata dopo l'ennesima lite in famiglia.

Schermaglia furiosa fu quella, culminata con una breve fuga sul selciato prospiciente l'immobile, esattamente sotto la finestra della camera matrimoniale degli allora coniugi, una notte di Natale.

Una frenata troppo lunga e addio mammina.

E il povero Tousset, lo stimato commendator Tousset, l'austero signor Tousset dalle tempie argentee, dalla notte dell'incidente parrebbe non essersi ripreso mai.

Parrebbe.

Perché Jean Tousset stasera ha il sollievo che aleggia nell'anima.

Chiuso in camera al riparo da occhi indiscreti, il capitano d'industria si sollazza col ragazzotto conosciuto in un pisciatoio vicino alla Gare du Nord, giocando alla pecorella che scappa dal lupo cattivo. Seminudo, agghindato elegantemente con reggicalze e stivaletti bassi nonché un paio di carinissime mutandine di pizzo aperte sul davanti, l'ovino si aggira per la grande stanza nuziale con circospezione, mentre il carnefice algerino lo guarda col disprezzo in bocca e il portafogli rimpolpato.

«Beeeeee, beeeeeeee, sono qui...» sussurra Jean, all'indirizzo del numida che lo squadra.

È proprio un bel giochino e il vedovello vorrebbe farsi predare subito, senza attendere oltremodo.

«Non mi prendi, moretto? Ah no, no che non mi prendi, non mi acciuffi mai mai mai... beeeeeeeee!»

Jean fa la puttanella, ma sa che la pazienza del suo amichetto nerboruto è giunta al limite e allora accenna una timida resa per permettere al magrebino di affondare i denti nelle sue tenere carni. Che goduria essere un ovino conteso da bestie feroci, mangiato vivo e stuprato nel momento del trapasso.

L'algerino furente blocca all'angolo la pecorella puntandola contro il muro della camera candida, riempiendola di schiaffi e: «No, in faccia no, non lasciarmi segni, sul volto non me ne lasciare…» e allora il lupo gli molla un pugno in pancia che lo fa accasciare, gli blocca il respiro, lo fa sentire impotente e questa cosa è splendida per Jean la porca, che ansima e gode, subisce e si fa prendere a calci e sputi, si fa frustare la schiena e in ultimo, spossata, lascia che il suo maschio da monta, dopo averla sodomizzata, gli pisci in faccia. E Monsieur Tousset accoglie l'orina sul suo volto ridendo e godendo come un verro al trogolo.

È Pasqua, rintocca il campanile e la gente esce festante mentre Tousset ride, madido e giulivo, quando qualcosa interrompe l'idillio.

Uno scricchiolio.

Un qualcosa di impercettibile interrompe il silenzio, un rumorino di troppo nella casa deserta. Uno squittio fuori dalla porta, come lo stirarsi pigro di un listone del parquet.

Jean non sa cosa sia stato, magari è solo un'impressione e aprire la porta potrebbe essere rischioso. Allora con fare da diva si inginocchia innanzi la soglia, silenzioso e furtivo. Il tacco destro piantato in terra, l'altro leggermente sollevato a sfiorare le natiche segnate dalle vigorose nerbate, la schiena incurvata, le palme aperte poggiate all'uscio. Jean sbircia attraverso la serratura e ciò che vede lo terrorizza, perché è l'inconfondibile pupilla cerulea del proprio figlio dodicenne.

Buona Pasqua, piccino.

A Praga, Iago prepara la fuga.

46

Victor Laszlo

Victor non ha fatto storie alla mia richiesta di ospitalità: mi ha preso in casa per la notte e questo è tutto.

Sulla prime la cosa non gli sconfinferava: mi ha visto agitato, col viso pesto e i vestiti sporchi di sangue e si è irrigidito, ma poi gli ho biascicato una mezza scusa, dicendogli che avevo bisogno di far perdere le mie tracce e mi serviva un letto, per una sola notte. Ha capito che mi trovavo davvero nei guai e non se l'è sentita di avermi sulla coscienza. Quel ragazzo è l'unica persona nel raggio di cento chilometri a cui ora non torcerei il collo.

A casa, prima di abbandonare tutto, ho preso un abito adeguato al viaggio, i soldi nascosti e lo spazzolino da denti. Ho anche un piccolo sacchetto con una dozzina di diamanti cuciti nella tasca interna del Blazer. Quelle pietruzze sono la mia pensione. La storia ci insegna che chi fugge non può portarsi dietro troppi oggetti e un sacchettino rappresenta il modo migliore per trasportare facilmente il proprio patrimonio. Così ho abbandonato la mia tana senza troppo clamore e se mi cercheranno, e so che lo faranno, chiunque dovesse entrare nel mio appartamento non troverà una casa abbandonata di fresco coi cassetti ancora aperti e l'armadio in subbuglio. Chi vorrà vendicarsi dovrà credermi ancora a Praga tranquillo e beato, dovrà piantonare il mio rifugio e aspettarmi lì. In questo modo mi concederà il tempo di una comoda fuga. In ogni caso tempo da perdere non ce n'è.

Domani mattina partirò nel più completo anonimato e senza fare alcun rumore. Per questo dovevo venire qui: Victor ha una bella casetta con un brutto parquet scricchiolante e la moquette anche in bagno. Un nido Ikea, con vista proprio sul portone del mio ex appartamento, e nascosto dietro le tendine con le pannocchie posso sbirciare chi entra ed esce dal condominio. Magari ancora nessuno sospetta di me, visto che non si sono fatti vivi, ma si tratta certamente di una calma apparente destinata a interrompersi: sono un moscerino in autostrada che vola contro corrente schivando un parabrezza dopo l'altro.

47

The roof is on fire

È quasi l'ora di alzarsi.

Sono ancora da Victor, nella sua allegra casettina in periferia, sono sveglio, sono vivo e quasi pronto a darmela a gambe. Mi guardo allo specchio e ho una faccia che fa proprio schifo. Forse perché alle tre del mattino il quartiere è stato allietato da un fantastico falò che ha illuminato tutto.

Un paio di familiari del buon Zoran si erano accomodati a casa mia nella prima serata e dopo qualche ora avevano tolto il disturbo. Credevo si contentassero di quella sola visita, invece gli è parso far cosa gradita dare fuoco a tutto quanto. Sono arrivati i pompieri, gli sbirri e tante lucine di un blu vorticoso hanno illuminato la via, mentre i vigili del fuoco si davano da fare per spegnere l'incendio. I parenti di Zoran hanno capito subito chi li ha privati dell'affetto del caro congiunto e non l'hanno presa bene. Fuggire di qui, ora più che mai non sarà una passeggiata, non lo sarà proprio.

Victor, mentre tutta la mia vecchia vita si stava incenerendo, si è presentato nella mia camera con l'aria abbastanza preoccupata.

«Tranquillo amico mio, non è nulla, è solo una casa che brucia. Domani parto, non preoccuparti non tirerò anche te in mezzo a questo casino.»

Non ha fiatato ed è tornato fra le lenzuola, in un placido mare di rassicurante cotone a fiori, con la testa sotto il cuscino e una paura fottuta a tenergli la mano nella notte scura.

Dopo il botto, a godersi il calduccio e il crepitio dei miei mobili, nascosti ma visibili dall'alto, c'erano alcuni degli uomini che lavorano per i cari parenti di Zoran lo sgozzato: facce note, grugni da gitani incazzati con la bava alla bocca. Con loro anche Héctor, il fratello sfregiato di Zoran: un pazzo bastardo, affannoso come un cane idrofobo e capace di scuoiare un bambino davanti ai genitori senza fare una piega. Ha ammazzato mezza Praga e l'ha sempre fatta franca. Lui è il vero uomo pericoloso della famiglia e a me non è mai piaciuto, nemmeno quando ancora non era figlio unico per merito mio. Quindi, posto che entrambi abbiamo buoni motivi per non frequentarci come amici del cuore, preferirei non rivederlo.

Grande, grosso, senza cervello, peloso fin sotto la lingua e puzzolente come una bestia morta, stanotte si agitava strafatto davanti al mio portone con lo sguardo di una bestia affamata. Ne ho vista di gente cattiva ma lui forse fra tutti quelli che ho conosciuto è il più pericoloso. Veste sempre di nero come il principe degli zingari e quando perde la pazienza tira fuori un coltello che è una mezza scimitarra.

Lui ora è il nemico.

48

Annie Jones

Nove e mezza del mattino: Victor da un'ora *scoccodrilla* nel letto aspettando che me la fili. Lo capisco, siamo amici, ma la vita gli preme e non vede l'ora che tolga definitivamente le tende. Non gliene faccio una colpa e fra poco lo accontenterò. Vista la situazione non posso dargli torto.

Ho il vestito marrone, dolcevita color ruggine, mocassini di coccodrillo Gucci e collana d'oro: che si sappia che non sono un pulcioso da due lire, anche se mi sposto in bus. Devo stare comodo, ma senza rinunciare al mio stile. Mi piace il mio maledetto stile. Le valige sono pronte, la pistola e i diamanti sono in borsa ed è l'ora di darsela a gambe.

Riiiing!

Il campanello.

Questo potrebbe essere un vero guaio. Suonano e bussano alla porta.

«Aspetti persone?»

«No» accenna col capo Victor.

Molto male.

Non c'è tempo per scappare. Chiunque sia, va affrontato e se si tratta di qualcuno in cerca di guai o di un buco in testa, si trova nel posto giusto. Ma devo fare velocemente.

Victor rimane a letto. Lo guardo e faccio cenno di non fare rumore e stare tranquillo, ci penso io.

Mi avvicino alla porta dal lato destro, trattengo il respiro, appoggio un orecchio e cerco di sentire chi sta dall'altra parte, senza farmi sgamare, ma sento solo una specie di biascichio, come se qualcuno masticasse furiosamente un chewing gum.

Domando: «Chi è?».

«E chi vuoi che sia?»

Iskra!

Scosto l'otturatore sperando che dall'altra parte non ci sia la canna di una pistola a sfracellarmi il cervello, ma di traverso vedo che c'è luce. Via libera, mi decido a guardare ed è davvero lei, la mia scintilla russa. Stento a crederci e impazzisco di gioia. Ha il capo fasciato in un foulard di seta bianca a fiori celesti e gli occhiali di Dior sul nasino. Sembra una pin-up anni Cinquanta un po' troppo alta: è uno splendore, *une vision magnifique*.

«Ci fai entrare o no?» insiste lei.

«Vi apro… vi apro, vostra maestà.» Spalanco la porta, guardo il suo ovale e gli zigomi alti, stringe gli occhi e fa una smorfia con la bocca piegando gli angoli in basso, poi fa un cenno dietro le sue spalle e dice: «Guarda chi c'è qui con me».

Mi ha teso una fottuta trappola. Giù in basso, vestita come la fata turchina un po' zoccola, c'è Sandra.

Sandra la nana.

La maledetta nana… E pare in fregola, anche più del solito.

Guardo Iskra e la mia faccia tradisce un certo sconforto visto che questa è tutto tranne che una buona notizia. Vorrei proferire verbo ma mi esce solo un garrulo: «Ma lei…» interrotto dalla vocina insopportabile della piccoletta che accortasi di non essere gradita si inviperisce subito.

«Pezzo di merda, che hai da guardare in quel modo, faccia di cazzo di un negro, se sono di troppo me ne vado, ma stai certo che ti sguinzaglio al culo tutta la polizia di questo cazzo di posto, perché di cose sul tuo conto ne so parecchie, spacciatore di merda! Sono venuta perché Iskra ha insistito, che stavo già facendo le feste quando ho saputo che ti levavi dai benedettissimi» e dice questo stringendosi le parti intime e sgranando gli occhi.

È fuori di sé ma resto calmo e provo ad approcciarla senza scatenare una ridda che ora sarebbe pericolosissima. Metto le mani aperte davanti al suo volto e: «Sandra, ti garantisco che non sei di troppo e non c'è affatto bisogno che ti comporti in questo modo, sono contento della tua presenza, ma devi parlare a bassa voce» le dico conciliante, nonostante vederla mi faccia piacere quanto un'ernia testicolare all'ultimo stadio.

«E allora scimmione levati di mezzo e fammi entrare se non vuoi che tutto il palazzo mi senta strillare, capito moretto? O devo farti un disegnino? Sono venti minuti che suoniamo questa minchia di campanello dei miei coglioni.»

Ci mancava solo questa. Quella mezza matta mi odia e non fa nulla per nasconderlo. Non le piace che frequenti la sua amica, non lo gradisce affatto e ogni tanto, per farmi incazzare, mi chiama "Signorina". Lo fa anche in pubblico se le gira e la cosa è irritante, oltre che disdicevole, ma so quanto Iskra ci tenga a lei e ho sempre evitato di torcerle il collo, nonostante la tentazione.

Le ragazze provengono da un paesucolo squallido vicino a Novosibirsk e stare al mondo non è mai stata un'esperienza piacevole per loro da quelle parti. Insieme si sono guadagnate tutto con le unghie, coi denti e spesso anche con parti meno nobili del proprio corpo. Ecco il motivo del loro legame: fin da piccole tutti parlavano e le deridevano. Ghignavano delle loro ambizioni, della voglia di fuggire e del loro essere fuori luogo. La nana e la donna gigante, i due simboli ridicoli del paese: la coppia da circo equestre, i due zimbelli, i mostri. Quindi capisco il rancore che ancora si portano dentro. Solo che, da quando con Iskra ci siamo lasciati, la minuscola mi tratta come se avessi rotto anche con lei, magari dopo averle violentato la famiglia intera e ammazzato il gatto con la stricnina. E anche se lo avessi fatto, non meriterei un trattamento simile. Ora comunque sono costretto a fingere serenità, faccio entrare in casa le ragazze e già mi guardano torve:

«Allora?» mormora Iskra. «Che si fa?».

«Si parte, amore mio, ma non fate rumore: l'ultima cosa di cui abbiamo bisogno è attirare attenzione. Chiamiamo un taxi e filiamo alla stazione dei bus. Una volta sul posto faremo il biglietto anche per voi e… Oh, ma che sta facendo quella lì?»

La nana è spiritata, sposta i soprammobili, fruga ovunque poi trova un vassoio e lo piazza vicino alla foto della nonna di Victor. Ci si specchia, sorride e stende sul vassoio una raglia di bamba buona per far schiantare i ventricoli a un cavallo da corsa, poi si china e con una violenza da aspiratore industriale sniffa d'un colpo tutta la striscia. Tutto il vermone di coca inalato senza lasciare un granello che sia uno, poi si tira su di schianto con l'occhio iniettato di mille rigagnoli rossi e sbuffa un «Uuuuuaaaaaaa!» salvifico.

Victor osserva tutta la scena in pigiama, senza dire nulla, con la faccia lunga un metro.

«Sandra ma che fai? Non ti vergogni a sniffare davanti a tutti? Sai che ci puoi rimanere secca con quella roba?»

Lei mi guarda con un occhio in calcio d'angolo e la parte sinistra della faccia paralizzata verso l'alto mentre il resto del volto va per conto suo e sbiascica: «Della tua opinione me ne sbatto le ovaie. E tu che la vendi questa merda cosa sei allora? Un assassino? Eh, Biancaneve?».

Non reagisco, è tardi, mi scervello sul da farsi e se mi convenga ammazzarla immediatamente o aspettare, poi mi riscuoto: «Okay, chiamo il taxi. Tu vedi di farti passare quella specie di paresi facciale» dico alla minuscola e poi rivolto a Iskra: «Amore, sono contento abbiate deciso di venire via con me, ma ora, davvero, dobbiamo svignarcela».

«Da chi stiamo scappando, precisamente?» chiede Iskra.

«Non stiamo scappando, è tutto sotto controllo, ho solo paura di perdere l'autobus.»

«Certo» interviene la nana «ce ne andiamo di corsa ma non c'è nulla di cui preoccuparsi. Biancaneve, hai anche bruciato casa tanto per fare, ieri notte? O ti faceva freddo? A chi non l'hai pagata la roba? Facci il nome che se ti ammazzano almeno gli mando un bigliettino di ringraziamento.»

La situazione inizia a essere fuori controllo: mi sento come se dovessi disinnescare da sbronzo una bomba nucleare, girando su una giostra con tanti petardi accesi nelle tasche e i fratelli Marx che mi lanciano i coriandoli. Il freno a mano per fortuna lo tira Iskra, che fa tacere la piccoletta intimandole l'alt.

La nanerottola raccatta la sua roba, mi punta il grugno e riparte: «Fra quanto arriva questo cazzo di taxi? Mi sembra sia tutto in regola, no? Guardati intorno, le valigie sono nel corridoio, noi siamo pronte, ti sei vestito da pagliaccio come al solito, dunque credo si possa partire. Il tuo amico minorato resta qui o viene via con noi?».

Victor sta per dire qualcosa, ma lei lo incalza scandendo le parole: «Vieni via anche te, fessacchiotto?».

Sentiamo un clacson, mi affaccio, grazie a Dio è arrivato il taxi.

Per molto meno, ieri, ho massacrato tre persone e se non avessi furia, ora lo scannerei con le mie mani questo sgorbio.

49

Náměstí Republiky

Florence, Praga II, il quartiere degli autobus e del teatro. Ogni sera orde di turisti belanti invadono le strade per recarsi all'ennesimo noiosissimo allestimento dell'austriaco Wolfango l'imparruccatissimo, mentre nomadi di ogni dove partono su mezzi gommati sparpagliandosi per l'Europa come pallini di una fucilata. *Cher* Amadeus, se fossi arrivato da queste parti a spacciare droga, invece che a strimpellare il clavicembalo, ti saresti affezionato molto meno ai praghesi e staresti anche tu in coda alla ricerca del tuo Flixbus per telartela come stiamo facendo noi.

Ho lasciato le ragazze alla banchina mentre compro i biglietti e controllo che sia tutto in regola. Di corsa mi libero delle ultime corone e compro qualcosa da mangiare per il viaggio, approfittandone anche per calmarmi e smaltire la rabbia. In taxi mi sono preso ogni genere di offesa da quella minimerda, mentre il tassista rideva di me. Mi sono lasciato insultare perché non potevo fare altrimenti. Ma la tentazione di aprire il finestrino e cacciarla fuori dalla macchina in corsa era fortissima. Avrei pagato con tutti i miei averi la gioia di vederla rotolare sfasciandosi la testa sui sanpietrini prima di essere investita da un pirata della strada. Invece ho portato pazienza fino alla fine. Ho pazientato mentre mi insultava, mentre mi sfotteva col tassista e anche quando è uscita dalla macchina strafatta di coca, urlando, bestemmiando come un'eretica, saltellando con la faccia smostrata, picchiandosi la testa con piccoli pugni sempre più violenti. Ho pazientato perché fra dieci minuti si parte e tutto deve filare liscio. Solo dieci maledettissimi minuti ed è fatta.

Seicento secondi Gesù bambino, dammi solo quelli e giuro di non uccidere più nessuno se non per motivi di assoluta necessità.

Je jure!

50

Duel

Ore 11, arriva il torpedone.

Il salvacondotto compare all'orizzonte, l'arca di Noè a dodici ruote, il via libera.

Lo vedo fare manovra, spegnere il motore, aprire le porte e sento l'afrore onnipresente nei bus internazionali: quel misto di nylon, chiuso, panini ammuffiti, gasolio e vomito. Sono in fila alla scaletta, in attesa di abbandonare una patria scomoda, come un sovrano decaduto.

Io sono Bokassa.

L'autista strappa i biglietti e il corteo dei viaggiatori scorre piano mentre gli ultimi arrivati stanno sistemando le valigie, senza troppo preoccuparsi della mia fregola. La mia borsa di pelle bianca Louis Vuitton è stata la prima a essere posizionata nel ventre di questo *spostapoveri*, come una pecorella protetta dal gregge; dentro c'è anche il revolver. A volte gli sbirri salgono sul bus prima di farci uscire dal paese per dare un'ultima controllatina, e se finissi in carcere sarei un uomo morto, dunque meglio evitare di portarsi addosso la ferraglia.

Siamo in fila, sono il sesto e, mentre fremo per salire, una cicciona rimesta nella sua borsa alla ricerca del biglietto o non so che altro, e ce ne stiamo incolonnati dietro il suo culone molle, con Sandra che saetta offese a tutto il mondo. Insulta tutti, quel mini-rospo, poi di schianto tace. Si cheta quando una Mercedes bianca degli anni che furono fa capolino nel piazzale. Arriva, compie un semicerchio e frena di colpo mettendosi di traverso, accomodandosi di prepotenza sotto gli occhi di tutti.

Ed eccoci nella merda, penso.

Si ferma e parte uno schianto secco. Un botto che squarcia il silenzio e mi scioglie le budella già in subbuglio per conto loro. Pum! ma si tratta di un falso allarme: è la marmitta piombata del catorcio. Dal catafalco scendono due ragazzetti malvestiti che ridacchiano, consapevoli di avere tutti gli occhi addosso. Ridono, si battono il cinque e vanno incontro a un coglione alla banchina dieci con la chitarra sulle spalle e un cappello da mandriano in capo. Lo caricano a bordo e ripartono.

Buon viaggio, pezzenti.

La fila intanto si muove, la cicciona ha trovato quello che cercava e sale le scale. Vorrei spingerla, prenderla a calci, strangolarla ma nessuna di queste azioni mi farebbe salire più velocemente a bordo. Il controllore sonnecchia, deve far giornata e non ha alcuna fretta di togliermi da questo patibolo. Non ha nessuno che lo vuole ammazzare, lui.

Ed ecco che ci risiamo.

Un'altra macchina invade lo spazio riservato agli autobus, stavolta è una Volvo rossa. Mentre fa il giro del parcheggio prego di essermi sbagliato di nuovo, ma il dubbio mi macera, poi si avvicina ai pullman e un brivido freddissimo mi percorre la schiena fino ai piedi. Copro la testa col giornale ma serve a poco: l'auto inchioda e stavolta esce fuori Héctor in persona. È lui e mi ha visto. O forse no.

Quella feccia accenna un timido scatto verso il bus, probabilmente ha il dubbio di avermi riconosciuto ma non caccia fuori la pistola, non vocia e non viene a prendermi per sbranarmi coi suoi denti marci: la polizia lo tiene d'occhio e alla prima che combina lo schiaffano dentro; figurati se mi uccide in un piazzale affollato. Ecco perché sono ancora vivo; ma da questo momento sono cacciagione.

Salgo a bordo con le gambe che tremano, Iskra e Sandra mi precedono zitte sentendo la puzza di carogna che c'è nell'aria. Héctor è fermo in mezzo al parcheggio col giaccone che gli copre le spalle e la faccia contratta in una smorfia da iena. Prendo fiato, dico alle ragazze di non mettersi vicine ai finestrini. La nana ovviamente deve dire la sua e accenna una reazione. Ed è allora che passo alle maniere forti: le storco un braccio e le comunico che se non fa come dico io, non aspetterò di essere in Spagna per ammazzarla. Lei mi guarda con occhio stranito e cerca di divincolarsi. E allora stringo più forte, e la spingo verso il fondo del bus, dove ci accomodiamo, tiriamo le tende, ci mettiamo seduti e l'autobus parte.

La mia camicia è zuppa di sudore, Iskra e Sandra parlottano terrorizzate e fanno domande alle quali non posso rispondere. Hanno visto benissimo chi ci sta dando la caccia e capito quanto sia compromessa la situazione, visto che anche loro conoscono la fama dello zingaro. L'unica cosa che dico loro è di stare attaccate al seggiolino e non aprire le tende per niente al mondo. Intanto il caravanserraglio si divincola e velocemente esce dal centro cittadino, con una Volvo rossa attaccata al culo: il bastardo stritola il volante fra i palmi, ha la bava alla bocca e il naso camuso.

Lui è armato e ha un buon motivo per uccidere, mentre

io devo proteggere Iskra e come arma ho solo il mio istinto.

Siamo messi male ma la pellaccia ho intenzione di venderla cara come ho sempre fato fino a oggi, *fils de chienne d'un gitan.*

51

Stuck in the Middle with You

A circa quaranta chilometri da Praga, i passeggeri hanno cominciato a socializzare: parlano, sghignazzano, ascoltano musica, interloquiscono tranquilli, si scambiano ricordi o dormono stanchi.

Noi no.

Noi ce ne stiamo in silenzio, madidi e pallidi. Persino io sono sbiancato, mentre la nana ha smesso di blaterare e mi guarda con occhio pallatissimo. Tutto è così scomodo e puzzolente che vorrei già essere morto *immédiatement*, senza aspettare la prossima mossa dello slavo, che dopo quasi un'ora ci sta ancora attaccato al culo. Noncurante di tutto ciò, l'autobus pare invece cambiare corsia portandosi all'estrema destra, accennando a rallentare, salendo una rampa: forse è una congiura e ci vuole stecchiti anche l'autista, forse stiamo raggiungendo il monte Ararat per arenarci come l'arca, forse siamo già morti e… non so che pensare a questo punto, so solo che ho una paura fottuta.

Chiedo informazioni a un imbecille seduto davanti a me. Dice che siamo a Brno e che si tratta della prima sosta, tanto per far pisciare la gente e raccogliere altri viaggiatori. I nostri culi sudati, comunque vada, non si staccheranno dal velluto puzzolente di questi sedili, e se lo zingaro vorrà ammazzarmi dovrà salire a bordo e far fuoco davanti a tutti. Soprattutto dovrà trovarmi e stare attento che non lo ammazzi prima io con le mie mani.

L'autobus entra in città, effettua le sue manovre, costeggia un centro commerciale e si ferma nella stazione, come da copione. Si tratta di una sosta coperta in un parcheggio occupato da una tettoia con tante corsie e una specie di autogrill contornato da negozietti di cineserie. Il mezzo accosta alla banchina e spegne il motore: ci siamo. La gente comincia a uscire.

Noi no, noi di qui non ci muoviamo.

La nana mi guarda e faccio segno di restare a posto: vorrei offrirla quale agnello sacrificale, ma quella stronza non la vuole nessuno, manco per regalo. Quindi rimaniamo a bordo, noi tre soli e l'autista che prima ci fa una serie di segni indicandoci le uscite, poi, visto che lo ignoriamo, si alza e ci viene incontro. È il tipico giovanotto ceco: capelli color miele, spalle larghe e l'espressione annoiata di chi fa una professione monotona. Scocciato, il ragazzone ci ripete che dobbiamo scendere; il bus deve fare rifornimento e non vuole nessuno a bordo: è la legge che lo vieta. Deve andare alla stazione convenzionata, poi tornerà a prenderci. Gli offro dei soldi, dico che non faremo rumore, spiego che non abbiamo intenzione di abbandonare i bagagli, ma non cede e minaccia di chiamare rinforzi.

Siamo fottuti.

Se esco Héctor mi uccide. Se invece chiamano la polizia, mi fermano, mi perquisiscono, mi trovano la pistola e il tesoro nella borsa, mi mettono in cella e lì il gitano mi fa sgozzare dai suoi. Niente male come alternativa. Così ci tocca uscire allo scoperto.

Magari lo zingaro non si preoccuperà di Iskra e della piccoletta o almeno aspetterà di aver fatto fuori il sottoscritto prima di accanirsi su di loro. Io, invece, ho già la pala in mano, pronto a scavarmi la fossa.

Prendiamo coraggio e sbarchiamo, con la Volvo rossa parcheggiata dietro di noi. Non vorrei guardarlo ma è a poca distanza e scendendo le scale del bus non posso fare a meno di notarlo. Anche lui mi vede. Seduto nell'abitacolo della sua stramaledetta automobile mi punta infuriato e non è uno spettacolo rassicurante: *Sono proprio io, brutto figlio di puttana*, pensiamo entrambi, mentre Héctor scende, incamminandosi col suo passo da bullo e le spalle ciondolanti. È a circa venti metri.

Non ha una buona mira: esperto com'è di ammazzamenti al coltello, come minimo sparerà con la pistola inclinata come nei film di Tarantino e per beccare qualcosa gli ci vorranno due caricatori. Ma fosse anche Guglielmo Tell, quel bastardo non è comunque tanto pazzo da sparare in mezzo a tutta questa gente.

La piccolina, terrorizzata, si nasconde dietro una colonna, Iskra non sa che fare e mi guarda. Avverto la truppa di starmi alla larga, poi mi dileguo muovendomi a zig-zag alla volta dei cessi. Costeggio le colonne della tettoia, facendo attenzione a non rimanere isolato al centro del marciapiede.

Se sparasse in aria si scatenerebbe il panico, tutti si getterebbero a terra e sarei un facile bersaglio, ma il mio amico non deve aver mai visto *La grande fuga*, così mi guardo il culo e conto i passi 1, 2, 3, 4, 5… e mi ringhia dietro. Cerco di mescolarmi alla folla e ogni tanto mi volto, lo vedo. La mia camicia ha inzuppato anche la giacca, puzzo come un animale morto e la gente vorrebbe scansarmi invece che starmi addosso.

75, 76, 77, 78... Lo zingaro accelera il passo ed è vicino, ma non abbastanza da farmi fuori a colpo sicuro. Mi giro di nuovo, lo scorgo, ha l'espressione affamata. Sento la sua ombra mentre mi fiuta e sbava. In cielo le nuvole rade, a terra l'asfalto lurido di cartacce e avanzi, intorno la gente blatera, biascica e campa. Cammino svelto, lo sto tirando dove voglio. Conoscendolo ha con sé un cannone di quelli che ti staccano la testa e se mi avrà a tiro farà fuoco senza pensarci.

120, 121, 122, 123... Sono davanti ai bagni dell'autogrill e sto per ficcarmi nell'area pisciatoi. Entro deciso e una signora sfranta, spalmata su una sedia, imperituro monumento all'obesità, mi afferra indicandomi una targhetta: qui si paga anche per pisciare. Héctor è a dieci metri, mollo due euro a Lady Pipì, afferro la chiave del gabinetto 2 e mi dirigo dentro, svelto filato come in preda a un attacco di cacaiola. Héctor è dietro l'angolo, sta per entrare e la stronza ferma pure lui per la tassa. Allora me ne sto muto, mentre il bastardo bestemmia, sbraita e molla un cazzotto al tavolo che fa saltabeccare le monetine. Héctor sente il sangue e fa il suo ingresso nella latrina, la signora col suo passo da elefantessa paralitica va a chiamare rinforzi ed era quello che lui voleva: un posto isolato senza testimoni. Così si dirige dritto sparato verso la cabina.

La mia cabina.

L'ho noleggiata e pagata.

Solo che... non ci sono entrato.

L'ho chiusa e lasciata vuota, poi mi sono appostato nell'anticamera del cesso, dietro la porta principale. Il trucco più vecchio del mondo.

Se Héctor si fosse guardato alle spalle mi avrebbe visto. Se lo avesse fatto, invece di fiondarsi dentro per sfondare i battenti della latrina numero 2, avrebbe avuto modo di puntare, sparare e freddarmi. Ma Héctor non è un genio e per questo ha commesso lo sbaglio peggiore, nell'attimo che segna il confine fra il giusto e lo sbagliato, il bene e il male, la vita e la morte. Héctor si è fatto prendere dall'entusiasmo e ha deciso di fottermi saltando ogni preliminare.

Così lo zingaro infoiato entra nella cabina e non mi trova. Gli sono esattamente alle spalle. Ora sono io a pregustarmi il suo culetto e la prospettiva è ribaltata: lui preda, io cacciatore.

Il gitano spalanca la porta e ha davanti a sé solo una turca di porcellana bella sporca di merda. Un terribile mezzo secondo per tendere le orecchie, riflettere sulla mia sparizione e su tutta la sua esistenza, sulla sua vita sprecata, sulle donne che non ha avuto e sui morti che si è messo all'anima. Solo mezzo cacosissimo secondo: neanche il tempo che impiega una goccia di sudore a percorrere la schiena e finire fra le chiappe.

Perché prima che lui si accorga di quanto potrebbe accadere, gli sto già torcendo il collo con tutta la mia forza. Lo afferro per lo zigomo e per la spalla, e gli mollo un colpo con tutta la forza che ho. In un attimo Héctor è in cielo a insegnare agli angeli a taglieggiare i negozianti. Gli ultimi rumori, che quell'essere immondo ha la fortuna di sentire, sono quelli della sua testa che sbatte sulle ambrogette e lo scricchiolio del collo che gli si spezza mentre frana proprio sopra al cesso sporco.

Crack! Dobrý den, Héctor! E quel gozzo tatuato da tamarro va in frantumi.

Crack! E sulla faccia della terra c'è un bastardo in meno.

Il suo brutto cadavere impugna ancora la pistola. Prendo l'asciugamano lurido in dotazione e lo arrotolo intorno alla pistola per attutire il rumore; poi pianto il ferro all'altezza della faccia del morto e gli sparo in bocca.

Macedonia di cervella servita su comodo letto di porcellana smaltata.

Gli rimetto la rivoltella in mano e tanti saluti. Garantito al limone che è morto stecchito e che i medici legali dovranno tribolare un bel po' prima riconoscere la faccia di questo idiota.

Posso finalmente respirare.

Non mi devono beccare, quindi mi chiudo dentro la cabina, metto le chiavi in tasca al cadavere e scavalco la porta. Mi lavo le mani, esco a gettare l'asciugamano in un bidone della spazzatura senza farmi vedere e proseguo con nonchalance verso il bus. Con le mani in tasca, torno indisturbato verso la piattaforma da cui sono sceso. Il torpedone non è ancora tornato, ma ora l'autista può fare con calma. Da lontano saluto con la mano Iskra, che mi viene incontro con le lacrime agli occhi. Corre goffa sui tacchi alti e una volta tanto me ne fotto delle risatine e dei commenti della gente. Non me ne frega nulla, non me ne potrebbe importare di meno delle opinioni altrui, ora. L'abbraccio e le dico: «È tutto finito amore mio, è tutto finito, *mon petit amour*».

L'autobus si riempie di nuovo e una piccola folla pare accalcarsi davanti ai bagni dell'autogrill.

Strana la vita.

Strana anche la morte.

52

The game

«Pronto, chi parla? Sì signora… so'r mago der Marocco dé, ma ora a di' 'r vero un posso parla'… No, non è 'n diretta è 'na conversazione privata, questo è 'r mi telefonino. Deh sono ar supermercato, ma lei un è mia 'na mi' criente? Come fa a ave' 'rmi numero personale? Ah, è n'ascortatrice abituale… Sì, ho capito: ir su figliolo… Rieccoci. Ma chi sarebbe? Ah, quello 'n galera, ochei, è un'artra vorta lei a rompere i cogl… Ah ora unn'è più 'n galera, bene, ecco meglio pe' lui ma tanto, dé, ci torna… 'osa voi… Sempre se non l'hanno morto, ver dilinguente. Come? Dov'è finito? Lei lo 'iede a me? Signora, so 'na sega io 'n dov'è ver budiùlo der su' figliolo, deh! Se 'n ci mettevo l'allarme cor cihalino un ritrovavo nemmen l'atumobile stasera, si figuri se so 'n dov'è 'r su' Nichi! No… no… signora piano con le parole! Pezzo di merda no, semmai così è lei e ver tegame di su' ma! Mago der cazzo? Oh ma voi vede' che la dinuncio? Testa di 'azzo sarà ver mostro Aniba der su' figliolo, ver dilinguente speriamo che lo riacchiappino subito ver ladro! Sì, ho detto ladro! E prima ho detto ir tegame di tuma', ha capito benissimo! Ir tegame di tuma' cane, anzi, per esse' precisi. Ora anzi chiamo ma la polizia, così v'arrestino tutti e due: lei er su Nichi, armeno lo ritrova e non mi rompe più gli zebedei! Sì, sì signora, ora chiamo proprio la polizia! No, non sto carmo. Come? Arrivederci? Arrivederci un par di 'oglioni dé! Mi dice anco arrivederci vesta sudicia!!!»

Click!

53

Fairbanks City Transit System

Medesimo bus, stessa puzza, stesso caldo, stessa noia.

La nana dorme. Si procede spediti, niente problemi, niente zingari alle calcagna, tutto tranquillo. Le luci arancioni degli svincoli autostradali compaiono discontinue sul finestrino bagnato e scivolano velocissime fin dietro le nostre spalle come le luci di Natali lontani. Le strisce sull'asfalto lungo il lato sinistro del veicolo sembrano quelle di *Strade perdute* e quando una macchina ci sorpassa controllo sempre che alla guida non ci sia Fred Madison col sassofono, o Marilyn Manson, incazzato nero, che sbraita nell'abitacolo. Gli autisti più curiosi ci danno una sbirciata ma noi si va avanti, dritti verso la nostra nuova, nuovissima vita. Ogni tanto una sosta, uno sbuffo del motore e a turno gli autisti si danno il cambio.

Ci siamo lasciati alle spalle Marsiglia, veloci come un pallone calciato di collo pieno da Éder Aleixo de Assis e la schiena inizia a farmi male. Invidio addirittura Sandra che, rannicchiata sul sedile, ha più o meno lo spazio sufficiente per dormire comoda. Ammiro il suo cuoricino lento che lotta contro l'agitazione che la pervade, contro la rabbia e la coca che si butta in corpo. Non so con quale espediente si sia fatta convincere a seguirci in questa fuga, ma ormai è dei nostri e bisognerà addomesticarla. Ogni tanto apre gli occhi per vedere se il mondo è sempre la stessa merda e se la compagnia è cambiata, se improvvisamente il mondo si è rimpicciolito ed è diventato alla sua portata.

Tutta la faccenda l'ha terrorizzata e fatta tacere fino a quando il sonno ha avuto la meglio. La botta le dovrebbe essere scesa e forse al risveglio non sarà *quell'ortie sur les trous du cul* che solitamente rappresenta. Intanto deve essersi accorta delle mie attenzioni, apre un occhio per verificare, si stira e un ricciolo biondo le ricade sulla faccia.

È tenera in fondo, quasi bella, mentre si volta silenziosa con tutto il corpo dalla parte opposta, dandomi le spalle per non dovermi dire nemmeno buongiorno. Stesa su due seggiolini si gode il dormiveglia: ha la schiena corta e le gambe piegate coi piedini uniti proprio sotto l'osso sacro, quasi in posizione fetale, come una cucciola d'uomo.

Anche Iskra dorme, ma ha le gambe troppo lunghe per stare in posizione composta: ha un braccio che le penzola dal sedile e i capelli sconvolti appiccicati alla faccia. Dopo un giorno e mezzo di viaggio avrebbe bisogno di un piccolo ritocco di maquillage ma resta una creatura interessante anche nel disordine di questa transumanza autostradale.

Non so cosa sarà di noi. Non so nemmeno darmi una ragione in merito a cosa abbia convinto Iskra a partire con me, ma ci sarà il tempo per chiarire tutto. La prima cosa da fare a Barcellona sarà trovare un bel posto dove vivere. Poi inventerò qualcosa per rientrare nel giro. Magari una volta piazzati i diamanti avrò un bel gruzzolo, ma non potrà bastare per sempre e dovrò investirlo nel modo giusto. Ho fatto tante cose tremende per ottenere quelle pietruzze e non intendo sprecare l'occasione di metterle a frutto e godermi i proventi. Inoltre, devo risolvere la faccenda Pasqal: capire come ha fatto a ficcarsi nei guai e pensare anche a Ramona. C'era un tono strano nella sua voce; non la vedo da secoli e chissà come si è fatta bella. Me la ricordo piccola con la treccia sulle spalle, poi improvvisamente adolescente e infine adulta. Era una libellula capricciosa e le è rimasto il carattere che aveva da bambina: le piace scherzare, prendere in giro il prossimo, ma nel frattempo è diventata una donna. Spero che il tempo e la vita non l'abbiano rovinata, perché potrebbe essermi preziosa. Ho abbastanza soldi per farla smettere col marciapiede, anche se la storia dei suoi fratelli complica parecchio le cose. Vorrei solo sapere cosa avevano in testa quando hanno deciso di fare quello che hanno fatto. Tre ladri di galline che mettono in piedi un rapimento... Se non altro a quei culi neri non manca la fantasia.

Intanto la piccolina si stira di nuovo, scende dal sedile e si incammina verso il bagno del bus, sempre in silenzio. Sarebbe una bella fortuna se per lo shock avesse perso del tutto la parola, ma temo di non essere così fortunato.

Anche Iskra apre gli occhi e ci mette un po' a rendersi conto di essere ancora dentro un siluro a copertoni.

«Dove siamo?» biascica.

«A un passo dalla Catalogna: mancano poche ore.»

Iskra fa una smorfia con la boccuccia, sbuffa e raccoglie i capelli in una coda, fissandola con una penna biro, poi si carezza le cosce e ritrova la sua solita espressione stufa. La guardo serio mentre sorride indolente, più per convenzione che altro, in modo che gli zigomi opalescenti e il naso a punta risaltino sul resto dell'ovale.

Ed è uno spettacolo.

Sandra esce dal bagno, non fa una voce ma ha un'altra volta la faccia deformata.

«Senti, perché non stacchi un po' con quella roba? Perché a giudicare da come ti comporti diciamo che ha l'aria di innervosirti abbastanza. E poi non fa nemmeno bene al cuore e insomma... rifletticì un attimo. Alla partenza ti sei pippata un montarazzo di coca che avrebbe steso un lottatore di sumo; non ti dico mica di smettere, perché nella vita qualche vizietto è bene anche tenerselo, però datti una regolata magari...»

Silenzio.

Lei mi guarda e ringhia: «Sai, fratello, che se tutti la piantassimo di drogarci moriresti di fame? Ci arrivi a capirlo, negro del cazzo?».

Silenzio.

A essere onesti la piccina non ha tutti i torti, ma non è così che si risponde a un uomo che ti ha appena salvato il culo e che ti sta portando via dalla vita squallida da mezza puttana che stavi conducendo. La guardo con espressione di rimprovero e le mollo un manrovescio su quella faccia da stronza, proprio in pieno muso. Una svirgola da far paura.

Nell'autobus addormentato, nessuno fa caso allo schiocco e solo noi tre siamo partecipi della scena. Sandra con la faccia smostrata si tocca il naso e si guarda le dita sporche di sangue. Iskra tace.

«Ora bambina mia» sussurro «è il caso che cominci a portare rispetto a papà, e vedi di non fare un fiato fino a quando non ti darò il permesso, o col prossimo sganassone ti stacco la testa e ci gioco a calcio. Hai capito, sgorbio? *Ou je dois vous enlever la tête tout de suite*?»

Mi guarda e tace, il rivolo che le cola dal naso si è fermato, creando un baffo rosso sul lato storto del viso e il capolavoro è completo. Andrebbe fotografata: siamo nell'Alt Empordá, vicini a Figueras e quell'essere spregevole non sfigurerebbe nella casa museo di Salvador Dalì, seduta in camera, sul divano a forma di bocca.

54

Piange il telefono

«Pronto, sei ancora lì? Ramona, mi spieghi cosa c'entra Nichi in questa storia? E mi dici cosa ci faceva a casa vostra? Quello chiede a gran voce che lo ammazzi con le mie mani! Non ce la fa proprio a stare lontano dalla mia famiglia?»

«Che ti devo dire George…»

«E voi perché ve lo siete preso in casa? Non potevate almeno chiamarmi?»

«Cugino, datti pace. Ti ho già detto che di Nichi non voglio parlare al telefono: è pericoloso. È un argomento chiuso, mettici una pietra sopra.»

«Cosa c'è? Hai paura che i poliziotti lo arrestino? Quelli come lui stanno bene in gabbia: quello è il loro posto. Tu non sai che razza di persona sia… *C'est un homme hideux.*»

«Lui eh? Invece noialtri… casa, chiesa, lavoro e famiglia. Senti cugino George, non importa che ti scaldi per una storia già chiusa definitivamente. Come ho detto, non è il momento di affrontare il discorso al telefono, cazzo. Datti una calmata e semmai ci incontreremo e ne parleremo, ma non ne vale nemmeno la pena, credimi.»

«Darmi una calmata? Devo stare zitto e buono? Ce l'ho già mandato una volta in galera, non ci metto nulla ad accopparlo. Ma ti ha messo le sue manacce addosso?»

«Sì e mi ha sverginata... Senti Georgione, se devo tenere il conto di tutti quelli che mi hanno messo le mani addosso, mi danno la medaglia per la matematica, quindi uno più uno meno farebbe poca differenza. Detto questo, ormai è tardi per avercela con lui, lascia perdere.»

«Tu non sai di cosa è capace quel bastardo. Non ti ha detto nulla della ragazza che ha messo incinta e che ha costretto ad abortire? Metà della mia famiglia non mi parla più e l'altra metà mi dà la caccia per ammazzarmi. Io se torno in Francia sono un uomo morto.»

«Capisco la grave perdita, ma ora come ora ho altri problemi, cugino.»

«I fratelli di quella poverina mi hanno lanciato una *fatwa*: e anche i miei parenti sono stati diffidati dal parlare con me e dal darmi ospitalità... persino al mio paese, in Africa, la gente mi maledice per via di questa faccenda e tu mi dici di calmarmi...»

«Quindi anche noi in teoria dobbiamo evitarti... e invece vieni proprio a Barcellona, che cazzo, chi siamo i fottuti parenti di serie B? Oddio, pensandoci bene, non hai tutti i torti...»

«Pensa che quella ragazza l'avevano affidata a me perché la proteggessi e badassi a lei come un fratello maggiore. E quel verme schifoso ha fatto i suoi porci comodi. Giro armato per colpa di Nichi e tu mi dici che non devo perdere le staffe se quello ti importuna? Dimmi che ti ha toccata anche una volta e gli taglio le palle, dovessi passare il resto dei miei giorni a cercarlo!»

«Cugino George, lascia perdere, non è il caso: Nichi ormai non può far male a nessuno e riguardo a quella faccenda, diciamo che forse avevi anche tu un interesse su quella ragazza. Ma ora devi metterci una pietra sopra anche perché Nichi...»

«Chi ti ha detto queste cose?»

«No, vedi...»

«Ascoltami bene, io volevo bene a Janine come a una sorella e lui si è approfittato di lei e di me!»

«Sì, immagino che vi abbia violentati entrambi. Ascolta cugino George, non ho voglia di ridere ora, altrimenti ci sarebbe da sganasciarsi, ma...»

«Ramona, vedi di smetterla di chiamarmi cugino George o giuro che mi incazzo sul serio. Niente in contrario alla nostra parentela, però io mi chiamo Biancaneve e...»

«Tu non ti chiami Biancaneve, tu ti chiami George. I tuoi amici idioti ti chiamano Biancaneve, ma non voglio usare quel nomignolo deficiente, a meno che tu non mi chiami... che ne so: Cenerentola o Cappuccetto Rosso, o Barbie. C'è la Barbie casalinga, la Barbie fantino, la Barbie cocktail... Io potrei essere la Barbie zoccoletta!»

«Me lo dici o no cosa ci faceva quello lì in casa vostra?»

«Senti George...»

«Ho detto che mi chiamo Biancaneve!!! Tutti mi chiamano Biancaneve ed è così che voglio che anche tu mi chiami, ti è chiaro il concetto o devo venire lì e prenderti a schiaffi, per farmi intendere? *Je dois être plus clair?*»

«Senti Biancaneve del cazzo, Nichi era in fuga perché tu lo avevi messo nei guai e si era rifugiato da noi perché non aveva altro posto dove andare. Non so come gli sia venuto in mente, ma è piombato qui e ci ha messi alle strette. Ce lo siamo tenuto, poi è successo quel che è successo e se ci vediamo ti racconto. Ora devo andare al lavoro...»

«Ferma il treno. Dov'è quel bastardo?»

«George, Nichi è morto, cazzo!!! Lo capisci o no che è morto? Te lo avrei detto di persona ma se proprio insisti nel volermi mettere nella merda...»

«Morto?»

«Stecchito, ed è merito suo se non sono in galera: la polizia è arrivata che me ne stavo sul tetto del palazzo a stendere le lenzuola. Non mi ero accorta di nulla, stavo per finire in trappola e lui ha rischiato tutto per avvertirmi. Aveva ricominciato a camminare da poco e si è fatto tutte le scale per darmi modo di fuggire. Eravamo quasi riusciti a battercela, quando uno sbirro ci ha visti e ci ha puntato la pistola addosso. Non lo so cosa è successo, loro dicono che è partito un colpo, ma il fatto è che quel figlio di puttana ha centrato Nichi in piena fronte. È morto davanti a me e smettila di insultarlo, perché se non era per lui, ora ero in gabbia anche io. La polizia ha insabbiato tutto ed è per questo che non sono in gattabuia: perché ho visto cose che non dovevo vedere. Ho scambiato la libertà col silenzio. Nessuno ha detto nulla di lui, niente articoli sui giornali né televisione. Lo hanno freddato e seppellito da qualche parte: di questo non ne so nulla, ma sono certa che fosse morto.»

«Come fai a esserne certa?»

«Figlio di puttana di un negro: metà del suo cervello stava in terra e l'altra era a tocchettini addosso a me. Certo, tu riesci a vivere senza tutta quella roba in testa, ma sei un caso raro, razza di idiota.»

«Dove abiti ora?»

«In Calle Dovecazzomipare, è vicino a Vaffanculobiancaneve. Conosci?»

«Ramona io...»

«Senti bello, tu sarai anche Biancaneve, ma io non sono la

Bella addormentata nel bosco e non ti dico altro per telefono. Devo andare al lavoro. Passa a trovarmi che ti racconto con calma. Mi trovi dalle parti della Confiteria… Poco più avanti c'è una tavola calda. La puzza si sente a distanza di cento metri: segui il tanfo di fritto e mi trovi. Se non ci sono è perché sto scopando: aspetta che finisca e arrivo. Ma se non vieni, ti assicuro che tutta questa gran mancanza non la sento, porcaccio il cazzo di tuo nonno.»

«Rudy che fine ha fatto?»

«Uffa, George, Rudy non ha un maledetto soldo, non è mai stato un genio e quando è tornato a casa dall'ospedale si è tirato dietro tutta una centrale di polizia… Pensa se quello può togliere dai guai i suoi fratelli. Dopo che hanno arrestato Faustin e Pasqal, per un mese ha girato a destra e a manca nel tentativo di ingaggiare a gratis un avvocato e naturalmente non ha combinato nulla, anche perché i pochi soldi di Pasqal se li è rubati Tony prima di darsi alla fuga, dopo che avevano arrestato tutti e…»

«Tony il vicino di casa?»

«Quel tossico di merda.»

«Dimmi la verità: è davvero crepato il bastardo?»

«È peccato parlare male dei morti, non lo sai?»

«È peccato anche battere il marciapiede, o sei diventata religiosa e hai smesso?»

«Tu non parlare così di Nichi, che a me ci penso io. E comunque ho una clientela scelta.»

«Ti vengo a cercare, sei mia cugina in definitiva.»

«Sì, ma non importa stringere un rapporto mai nato, mi risulta che a quella Janine, o come si chiamava, tu facessi delle avances che poco hanno a che vedere con l'affetto fra parenti.

Te lo dico perché non vorrei tu arrivassi da me con le stesse pretese. Scordati che si faccia roba a gratis.»

«Chi ti ha detto questa porcata?»

«La Fata turchina, Biancaneve, me l'ha detto lei.»

«Nichi te l'ha detto e tu gli hai creduto. Non gli è bastato rovinarmi la vita, ha voluto mettermi contro anche te. Sono contento che lo abbiano fatto fuori, mi hanno solo risparmiato la fatica…»

«Certo George, amen e vaffanculo che ora ho da fare.»

«Aspetta, per favore devo parlarti con calma, incontriamoci da qualche parte prima che tu vada sul posto di… di lavoro…»

«Sì, prima che vada in ufficio. Guarda bello che faccio la puttana, mica la commercialista…»

Click!

55

La cura

Barcellona mi piace.

Mi è sempre piaciuta perché è la città più nera d'Europa. E non per il numero di abitanti di colore che la popolano, quanto per lo spirito che la anima, per il gusto catalano di stare in strada, per il clima umidiccio, il fare rilassato dei suoi abitanti, la musica che la pervade, per il modo che ha di accoglierti e di farti suo. Per questo la sento mia e credo piaccia anche alla mia dama russa.

Da quando siamo arrivati non ho avuto molte occasioni di parlare con Iskra, di presentarla alla mia città, di chiarire i nostri reciproci ruoli, per chiederle se è qui che vuole vivere e per capire soprattutto ora chi siamo. Vedo i suoi occhi che tornano a illuminarsi poco a poco e i nervi distendersi. Siamo qui da un po' e il suo corpo reagisce lentamente alla cura spagnola. Fa calduccio, c'è il mare e con la nana, per ammazzare il tempo, si sono date allo shopping.

Ieri le ho pedinate da casa fino a *El corte ingles* in Plaça de Catalunya. Ho visto che armeggiavano fra magliette aderenti e costumi a fiorellini: Iskra sorrideva molto più spesso di quanto non faccia in mia compagnia. Non ha le idee ancora chiare sul nostro futuro, come in fondo è normale, e l'ipotesi di ricominciare da capo magari angoscia ancora un po' il mio angelo biondo. Sicuramente si sta rendendo conto che una nuova vita è cominciata, che non dovrà più vivere dentro un cabaret e che io provo un sentimento puro per lei. Insomma, quel problemino di fondo rimane, ma non importa: l'irrazionale che mi ha spinto fra le sue braccia mi accompagna dal primo giorno in cui l'ho vista e anche questo passerà. In fondo, *le temps est un gentleman*.

Nel grande magazzino le russe sorridevano e si provavano un capo dietro l'altro, lanciandosi canottiere e mutandine, sghignazzando a voce alta come se ci fosse qualcosa da festeggiare e quel qualcosa erano loro stesse, tornate libere sotto un cielo terso e con un futuro tutto da scrivere.

Quando mi hanno visto, Iskra si stava provando una T-shirt con l'immagine di John e Yoko e c'è stato un primo attimo di fredda compostezza: «Ci hai seguite?».

«Mi sono limitato a venirvi dietro, per osservarvi un po'.»

«Perché lo hai fatto?»

«Perché mi piacete e volevo spiarvi, da lontano, al naturale, belle e felici.»

Iskra sorride piano abbassando lo sguardo.

Prima o poi succederà anche a noi di diventare normali.

56

Delitto perfetto

«Guarda, non lo sopporto più lo scimmione, giuro: né lui né quelle cazzo di frasettine in francese. Per favore ammazziamolo, decidiamoci a macellarlo o ci penso da sola... Giuro lo strangolo nel sonno con la corda delle tende e poi lo faccio a fette.»

«Non avere fretta, Aleksandra. Però la scena non sarebbe male, mi vien da ridere a pensare a te che penzoli dal collo di Biancaneve.»

«Fai meno la spiritosa: prima ci liberiamo del bestione, prima ce la svignamo da questo buco di posto...»

«Non ti piace Barcellona?»

«Mi fa schifo al maledetto cazzo! Forse solo perché piace a quel coglione che ci ha trascinate qui, altrimenti l'apprezzerei, ma da questo finto Messico me ne voglio andare il prima possibile.»

«Senti, nemmeno io mi diverto a giocare all'innamoratina, ma non devi avere fretta: quando avremo scoperto dove tiene i soldi prenderemo una decisione. E poi non è che dobbiamo per forza ammazzarlo, basterà scappare col malloppo.»

«Non dire idiozie, ucciderlo ci renderà felicissime. Ma se non riusciamo a scoprire dove tiene il gruzzolo, cosa faremo?»

«Ci riusciremo, ci riusciremo, con le buone o con le cattive. Con la fretta che mi stai mettendo, ci complichiamo solo la vita, però. Se davvero esistono quei diamanti, allora ci sistemeremo a dovere. Solo che ora dobbiamo temporeggiare.»

«Sì, Iskra, ma sbrighiamoci perché ho la sensazione che lo scimmione mi voglia fare la pelle: lo vedo come mi guarda, sai...»

«Lo so, ce li ho anch'io gli occhi, ma stai tranquilla, se non fai stupidaggini non ti sfiorerà neppure: ci tiene troppo a me e sa che non lo perdonerei. Fino a ora è andato tutto bene, non facciamo casini proprio adesso.»

«E allora fagli credere che tornerai a essere la sua amante appassionata: esci da questo letto e vai nel suo stanotte stessa! Non lo vedi come va in calore quando si avvicina a te? Scopatelo e fagli vuotare il sacco.»

«Se diventassi spudorata, mangerebbe la foglia: non abbiamo a che fare con uno stupido, fidati. Per quanto pittoresco è uno che ha vissuto la strada, che se l'è cavata contro la fame e contro tutto e ha un cervello allenato a sopravvivere. Meglio aspettare e farlo cuocere bene, poi se non scopriamo nulla, lo prendo per i sentimenti...»

«Se nel frattempo non mi ammazza.»

«Nessuno ti torcerà un capello. Uno di questi giorni porto Biancaneve a fare un giro e tu rimani in casa a rovistare. Secondo me ha messo tutto in uno di quei posti da film giallo: il nascondiglio segreto è molto nel suo "stile-non stile", non trovi?»

«Quale stile? Si veste come un gangster da due soldi abbinando i colori a caso e cammina come King Kong ubriaco.»

«Gli piacciono i personaggi da film: peccato si ispiri sempre a quelli peggio vestiti.»

«E se li avesse messi in banca, soldi e diamanti?»

«Impossibile, è tutto denaro supersporco: più facile una cassetta di sicurezza, più in linea con il suo personaggio. A quel punto bisognerà trovare la chiave, se esiste.»

«Credo tu abbia ragione. Comunque se non troviamo il malloppo entro un mese, lo avveleno quanto è vero Dio, e si fottano lui e i suoi soldi del cazzo. Gli metto il veleno per topi nella minestra e lo sto a guardare mentre muore rantolando, soffocato dal suo stesso vomito. Mi sto eccitando al solo pensiero.»

«Stai buona, vedrai che tutto si aggiusta, basta avere pazienza. E comunque a Barcellona si sta bene, non ho troppa nostalgia di casa.»

«Nemmeno io, ma se siamo arrivate qui è per fare il giochetto al negro, mica per goderci il mare, no?»

«*Spokoynoy nochi*, Sandra.»

«*Nochi*.»

57

Ho incontrato Ramona

Non è stato piacevole.

L'ho raggiunta nel Raval e nonostante le mie buone intenzioni, per poco non finisce veramente male.

Ramona è cresciuta nel fango e gli effetti della vita che ha fatto si vedono tutti: è priva di educazione, non ha rispetto per nessuno, si atteggia da guitta ma è solo una donnaccia, una puttanaccia da strada, *une personne hideuse!* Fa male dirlo ma mia cugina non è che la fotocopia di tutte le puttane che si incontrano in qualunque periferia degradata del mondo, solo che batte in centro e a parole è più volgare di ognuna di loro. In questo somiglia a sua madre, che faceva la baldracca vicino allo stadio, usava le bestemmie come intercalari e teneva sempre le mani nelle parti intime. Nelle sue e in quelle degli altri.

E dire che da bambina sembrava di tutt'altra pasta: era timida e dolce, sembrava rendersi conto di provenire da una famiglia di delinquenti e pareva refrattaria a questa sua origine insana. Ma quando sei troia nel DNA, quando il marciapiede è il posto di lavoro di tutta la parte femminile della tua famiglia e cresci insieme a tre delinquenti volgari e vestiti di merda, non c'è proprio nulla da fare.

L'ho vista e riconosciuta da lontano perché da sola faceva

più chiasso di tutti i mezzi delinquenti e le tossiche del Raval messi assieme. Pare incredibile come una ragazza dalle movenze tanto eleganti, sia in grado di raggiungere certi schifosi vertici di gratuita volgarità. Da contraltare facevano una serie di vecchiacci schifosi, ragazzini sudici e baldracche sfrante che continuavano ad allungare le loro manacce su di lei, nella sua totale indifferenza, anzi nel suo compiacimento. E non sembrava affatto rassegnata alla situazione, ne pareva compiaciuta, tanto da sottolineare con gridolini e schiamazzi ogni palpata.

Nessuno si scandalizzava di questa specie di mercato della carne di cui lei stessa era preda e banditrice, ma anzi, al contrario, un crogiuolo di battone dalle fattezze primitive accompagnava con risate sguaiate e commenti osceni le porcate che si compivano in quell'antro schifoso. Era lei la padrona del gioco, vittima e carnefice allo stesso tempo e tutta quella feccia la venerava, le offriva da bere, da fumare e chissà cos'altro, in cambio di pagamenti in natura.

Mi si è rivoltato lo stomaco a vedere il mio stesso sangue svendersi in quel modo, ma ho cercato di controllarmi. Mi sono sentito in colpa e mi sono tornate in mente le sue parole al telefono, anni fa, quando mi chiedeva di venire a vivere da me, inventandosi la balla che il mondo era cattivo. Per un attimo ci avevo quasi abboccato.

Mi sbagliavo.

Era sorpresa di vedermi, ma non ha manifestato disappunto. Anzi, ben fiera dello spettacolo che stava dando, aveva l'aria di una sovrana assoluta che si compiace dell'arrivo di un qualcuno a cui mostrare i propri averi. Con spavalderia mi ha accolto e baciato tre o quattro volte sulla guancia a pochi millimetri dalla bocca e dopo avermi presentato alla cricca, con altrettanta superbia mi ha raccontato davanti a tutti quei reietti le malefatte dei suoi fratelli e la cazzata del rapimento di quel messicano del cazzo.

Per un attimo mi è sembrata dispiaciuta di quanto successo e il suo sguardo fiero, cedendo il passo alla pena per se stessa e per la condizione dei suoi fratelli, mi è parso vero. Mi sono offerto di darle una mano per tentare di rimetterla in carreggiata, ma ogni gesto veniva ricambiato con sguardi ironici, con ammiccamenti ai suoi compagni, con battutine idiote e risatine di contorno. Ho cercato di non perdere le staffe, è stata dura ma ci sono riuscito.

Poi, quando si è accorta della presenza di Iskra, è uscito il peggio di lei: è venuta fuori la vera Ramona. Invidiosa come tutta la sua razza, ha iniziato con allusioni affatto sottili, poi è stata sfrontata, offensiva, ha usato me come capro espiatorio per tutti i suoi mali e mi ha offeso gratuitamente, pesantemente e con una volgarità intollerabile, tirandomi addosso i soldi che le stavo offrendo. Approfittando del fatto che non avrei mai sparato a una parente, mi ha offeso con gusto e soddisfazione, con l'aiuto della sua compagnia di sciancati, come se non aspettasse altro che il sottoscritto a farle da sputacchiera. Troppo facile colpire me prendendosela con Iskra e Sandra, che nemmeno capiscono la sua lingua. Ramona e le sue colleghe hanno cominciato a squadrarci, a girarci intorno, a sporcarci con le loro manacce sudice, in mezzo alla via, con la loro aria di schifo, i loro occhi marci, il loro fiato acre, pesante, morto putrefatto.

«Ramona smettila di guardarla in quel modo e di riderle in faccia, per favore.»

«Tu che faresti al posto mio, cuginetto?»

«Guarda che tu e le tue amiche non siete affatto meglio di loro.»

«Per carità George, anzi... E come si chiamano?»

«Piantala Ramona.»

«Ma certo che la pianto... Tu però dimmi: avete altri figli oltre alla neonata là dietro? Strano che non ci hai invitati al battesimo perché Pasqal sarebbe stato un padrino magnifico. Ma dopo la femminuccia ci vuole un bel maschietto, no?»

E dopo ogni frase tutti quegli schifosi si scompisciavano di risate dandosi delle pacche a vicenda e sghignazzando. La gente del quartiere cominciava ad accorrere come fossimo un'attrazione da baraccone e le mie ragazze erano sconvolte, povere loro.

«Smettila di dire queste cose e ascoltami bene: chi è l'avvocato dei tuoi fratelli? Tu non sei in grado di prenderti cura di loro ed è il caso che lo faccia io, prima che marciscano in galera.»

«George, ti sei sempre preso così cura della nostra famiglia e certo non posso non pensare a te come al nostro salvatore, sei tanto caro, cuginetto. Non mi dici qualcosa in francese? Sei così chic quando fai la *erre* moscia...»

«Te lo ripeto per l'ultima volta, chi è l'avvocato dei tuoi fratelli?»

«Mah, credo ne abbiano uno che gli ha affibbiato il tribunale e non possiamo pagarlo, ma non cambiare discorso, cuginetto. Dicci un po', siete fidanzati ufficialmente voi due?» e rivolta alle altre puttane. «Ragazze chi vi piace di più: George della Jungla o il biondone della steppa?»

«Ramona ascolta, finisce male se continui!»

«Provaci, George, provaci, poi lo vedi cosa ti succede.»

«Vuoi scommettere?»

«Lascia perdere cugino… non voglio sulla mia coscienza uno come te. Piuttosto dimmi: gli altri sei nani dove li hai lasciati? Che poi nella favola erano nani maschi, mentre Biancaneve era una femmina… Ma del resto posso notare che sui sessi ultimamente hai un po' di confusione in testa… povero piccolo… Ci hai sempre trattati come dei diversi solo perché eravamo poveri e cenciosi e ora, guarda un po' tu chi è il diverso…»

«Dov'è Nichi?»

«È morto! Non farmi dire cento volte le stesse cose. E ora vattene.»

«Guarda come ti sei fatta seria, secondo me stai dicendo una balla di quelle grosse, *oui oui oui*!»

«E allora va' all'inferno e facci quattro chiacchiere.»

«Magari lo faccio.»

«Magari ti viene a prendere lui.»

«Non ha mai avuto troppo fegato e non ne avrebbe sicuramente nemmeno da morto.»

«Cugino, è stato un errore dirti dov'ero, dunque lascia perdere: vedrai che i miei fratelli in qualche maniera li tireremo fuori… Siamo sempre sopravvissuti senza di te. Ora che ti ho rivisto ti ringrazio dell'interessamento, *cabrón*, stammi bene e vai via prima che la biondona si metta a fare marchette con noi… cioè, niente in contrario alla concorrenza, ma la loro zona è da un'altra parte.»

A quel punto non ci ho visto più e le ho mollato uno schiaffo. È scoppiato un inferno. Ramona mi ha riempito di graffi e sputi mentre gridava e piangeva, e nel frattempo le sue amiche mi urlavano gli insulti più assortiti. I vecchi si sono allontanati per paura delle guardie e qualcuno di loro anzi deve aver chiamato i protettori. Così sono arrivati tre negracci sporchi ed è successo il finimondo, tanto che se non ce la davamo a gambe, quelli ci ammazzavano per strada.

Nichi però non è morto, ne sono certo.

Lo so perché non è possibile che un intero pezzo della mia vita se ne sia andato così, senza rumore. In un modo o nell'altro me ne sarei accorto. Questo mi dice il cuore.

Lei vuole solo proteggere quello smidollato e forse ha anche ragione, perché stavolta se lo becco lo faccio fuori con le mie mani. Nemmeno la prigione lo ha reso migliore. Prima o poi lo incontrerò di nuovo e allora vedremo chi è il più forte.

58

Lady Iskra
Oroscopo del giorno: Gemelli.

Lavoro: trovate al più presto una soluzione alla condizione di precarietà che vi attanaglia, in modo da tornare sulla piazza prima possibile. L'ozio è il padre di tutti i vizi e non rende alcunché.
Amore: Grandi novità sul piano sentimentale. Un nuovo incontro potrebbe cambiare le carte in tavola, ma attenzione ai facili entusiasmi; spesso dietro un bel sorriso da Jolly si nasconde un trabocchetto da Gobbo di picche. Non lasciatevi condizionare dalla situazione ambientale; una rondine non fa primavera.
Denaro: vietata la parsimonia, è in arrivo una bella sorpresa che aiuterà a sorpassare l'austerity momentanea. Basta non pensarci e la crisi non esiste: su con la vita e con lo champagne!

La maggior parte dei lettori abituali dell'oroscopo, scorrendo le previsioni delle stelle, si preoccupa della verità delle profezie e delle credenziali dell'astrologo che le ha scritte. C'è poi chi si fida ciecamente dei chiromanti da due soldi che lavorano per certi giornaletti ridicoli e chi preferisce i maghi col pedigree. C'è chi non crede mai a quello che legge e chi invece ogni volta si affanna a convincersi che quanto previsto stia per succedere e non ci sia via di scampo: se c'è scritto, accadrà sicuramente. C'è chi non lo legge mai e chi, da vero idiota, ne legge anche due o tre al giorno senza preoccuparsi magari che si contraddicano fra loro.

Personalmente ammetto di non aver mai creduto a questa forma di veggenza stellare. Sono tutte idiozie. Ogni tanto però capita di imbattermi nella pagina delle stelle e di fermarmi a riflettere prima di decidere se consultare o meno lo zodiaco. Non che mi ponga il problema delle competenze di chi scrive o se chi crei tante storielle abbia svolto qualche studio in materia o inventi tutto di sana pianta. Comunque non sono affari miei, visto che in fondo non ci credo.

Quelle sono faccende secondarie che nascerebbero eventualmente se solo riuscissi a superare il problema principale, l'empasse, la *oslozhneniye*, lo scoglio che ogni volta mi si para davanti quando devo entrare in una toilette o in un camerino di un negozio o appunto quando in fondo a una rivista trovo la pagina dell'oroscopo. Perché prima di iniziare a domandarmi se stia perdendo tempo o facendo qualcosa di sensato o meno, prima di scegliere se leggere il mio segno o quello di qualcuno a me caro, ancora molto prima di domandarmi se leggere le previsioni dell'astrologo porti male o se in fondo sia solo un vezzo da idioti, prima di tutto, mi chiedo sempre, immancabilmente se sia il caso di leggere l'oroscopo scritto per LUI o per LEI.

Ed è sempre a questo punto, diciamo, che nasce un certo imbarazzo.

Si dice che i nati sotto il segno dei gemelli siano persone doppie, e forse è anche vero… anzi, nel mio caso è verissimo e negarlo sarebbe un peccato mortale. Sono nato il 24 maggio. Dico *nato*, al maschile, e non *nata*, perché quando sono venuto al mondo, sbucando col capino tra le cosce della mia mammina russa, ero un bel maschietto biondo. Lo ero almeno esternamente. Paffutello, dotato di pistolino e di regolari pallette: avevo tutto in regola per diventare un vero baluardo della mascolinità siberiana. Possedere tutti gli attributi fisici al loro posto, dalle mie parti infatti bastava e avanzava per essere considerato uomo in piena regola, senza tante idee strampalate su quello che mi passasse per la testa e sui miei gusti: maschio da riproduzione, toro, prole prediletta della grande Madre Russia. Maschio virile lo ero sicuramente per i miei genitori che ora invece mi danno per morta (nonostante abbiano ricevuto senza fiatare i bonifici che gli ho inviato quasi tutti i mesi da quando sono via).

Eppure, formalmente, per mammina e papà non esisto più.

Perché avere un discendente transessuale o transgender o insomma avere come figlio una donna col cazzo, non è cosa onorevole al paesello dal quale provengo, anzi, è una vera sciagura e se potessero mi strapperebbero i seni con le pinze per farmela pagare. Ma le mie tette stanno ben salde al posto loro, belle toste e dritte… con quello che mi sono costate!

Non è stato facile sopravvivere nel mio corpo, ma non parlerò delle umiliazioni e del dolore patiti, perché nel mio caso, essere me stessa non è stato né un problema né una mortificazione. È successo e basta. Sono quel che sono perché questo ha voluto la natura e certo non mi faccio domande a tal proposito; mi piaccio da morire e basta. Fossi stata diversa non sarei me stessa e avrei difficoltà col mio corpo che invece reputo perfetto anche per quel buffo pezzettino di carne che si trova tra le mie cosce. Ammennicolo nemmeno tanto piccolo, col quale ogni tanto mi trastullo e grazie al quale, se mi gira, posso fare pipì in piedi.

Questo mi obbliga a non usare bikini troppo stretti o biancheria aderente, altrimenti il pacco mi strabuzza. Ma in fondo, non poter mettere il costume è un problema assolutamente trascurabile per una coniglietta della steppa gelata! In ogni caso sono nata così e non ci posso fare nulla. A essere onesti, anzi, direi che il mio pistolino si sposa benissimo col mio corpo da donna, visto l'effetto che faccio su certi maschioni. A letto questi signorini non ignorano assolutamente le mie peculiarità e non fingono nemmeno di trovarsi con una donna vera e propria (come se non lo fossi), anzi, ne approfittano eccome di certi optional! La cosa purtroppo un po' mortifica un filino la mia vanità di femmina: io non sono uno scherzo della natura, non sono diversa, non sono gay, trans, lesbica, invertita, frocio, *pidor*. Io non sono un paradosso, sono Iskra e basta e se qualche interessato paga bene, i gioielli li faccio toccare, palpare, leccare… Basta stabilire un prezzo.

Mi piaccio e non mi sorprende di piacere agli altri: ho passato l'infanzia a farmi disprezzare e questa è la mia rivincita. Se volete giudicare fatelo, ma tenetevi il verdetto perché spesso siete offensivi, soprattutto quando fate quegli inutili giri di parole. Perché anche se ho il pisello, io sono femmina, disperatamente femmina; eppure in fondo in fondo non sono nemmeno quello.

Ho un carattere da gatta viziata, adoro chiacchierare e spettegolare, sono delicata e fortissima, mi piace che mi guardino e che mi corteggino e a volte sono io a prendere l'iniziativa, se ne vale la pena. Mi piacciono le scarpe e i vestiti, ma anche la boxe e le macchine e vorrei fare qualcosa di importante nella vita, visto che ho un cervello oltre che un cazzetto. E se ancora non sono riuscita a spiccare il volo è perché sto solo prendendo una bella rincorsa, ma prima o poi vedrete in cielo questo strano oggetto volante e mi amerete alla follia. Certo, la mia natura è lampante: mi posso truccare, pettinare e vestire come una diva ma ho una peluria tipicamente maschile sulle braccia e sulle nocche delle dita, che quando faccio il bagno diventa un po' ispida; ho il quarantatré di piede e le spalle larghe, oltre a un ovale forte che non mi fa somigliare affatto a Grace Kelly.

E allora? Io sono io, mica la principessa di Monaco.

Mi depilo e mi spinzetto, ma di quei pelacci ne nascono sempre di nuovi... E per fortuna che l'uomo ha inventato il laser, altrimenti sarei una scimmia albina. Invece sono quel che sono e mi vado bene così. Talmente tanto bene, che se fossi nata donna senza uccello e con tutti gli ormoni al loro posto, magari mi sarei sentita un po' "diversa" proprio perché voglio essere esattamente quello che sono e mi trovo benissimo nella mia condizione di oggetto misterioso.

Certo è difficile farlo intendere ai compagni di scuola che ti prendono in giro da bambino perché non vuoi giocare a calcio e quando lo fai, sculetti. Ed è complicato convincere i vicini di casa che l'insistente urlo di tuo padre, che a cadenza variabile ti vocia "frocio di merdaaaaaaaa!!!", sia solo un modo affettuoso di scherzare... ma c'è anche chi potrebbe crederci. Certo non la si dà a bere alle suore che ti guardano e ti maledicono in strada quando ti metti la minigonna e le palle fanno capolino da sotto, o una maglietta scollata dalla quale esce fuori tutto visto che mi sono rifatta due tettone da paura. I preti in compenso mi guardano con aria differente.

È difficile darla a intendere ai parenti che ti vedono dopo tanto tempo e non sapevano nulla o agli impiegati comunali che sui documenti ti ci scrivono celibe ridacchiando, e a tutti quei figli di puttana che ti squadrano, ti deridono e che si sentono meglio di te solo perché non sei uguale a loro o perché la tua bocca al silicone talvolta si sgonfia da una parte come una camera d'aria forata. È difficile ma non me ne frega un bel niente, anzi mi dispiace per loro che non sanno cosa si perdono.

Io sono Iskra, sono il vento freddo.

Alta e di coscia lunga, ho sempre avuto un bel rapporto col mio corpo e questo è importante. Mi piacciono le mie gambe affusolate coi polpaccetti in fondo, la mia faccia liscia e il mio modo di muovere le mani quando parlo. Gli zigomi invece li ho fatti pompare.

Sono nato nella miseria e la mia infanzia è stata un inferno. Perché insomma, avete presente la Siberia? Quel posto dove, se facevi incazzare Stalin, ti mandavano a lavorare fino a farti congelare le budella. Che fossi nato con questo corpo o con uno più convenzionale, il freddo, le botte, la miseria, la neve, il ghiaccio, il post-comunismo, la rinuncia a tutti i beni materiali, avrebbero reso uno schifo la vita di chiunque. Così la mia fanciullezza è stata una merda.

Per non farmi mancare niente, ero stato dotato prima di tutto di un padre scorbutico e violento e (in condivisione con i miei fratellini) di povertà a palate, e di madre succube di un marito ignorante e cattivo, rancoroso e del tutto insensibile. Abitando in quel paradiso terrestre così ben popolato, dei commenti degli altri in fondo me ne sono sempre fregata. Non per fare la tragica, ma non hai certo tempo per curarti di chi ti chiama invertito, se in tutto nel tuo paese ci abitano venti persone disperse in case sparpagliate a caso in una pianura sconfinata e sempre piena di neve, bestie mordaci e stronzi ex comunisti. Non hai tempo per sentirti umiliato quando hai costantemente una fame e un freddo che ti mangiucchiano come tignole e devi pure andare a scuola a piedi con le scarpe consumate da due generazioni di disgraziati venuti prima di te. Non ti preoccupa non essere accettato dai coetanei quando tuo padre ti usa come valvola di sfogo per le proprie bagattelle e tua madre ti incolpa per ogni cosa, solo perché si è accorta che ogni tanto in segreto indossi i suoi vestiti. Non hai nemmeno il tempo per accorgerti che ti piace giocare con le bambole o che con le bambine stai meglio che coi maschi: di bambole non ne avevo e bambine vicino casa non ce n'erano. Brutto eh? Ma col tempo la faccenda è andata anche peggiorando.

Con l'adolescenza sono arrivati i primi problemini legati alle mie pruriginі sessuali, e mio padre ha perso il lavoro nella cava dove aveva sgobbato tutta la vita. Allora siamo venuti via dall'isola felice nella steppa e ci siamo trasferiti in un paesucolo in periferia, a cento chilometri e passa da Novokuzneck, a due passi dalle chiappe di Boris fottuto Eltsin, dove la gente oltre che becera e spietata era anche più attenta a certi dettagli e lesta di lingua.

A un certo punto ho dovuto fare i conti col fatto che incontrare un ragazzo carino mi faceva diventare rossa e che le ragazze per le quali i miei giovani concittadini sprecavano fiumi e fiumi dei frutti dei loro lombi, a me non interessavano affatto. Non è stato facile accettare di essere quel che ero, ma tempo per disperarsi non ne avevo, quindi mi sono dovuta adattare. Non avendo abiti da donna o borsette alla moda, cominciai a sculettare alla povera: vestito male, in maniera vagamente ambigua, con un portamento che sempre più mi faceva assomigliare a una ragazza invece che al tipico figlio maschio della defunta Unione Sovietica – Dio la stramaledica per l'eternità.

Così tutti si accorsero del mio essere quasi donna: avevo una quindicina di anni e lavoravo in una fabbrica per portare due soldi a casa e tutti i miei colleghi, ovviamente, non facevano che sfottermi. Del resto prendersela col più debole è facile, specialmente se l'agnellino sacrificale fa gli occhi dolci a tutti quelli che se ne vanno in giro con i pantaloni aderenti sul davanti. Era un inferno quel posto: si lavorava duro, i turni erano massacranti, la paga bassa e il lavoro alienante... Ma non potreste credere a quanto si scopava. Dentro quello stabilimento colmo di padri di famiglia, presi consapevolezza di me stesso e dell'effetto che facevo agli uomini. È in quel lager che persi la verginità, sia in entrata che in uscita, e con grande soddisfazione.

La mia prima volta fu con un operaio che da tempo mi lanciava sguardi strani, cui nella maniera più impacciata rispondevo con un potentissimo sbattere di ciglia degno della migliore Anna Matveevna Pavlova. Sulle prime avevo addirittura paura di lui e di ciò che scatenava in me ogni volta che mi squadrava con quella sua aria da violento. Aveva mani enormi e pelacci che gli uscivano dal naso come vampe di fuoco dalle froge di un drago, eppure mi piaceva. Così fui io a farmi avanti, chiamandolo in disparte in un magazzino dello stabilimento. Non mi fece nemmeno parlare. Mi ero preparata un discorsetto da fargli ma lui, ancora prima che riuscissi ad aprire bocca, mi sbatté con violenza su una pressa coi motori accesi e fece i suoi comodi, nonostante la mia iniziale reticenza.

Avevo consapevolezza del mio io, ma anche paura della mia sessualità. Se mi fosse piaciuto, pensavo, voleva dire che ero proprio una checca... e fu fantastico. Il bestione mi scopò con ignoranza atavica e senza nemmeno un sussurro, senza dire nulla. E del resto se in una fabbrica siberiana due operai, uno simile a un homo sapiens, l'altro a un femminiello, si inculano sotto un quadro di Vladimir Putin vestito da judoka, vicino a una pressa accesa, col rischio di esser visti e licenziati in tronco, che devono dire, se non che la vita è meravigliosa?

Mi trattò con disprezzo perché probabilmente non riusciva ad ammettere che gli piacessi più di quella squinzia di sua moglie. Io invece, con lui, donna lo divenni definitivamente. Lo incontrai un altro paio di volte, il mio pecorone, poi mi feci altri tre operai e infine la cosa divenne di dominio pubblico.

Fu così che mi cacciarono dalla fabbrica. Cacciarono solo me. Gli altri no, perché avevano figli e perché si disse che ero stato io a ingannarli, coi miei modi da checca. Bella logica. In ogni caso, non potevo fare altro che accettare tutto quel che mi capitava, col sorriso: sapevo di essere speciale e dei commenti degli altri me ne sbattevo altamente le palle (visto che ce le avevo). Di una cosa però mi vanto: e cioè di essere sempre stato me stessa e di non essermi piegata a certe logiche tanto comode quanto vigliacche. Ero donna e donna sarei rimasta. Lo ero quando nacqui e anche quando mi cacciarono da casa. Lo sono ora e lo ero quando mia madre mi chiedeva perché fossi tanto cattivo da comportami come una ragazza nel corpo di un giovanottone biondo. I genitori sono buffi: ti vorrebbero perfetto anche se sono stati proprio loro a metterti al mondo difettoso. Io però non ero difettoso, io ero Iskra e stavo scoprendo che il mondo era un bel posto, tutto sommato.

L'altro mostro del paese era Sandra, la mia amica del cuore.

Sandra è affetta da nanismo e ha il carattere di una vipera: non ha mai accettato il suo problema, se di problema si può parlare e non di peculiarità, e vuol far scontare al mondo la sua rabbia. A differenza della sottoscritta non ha mai stabilito alcun rapporto amichevole con il proprio corpo. Per questo il suo esibizionismo non la fa stare bene, come invece succede a me. Io voglio farmi vedere perché mi piaccio così, lei lo fa per far star male gli altri e un po' anche sé stessa.

Insieme abbiamo sgusciato i nostri fagioli per tanto tempo e siamo cresciute fino a diventare quel che ora siamo; e non so se alla fine è stato un processo di maturazione o se siamo marcite, ma tant'è.

Ovviamente Iskra non è il mio vero nome: all'anagrafe sono Roman Cheghishev. Il nomignolo me lo sono messo a diciannove anni dopo essermi rifatta le tette... e in russo vuol dire scintilla. Carino no? Penso mi si addica tantissimo.

A vent'anni ho cominciato a battere: già da tempo mi ero trasferita a Praga (ho sempre avuto un debole per Herbert Lom) e girellando intorno al Drakes, cominciai a racimolare i primi soldini con la mia parte nobile. Soldi che poco alla volta divennero abbastanza per garantirmi un'esistenza dignitosa. Poi un giorno Sandra trovò lavoro come spogliarellista presso un Cabaret (lo so, pare strano, ma anche i gusti degli uomini lo sono) e, poco dopo, grazie alla sua intercessione assunsero anche me, con la mansione più o meno di fenomeno da baraccone, prima, e di amante d'eccezione per i più raffinati, col tempo. Fra questi avventori, comparve anche Biancaneve, il più avventore di tutti. Il resto è successo per caso e mi ha portato fino al punto in cui mi trovo adesso: io, Desdemona russa, con l'uccello più lungo del mio Otello africano.

Persone doppie, dicevo, i gemelli: ho due nomi, due sessi più o meno distinti, due seni rifatti in Repubblica Ceca dal chirurgo più famoso di Praga, due genitori che mi odiano e che comunque non sanno quello che ho fatto per molto tempo per campare, e due compagni di viaggio che, chi più chi meno, mi credono una persona differente da quella che sono. Non amo George e non lo amerò mai. Mi piacciono gli uomini di colore perché li trovo più spontanei e divertenti, li adoro per la gioia che mi hanno sempre infuso e perché sono belli. Biancaneve è bellissimo, ma è anche la persona più materiale che abbia mai conosciuto e mai potrei affezionarmi a qualcuno che prima di tutto, anche di ragionare, di calmarsi e di fare l'amore, ha bisogno di riempirsi la pancia e le tasche. Ho sofferto tutta la vita per la mancanza di beni materiali, figuriamoci se voglio passare il resto dei miei giorni con uno che ha il costante bisogno di abbrancare soldi e imbastire trame di vendetta.

Non sono un angelo, questo è certo, ma di fare la puttana in fondo posso smettere quando voglio, mentre lui, dentro, rimarrà per sempre un delinquente e un morto di fame; con buona pace di se stesso e di quelle orrende cravatte regimental che fosse per lui indosserebbe anche col pigiama.

Eppure, quando l'ho conosciuto sono rimasta colpita dal suo fare apparentemente garbato. Così, nonostante mercanteggiassi il mio corpo spudoratamente, provavo per Biancaneve un qualcosa che se proprio non era amore, comunque ci somigliava. Mi colpì questa doppia personalità di duro che nell'intimo diventava tanto fragile da aver bisogno di un suo simile per dare e ricevere amore. Nonostante la corporatura e l'impetuosità del suo essere, George non è la bestia da materasso che io stessa pensavo fosse. Semmai è un tipo passionale, perfino romantico. Tanto delicato che fra le lenzuola non si è mai ben capito chi di noi fosse veramente l'uomo e chi la donna.

La verità è che lo scimmione reprime la sua omosessualità

e questo gli provoca tanta rabbia che lui sfoga sfondando crani a destra e a manca, tirando coltellate come fossero buffetti ed esibendosi nelle sue mille citazioni francesi che lo fanno sentire tanto donna... Se potesse farlo liberamente, se ne starebbe tutto il giorno agghindato da vecchia bagascia, coperto di piume e strass a piagnucolare, mangiare marron glacé e a sbaciucchiare foto di amanti perduti, canticchiando per gli amici come una novella Joséphine Baker. Non lo ammetterà mai, ma il cazzo è l'essenza di tutto quel che vuole, anzi, per parafrasarlo, il cazzo è la sua unica e autentica *raison d'être.* E per dissimulare fa il tamarro, il bullo, il gangster, il donnaiolo impenitente. Se accettasse la sua vera natura di mellifluo omosessuale tumido, il mondo sarebbe un posto migliore e lui stesso vivrebbe serenamente, contornato da una selva di maschioni. Invece i suoi sentimenti sono un mare in burrasca. E questo lo ha dimostrato con me, prendendomi e lasciandomi a seconda dell'umore, e con il suo amico Nichi.

George si era innamorato di lui ma non era corrisposto e per questo si è vendicato facendolo scomparire dalla sua vita e relegandolo in galera come facevano nel Medioevo certi signorotti: lontano dagli occhi, lontano dal culo. In più, Nichi gli è andato anche a scopare la cugina e a metterla incinta e questo in effetti non si fa. La cosa buffa è che Biancaneve ha scoperto la tresca pedinando Nichi per gelosia, mentre quel coglione di italiano pensava che il moro sorvegliasse la cuginetta per lo stesso motivo. Bel soggetto doveva essere quello: non si è nemmeno accorto che un bisteccone nero di cento chili frignava per lui e meditava vendetta per non essere mai stato considerato la donna dei suoi sogni. Da quando poi era scappato di galera, Biancaneve lo voleva morto, giustificando le sue ire dicendo di essere stato inguaiato con la sua famiglia. Ma la realtà è che George quei mangia-rane non li ha mai potuti nemmeno sentire nominare senza incavolarsi: sono zulù integralisti e se sapessero che il nipotino è anche culattone, allora sì che sarebbe un disastro… altro che cuginetta col pancione. Ovviamente non ammetterà mai questa versione dei fatti, ma conosco bene il mio pollastro e so che le cose stanno così… anche perché come bugiardo vale poco.

In ogni caso, quando a Praga ha detto che partiva, sia io che Sandra abbiamo pensato al suo gruzzolo e alla sua fama di delinquente. Sappiamo bene che ha con sé diversi soldi, frutto delle sue malefatte, come sappiamo altrettanto bene che la sua morte non desterebbe troppo sospetto, dato che uno come lui prima o poi quella fine deve farla per forza. Il problema sta nel trovare i soldi e nel tenere calma Sandra che lo odia, ma i problemi, si sa, sono fatti per essere superati e anche la piccoletta dovrà attendere il momento giusto.

E forse ci siamo quasi.

PARTE QUARTA

59

When I'm with you it's paradise (Phoebe Cates)

Fa caldo all'inferno, ma in primavera si sta meglio.

«Nichi, eccoti qui… finalmente morto!»

«No, non sono morto, ti sbagli.»

«Ascolta, non incominciare anche oggi: io sto scocciando di tuoi atteggiamenti cretini, poi finisce che rompo tuo muso! Questo giochetto non sopporto più. Tu morto e basta, fine discussione! Morto stecchito, *kaputt*!»

«Ma senti come si ribella, il signore e padrone: fa tanto il democratico e poi ecco che viene fuori la verità. E allora sai che ti dico? Che non sono morto affatto, capito? Nichi Moretti non crepa così, senza preavviso, come i comuni mortali. Io sono vivo!»

«Ma come possibile essere tanto stupidissimo? No capisci che se insisti, tu ancora più idiota? Credi non renda conto tu morto e defunto già da cinque minuti? Tu continuato a giocare e io sperava ammettessi tua morte, che no fosse solito Nichi e invece… sempre solita storia. Mafioso!»

«Pakistano del cazzo.»

«Ladro.»

«Kebabbaro!»

«Che senso ogni volta fare pantomima? Io e tu sappiamo bene che vinto io.»

«Non credo proprio.»

«Smettila! O caccio te da qui!»

«Mi cacci? Ma ti ascolti mentre parli? Qui il sottoscritto è il pezzo grosso della baracca, anzi della baraccopoli visto come siete messi. Pertanto non solo non sono morto, ma anzi sono quello più vivo di tutti...»

«Ascolta Nichi ora tu rotto mio cazzo, come aiutante barbiere tu schifo e cerco passare sopra tutti i maledetti giorni che Allah regala, perché sto facendo opera buona e tengo tu qui a rovinare capelli a clienti, ma cerca non essere scorretto, come uomo, ogni tanto. Sebbene tu bestia, vuoi davvero me derubare anche a battaglia navale? Già sono venti minuti che nascondi tue merdosissime navi e sposti quando affondo.»

«Non è vero...»

«Sì vero.»

«No! E non è esatto nemmeno che come aiutante barbiere non sono un fuoriclasse. Avresti solo da imparare da me!»

«Ultima portaerei affondata aveva forma di "L"! Ladro maledetto. Quanto tua carriera di barbiere, visto come conciato disgraziato, prima? Tu tagliato ciuffo di traverso e nemmeno preoccupato di pareggiare capelli su suo muso. Era inguardabile! Io non detto nulla ma lui uscito da quella porta con acconciatura di cane pechinese bagnato. Tu non barbiere, tu non dignità nemmeno di ragazzo di bottega. Tu massimo tosapecore indiano. E comunque tu morto.»

«No, non sono morto e la mia nave non era a forma di "L" stava semplicemente facendo manovra! E al cliente di prima ho spuntato il cespo, poi lui si è mosso di scatto e...zac!»

«Di scatto? Paralitico mosso di scatto? Quello con collare fissato a sedia a rotelle, portato qui da badante? Lui che per parlare usa linguaggio morse con occhi dopo che rimasto sotto camion e muove solo palpebre. Mosso di scatto! Tu no mafioso, mafioso troppo poco. Tu come dite in Italia, tu ommemmerda! Ecco! Ommemmerda!»

«Parole grosse. E comunque quello in sedia a rotelle oggi aveva una vitalità sospetta. Che stia cercando di frodare l'assicurazione?»

«Nichi tu impressionante! Mai conosciuto uno come te…»

«E per fortuna che oltre a essere paralitico è anche muto, sennò lo vedi che schiaffi mi tirava quello che l'accompagnava: nel fargli la barba col rasoio, per poco non gli ho portato via un orecchio! Tu ovviamente non ti sei accorto di nulla.»

«No! Altrimenti davo te sberla, lui mio cliente da anni, brava persona. Già tu fai capelli molto malissimo, ora diventare anche mutilatore di clienti?»

«Mah, sarà anche un grande uomo, ma a me pare più un falso invalido. In ogni caso è un duro: si è lasciato andare solo a un mugolio flebile. Una roba impercettibile: gli è uscita una lacrimuccia dall'occhio destro che ho asciugato al volo e nessuno si è accorto di nulla. Anche perché gli ho dato uno sguardo come a dire: "Se fai un fiato, la prossima volta te lo taglio del tutto l'orecchio e te lo piazzo nel taschino!" e ha smesso di mugolare. Ma questo non c'entra col discorso di prima. Io non sono morto, sono fuggito su un canotto mentre la nave affondava…»

«Nichi, basta! Ora scocciato davvero, ma tanto prima o poi butto fuori di bottega e rimetto su strada. Giuro che faccio. E poi ridere di Nichi straccione che muore fame e tutti a infischiarsene di te coperto di topi e manguste e schifo.»

«Va bene, se la metti su questo piano diciamo che sono

morto. Niente canotto, basta che non ti arrabbi e non ricominci a bestemmiare quel dio a nove braccia che avete voi.»

«Per favore io no Hindu!»

«Sì, insomma ci siamo capiti. E ora spegni questa musica lagnosa che mi vorrei rilassare. A voi piace tanto 'sta roba ma vi assicuro che uno sano di mente la scambia per una persona col mal di corpo che si lamenta! Sono un naufrago e merito rispetto!»

E in fondo un naufrago lo sono davvero… e questa è l'isola tropicale che mi ha accolto.

Dopo l'avvocatura, il carcere, la vasca da bagno, la fuga e tutte le peripezie che ho passato, senza dare un senso alla mia vita, ora mi sento realizzato: sono un aiutante barbiere. Certo, ho perso tutto il mio carisma da fuorilegge, però sto bene. Dovrei solo imparare meglio a bluffare quando gioco a battaglia navale, tuttavia non mi lamento, anzi ritengo di aver fatto il definitivo salto di qualità professionale: lavorare qui è certo meglio che bighellonare nel mio studio fra sfratti, divorzi e cause perse. Certo potrei migliorare il servizio, ma sarebbe un po' omologarsi al lavoro altrui e questo mi annoierebbe. Purtroppo un grande genio come me non viene compreso subito dalle masse. Che dire? Prima o poi verrà anche il mio momento.

Quindi per ora, in attesa di mettermi in proprio, sono al servizio di un pakistano piccolo, nero e incazzoso a cui mi sono affezionato e per questo lo bullizzo. È stato Julen a presentarmelo: quello che conobbi sulla spiaggia e che aveva ingallato la parente. Diciamo che lo spagnolotto avanzava un favore da questo parrucchiere col vizio di perdere a carte e mi ha piazzato a storpiare zazzere ai disgraziati che non possono permettersi di meglio. La notte dormo nel negozio, sul retro, dove c'è anche una piccola cucina economica e dove ogni tanto Ramona viene a farmi visita... Non sarà proprio amore, ma almeno mi pratica la mezza tariffa. E guardate che non è poco di questi tempi.

I pakistani che frequentano questo schifo di bottega, quando la vedono impazziscono di gioia e la riempiono di cortesie e di regali, la chiamano signora Ramona, le fanno tanti inchini e non le staccano gli occhi di dosso, tanto che a lei ho detto di non vestirsi troppo attillata quando passa a trovarmi perché questi stanno sempre a guardarle il tafanario. In ogni caso nessuno le ha mai mancato di rispetto e anzi, la trattano come una figlia e le dicono sempre di non frequentarmi che la porto sulla cattiva strada.

Fra noi invece c'è ormai un'intesa perfetta, e ogni volta che la vedo mi riempie di affetto e mi fa ridere tanto, mi abbraccia stretta, mi guarda negli occhi e mi riempie di baci. I fratelloni purtroppo sono ancora al gabbio e di loro non abbiamo notizie certe. Nel frattempo però ho mosso le mie carte e presto avremo un quadro esatto della situazione disastrosa in cui versano. Essendosi trasferita in zona stadio assieme a Faustin, Ramona trova comodo battere da quelle parti e, insomma... sono un po' di fermate di metro dal centro, e non voglio dire che ora faccia proprio la puttana eh, questo non mi sento di affermarlo, tuttavia la storia dell'arrotondare in questo momento un po' traballa. Insomma, per ora abbiamo deciso di non sposarci. Per il resto ci vogliamo davvero un bene dell'anima e insomma la vita scorre e stiamo tutti bene.

Fra una tosatura e l'altra, faccio molta conversazione coi clienti di questo negozietto dietro Calle Princesa. Il primo che arriva oggi è Nadir e subito attacca a provocare il mio capo.

«Hussein, tu tratti troppo malissimo ragazzo Nichi. Guarda che sentivano urla fino da statua Colombo!»

«Nadir smettila! Prima o poi taglio lui viveri e metto in conto medicine che fa me prendere per rottura immensa di palle... Ma cosa vuoi che io fare: animale domestico in bottega tiene compagnia! Potevo prendere canarino, gatto, pesce rosso... ho preso italiano. Era quello che costava meno in negozio di bestie.»

«Nichi,» ammicca Nadir «cosa tu combinato oggi? Non fare morire padrone di male a fegato sennò non gioca più carte con nessuno. Raccontaci storiella delle tue, che oggi voglio ridere e padrone si calma.»

«Nadir, come te lo devo dire di non chiamarmi per nome, che se si sparge la voce che sono qui, oltre alla brutta figura di lavorare per quello schiavista, mi rimettono al gabbio... Lo sai che sono un fuorilegge, no?»

E Hussein: «Ladro di galline, ora fuorilegge... roba da matti! Tu tutto scemo, dico io! Nemmeno galera vuole te! Polizia sa che sei qui e lasciano te a Hussein che unico ti sopporta».

«Hussein sta' buono o ti faccio fuori con la macchinetta per le basette... È talmente sudicia che ci si piglia il tetano a guardarla!»

«Volesse Allah tu provare. Vuole dire che sai come si accende! Vagabondo, scansafatiche, ladro e cane infedele! Eppure italiani il rasoio sanno usare no? No è sport nazionale sgozzare gente? Perché assunto te, perché?»

«Perché hai del buon gusto, amico mio!» gli dico abbracciandolo.

A questo punto entra Mintu, altro compare di Hussein anche lui originario del Pakistan, ristoratore per hobby in una bettola qui a fianco e col vizio di star sempre a gironzolare intorno a noi.

«Grazie a Dio voi litigare: televisione rotta, non sapevo che fare. Nichi, che hai combinato?»

«Ho tagliato male il ciuffo al fidanzato di Hussein e l'ha presa male: ora dice che se si lasciano è colpa mia. Ti rendi conto cosa devo sopportare qui dentro tutti i giorni?»

«Ma questa storiella, racconti o no?» fa Nadir. «Mintu siediti che voglio sentire racconto di Coso...»

«Nichi?»

«Nooo! Non chiamare con suo nome o viene FBI!»

«Bravo Nadir, vedo che almeno tu hai capito. Ah, giusto, la storiella... Sentite questa, è un po' che ve la volevo raccontare: si tratta di una faccenda successa circa sette otto anni fa...»

E i paki si mettono seduti, sorridono, si danno subito una gomitatina d'intesa, smaniosi delle mie ciance. Che poi è questo il motivo per cui sto qui. Perché ogni giorno ho un palcoscenico e dei sorrisi che mi riempiono la vita. Sono una banda di stronzi, ma sanno che potrebbero sul serio arrestarmi e mi aiutano a sopravvivere dandomi un lavoro e un alloggio, rimediandomi oggetti utili o invitandomi a casa loro a pranzo. In cambio ogni giorno, qui c'è uno spettacolino che li aspetta.

«Ebbene cari amici, all'epoca di questa vicenda mi trovavo a Sofia col mio amico Giulio: un donnaiolo di quelli veri, un dritto di nulla, mica un babbasone come Hussein e...»

«Cosa è Babbasone? Guarda che io licenziare te oggi!»

«Dicevo eravamo in Bulgaria...»

«Andati voi a puttane, certamente?»

«Sì Hussein, ma poi tua nonna non l'abbiamo trovata e ci siamo persi di coraggio! Insomma, mi lasci raccontare la storiella o no, che poi perdo il filo? Dunque, eravamo all'hotel Rodina e io e questo mio amico versavamo in uno stato di fregola totale. Naturalmente volevamo incontrare un po' di fauna del posto, tanto per socializzare e ginnasticare a letto tutti insieme, ma non avevamo idea di dove recarci. Così decidemmo di fare un bel giro nei locali del centro: clubbing spericolato saltando da un locale all'altro e bevendo come cammelli. In una sera ci facemmo il Tiffany, il Sin City, l'Exit, il Kamasutra e in ognuno di questi posti facemmo tappa lunga al bancone del bar, fino a non poterne più e senza abbordare nemmeno una gallina, porca troia. Rientrammo in albergo che erano le sei del mattino e anche il lupanare interno all'hotel era chiuso, con le puttane semi addormentate che se ne andavano via con l'elastico delle mutande mezzo scucito.

La notte era comunque filata e belli ciucchi ripiegammo in camera, distrutti dal dolore e dalla quantità inaudita di vodka che eravamo riusciti a trangugiare. Chiaramente addormentarsi in quei casi non è semplice, perché la stanza girava come una trottola e in corpo sembrava di averci una guerra fra beduini e mammalucchi. Comunque, in qualche modo riuscii a prendere sonno che erano le sette suonate, ma verso le nove ero sveglio per via dell'emicrania peggiore che avessi mai avuto e di una sete tremenda. Credetemi, avevo sabbia e vetro sparsi in bocca. Così, dopo essermi rigirato fra le lenzuola mi decido ad alzarmi per scendere al bar. Mi vesto, traballo e monto in ascensore del tutto sballato. Mi concentro, schiaccio il pulsante zero e quell'aggeggio si muove. Sono sudato e impanicato e il montacarichi corre come una lepre, tanto che quando arrivo in fondo, il semplice contraccolpo per poco non mi appiccica due vertebre. Resisto e si aprono le porte.

E ora ascoltatemi bene.

Nella condizione in cui mi trovavo, in quel fottutissimo stato confusionale che anche la vista era annebbiata, si divarica l'entrata e cosa vedo? Provate a indovinare cosa mi trovo davanti?»

Tutti zitti; anche Hussein miracolosamente tace.

Silenzio.

«Mi trovo davanti tutta la nazionale femminile russa di pallavolo, panchine e vivaio compresi: una serie infinita di stangone in tutina aderente rossa, con le tre striscioline oro ai lati e i capezzoli tutti belli dritti. Saranno stati cento capezzoli come minimo: un enorme plotone di esecuzione che mi puntava. E loro erano bionde, popputissime, di coscia lunga e una più bella dell'altra. E sapete che stavano facendo tutte insieme quelle valchirie intutate?»

Silenzio totale.

«Stavano tutte, ma dico tutte, facendo colazione con una banana. Cinquanta fighe russe con una banana, bella dritta e sbucciata, in mano... Una pletora di dee in rosso con una selva di banane in giallo. Si aprivano le porte del paradiso e dall'ascensore mi trovavo catapultato nel profumo di femmina all'essenza bananifera. E il mal di testa magicamente scomparve. Capite amici?»

«Che bella storia bellissima! Tu barbiere di merda ma grandissimo poeta» fece Mintu.

«Bellissima, sì. Sono rimasto impalato davanti a loro che mi sfilavano intorno nel corridoio e si sono messe tutte a ridacchiare, come se gemessero, come se avessero capito che mi stavano facendo diventare matto. Tanta femmina non l'avevo mai vista così da vicino nemmeno in quel bordello di cui vi ho parlato ieri. Avrei tanto tanto voluto essere una di quelle banane, credetemi, e voi no?»

E allora tutti a ridere, perché i paki sono un po' timidi, ma se si parla di donne, se la ghignano sempre alla grande. Come tutti i giorni ci siamo riempiti di pacche e anche Hussein mi ha abbracciato e baciato ridendo perché alla fine lo sa che scherzo e gli sono devoto. Questa è la mia vita e…

E poi una voce conosciuta arriva da dietro: «A me veramente avevi detto che erano della nazionale turca».

Doveva succedere.

60

The Ring

«Sapevo che prima o poi saresti passato di qui, Biancaneve» dico allungando la mano nel vuoto, senza suscitare la minima reazione da parte del mio ex amico. Non che mi aspettassi chissà quale e quanta cordialità, ma almeno l'ABC del perfetto uomo d'onore sì.

Per fortuna Hussein interviene: «Almeno a pelatone nero, ciuffo non tagli storto, sicuro... Accomodatevi questo è circolo ricreativo».

«Hussein, lascia perdere» faccio con aria grave «il signore è un cliente e come tale va rispettato, poi ne parliamo con calma dài...» e per rendere tutto ancora più palese faccio l'occhietto per fargli capire che insomma, bisognava andarci con le pinze. Lui capisce che il momento è delicato.

«Cliente? Zucca pelata cliente? Faccio messa in piega a peli di suo culo? Stesso prezzo faccio anche tinta.»

Biancaneve lo guarda torvo e io provo una manovra diversiva, approcciando il moro con la gentilezza che lui non mi sta dimostrando: «Non ci crederai, ma sono lieto di vederti, George. Ramona mi aveva detto che saresti tornato e che non ti eri bevuto la frottola sulla mia prematura dipartita... Intendiamoci si è trattato di una bugia bianca, a fin di bene».

Silenzio, io guardo lui, lui guarda me e non succede nulla, quindi vado avanti cautamente: «In ogni caso ti trovo in ottima forma, vedo che non hai rinunciato al tuo stile impeccabile».

«Lascia perdere Nichi: con le tue sviolinate incanti solo te stesso. Sei sempre stato bravo a raccontare storielle e modificarle a tuo piacere, ma sappiamo entrambi cosa è successo fra noi e non è il caso di fare gli amiconi.»

«Giusto, sappiamo tutti e due come sono andate le cose e so che mi odi. Secondo me hai un po' esagerato la questione, ma in nome della nostra amicizia rispetto il tuo sentimento. In fondo l'odio è meglio del disprezzo.»

«Sì, ma io ti disprezzo.»

«Ecco, a posto. Hai preso alla lettera il mio invito alla sincerità. Oddio andava bene anche un po' di ipocrisia, ma non ne farò una questione.»

«Nichi, perché non sei scappato dal carcere? Non ti è rimasta nemmeno un briciolo di dignità? Preferisci rimanere qui a fare lo schiavo a questo manipolo di filippini?»

«E dove sarei dovuto andare? Per una volta non volevo fuggire davanti a un problema; volevo provare ad affrontarlo da persona adulta: siamo adulti no? E il nostro conto in sospeso, secondo me, può dichiararsi chiuso. Siamo stati amici, fratelli direi, e anche se qualcosa si è rotto, sono disposto a metterci una pietra sopra.»

«Difficile chiudere il conto con qualcuno che continua ad aprirne di nuovi: dovevi proprio andare a vivere dai miei parenti e metterli nei guai? Cos'è, volevi sfidarmi?»

«Casa di Pasqal era un nascondiglio perfetto e doveva essere una sistemazione assolutamente provvisoria. Avessi avuto i soldi mi sarei trasferito a Gràcia o nel Poble Sec, ma come vedi sono in ristrettezze e giocoforza ho ripiegato dove potevo. Certo è successo quel che è successo, non so se tua cugina ti ha raccontato...»

Biancaneve mi guarda zitto imperturbabile e mi sovrasta. Temo che da un momento all'altro mi molli un cazzotto in testa all'ammazza coniglio e arrivederci a tutti.

«Scusa, Nichi» interrompe Hussein «dire a tuo amico che una passata di forbici a ragazzone biondo posso dare, tanto per passare tempo mentre finite litigare...»

«Hussein non è il momento! E poi... ma di che cavolo parli?»

«E se biondone vuole, faccio anche barba. Magari lasciamo baffi alla tartara che esalta ovale?»

Resto un attimo interdetto perché nel negozio ci siamo solo io, Biancaneve e i paki, così Hussein si rivolge direttamente al moro, con aria cordiale: «È russo ragazzone? Molto somiglia a tennista Sharapova. Gambe lunghe, braccia forti, chissà che racchetta...» e mi fa l'occhiolino, mentre Mintu e Nadir si sbellicano dal ridere stravaccati su quelle poltrone dove stazionano ogni giorno insieme a miliardi di acari.

«Hussein, ma di chi parli?»

«Di quello lì!» e mi indica la porta.

Guardo oltre Biancaneve e resto un attimo basito, perché effettivamente fuori la soglia ci sono un travesta enorme e una nana minuscola: «Scusa George, ma loro sono con te?».

«Sì.»

«E lei è la tua ragazza?» azzardo.

«Sì.»

Roba da non crederci: «Senza offesa George ma non me lo aspettavo ti fossi sistemato. Certo, se niente niente fai pagare il biglietto quando la scopi, finisce che fai i miliardi! È carina eh, niente da dire, ma al tuo cospetto è minuscola. Sei… sei tremendo» gli dico ridacchiando «non ti ricordavo così raffinato nelle tue cosine, però credo sia uno spettacolo assistere ai vostri aggrovigliamenti: la metti sopra o sotto? Non per farmi gli affari tuoi, ma la faccenda è curiosa, ammetterai, no?».

Lui tace e capisco che sono ormai un chilometro o due fuori dal seminato e allora mi faccio serio, dimentico la nostra antica confidenza e provo con domande meno stupide, per non schernirlo: «Scusa non è un po' pericoloso quando le fai… visita, diciamo? Cioè, dico, non hai paura che ti schiacci quando ti sale sopra? Non so, insomma, penso ci voglia accortezza in certe situazioni vista la differenza di stazza… Cosa peserà lei, trenta chili?».

Silenzio.

Ci guardiamo un attimo in faccia e lui si passa una mano sul muso, piuttosto scocciato, come fa sempre prima di iniziare a menar le mani.

Silenzio.

Ho un brivido.

Credo di aver capito, ma non può essere.

«Aspetta un attimo Biancaneve, non vorrai mica dire che la tua fidanzata per caso… è l'altra? Insomma, hai capito di chi parlo, no? La bionda dico, si insomma, il…» e qui parlo sottovoce perché il biondone ha due braccia che pare Popeye «il travesta?»

E ovviamente Nadir e compagnia scoppiano a ridere, perché anche se non si parla proprio di femmine, l'attrezzatura in parte è la medesima e allora ci scambiamo occhiatine complici da compaesani e si ride come bambini a scuola. E anche io un po' rido, perché quei tre sono troppo buffi quando si spalleggiano.

Poi mi volto verso Biancaneve e l'allegria mi passa tutta di un colpo.

Perché lui non ride.

Strano.

«Che c'è fra te e mia cugina Ramona? E perché hai fatto mettere in galera Pasqal e gli altri?»

«Abbi pazienza, amico mio...»

«Non sono tuo amico!»

«Okay. Io però con l'arresto dei tuoi parenti non c'entro nulla... Anzi ho aiutato Ramona a fuggire e bada che li avevo messi in guardia dal compiere un rapimento, ma lo sai bene com'è fatto Pasqal.»

Silenzio.

Biancaneve mi guarda serio.

Ma proprio mentre mi sto cacando sotto, Hussein si avvicina ridacchiando: «Come fatto nero e biondone a avere bambina? Da dove partorita?».

Ed ecco che mentre tutti ridono come pazzi, vola la prima sberla. A mano aperta, come uno spintone in avanti ma direttamente sulla faccia del mio datore di lavoro, che vola a terra a un metro di distanza, fracassando quel poco che c'era di intero nella bottega. Non mi volto, non abbasso la guardia, ma sento che dietro di me Hussein è solo un po' ammaccato, quindi dico: «Calma!» a bassa voce, come si farebbe con un bambino impaurito, mentre quello terrorizzato sono io.

Mintu e Nadir stanno zitti, perché sanno bene che quando un personaggio di quella stazza perde il controllo è meglio non stuzzicarlo, ed eventualmente è igienico anche prendere qualche sberla, tanto per metterlo a proprio agio ed evitare che stacchi la testa di qualcuno a furia di cazzotti.

Silenzio.

«Senti Biancaneve, forse è il caso di riprendere la conversazione un'altra volta, da soli, prima che gli animi si scaldino e magari qualcuno si faccia male, non ti sembra? Al mio amico hai dato una lezione più che sufficiente e se la meritava tutta. Magari lo porto al pronto soccorso e noi ci incontriamo tranquillamente un altro giorno... Che ne dici? Oltretutto c'è anche l'emozione di questa *réunion*, come diresti tu, che magari ci ha agitati un po'. Vediamoci nel nostro localino nel Passeig, che ne dici? Io tanto da qui non scappo.»

Col cazzo! Se questo ora va via, minimo mi trasferisco a Stoccolma.

«No, Nichi, stavolta non te la caverai a buon mercato. *Pas de tout.* Anzi ora vieni con me e ti prendi la responsabilità di quel che è successo ai miei cugini: te ne torni in galera e poi forse, e dico forse, saremo pari.»

«Ti contenti di così poco? Faccio vent'anni di galera e tutto si chiude in amicizia? Come sei diventato buono, George. Ora però vedi di ragionare: perché in galera io non ci torno. Ci sono stato un bel po' e non ho fiatato: porta rispetto. E poi sappiamo bene che la tua rabbia nei miei confronti dipende da ben altro!»

Ora il mio amico "sbianca", balbetta, fissa un punto indefinito e pare stia per dire qualcosa. Così affondo il colpo: «Quello che c'è stato fra me e Janine, sono affari nostri!».

Silenzio.

Come sollevato, Biancaneve si asciuga la fronte. Magari l'ho convinto. Ma poi riparte: «Quello che hai fatto non lo puoi capire. Tu non sai cosa voglia dire essere amico di qualcuno, volergli bene, amarlo come ti amavo io. Meriteresti di morire!».

Ecco.

Chiaramente Biancaneve voleva dire un'altra cosa anche se la sua filippica è parsa più una scenata di gelosia che una minaccia di morte; così i paki fanno di tutto per non incrociare il loro sguardo, perché se uno facesse un minimo sorriso, sarebbero cazzotti seri. Solo Mintu si limita a toccarsi l'orecchio di sfuggita, ma non raccolgo.

Biancaneve invece lo nota, sbuffa e massaggiandosi la faccia prende ancora un bel respiro, proprio quando arriva Francis, il grullo del quartiere, che entra, sfoglia il calendario con le donne nude e sorride cercando approvazione. Non rispondere sarebbe da maleducati, sicché replico con sorrisino e pollice alla Fonzie. Biancaneve non muove muscolo. Mi sa che gli sta montando il nervoso. Una mosca gira inseguendone un'altra. Lo stomaco mi fa l'ennesimo rumorino. Il moro nel dubbio mi molla una sberla che quasi volo a terra. Bum! Un rovescione che mi rimescola i denti.

Francis si volta, vede la mia faccia sporca di sangue e rimane a bocca aperta, emettendo un sibilo tipo aragosta in pentola, poi terrorizzato scappa a gambe levate, beato lui.

«Tu cattivo! Fatto piangere ragazzino scemo!» lamenta Mintu.

«E che dovrei dire io allora che mi ha quasi invertito il morso!»

Così finalmente scoppia la baruffa: lo start è una bottiglia di dopobarba puzzolente, lanciata da Hussein sul grugno di Biancaneve. Gong! Che il match abbia inizio.

Biancaneve si affloscia mentre Hussein gli si getta addosso addentandogli un capezzolo con un morso che somiglia a una presa di judo, tanto che il nero resta inerme e urla disperato: «Oddio mio, oddio mio che male!!!» e piange mentre il mordace non si stacca, nonostante la nana lo picchi in testa con la borsa, menando sventole ferali con quelle braccine potentissime, un cazzottino via l'altro.

Nadir incassa due sberle dal trans e reagisce colpendo il biondone alla bocca dello stomaco piegandolo in due. Il colosso sbuffa e reagisce di calcio piatto alla coscia del suo aggressore, bucandola col tacco. Il trafitto lancia un grido mentre Mintu, armato di rasoio, minaccia tutti: sguardo allucinato, lama in mano, bava alla bocca. Lama poco affilata, ma tanto zozza da poter uccidere di tetano un intero esercito al primo sangue.

Intanto, da buon vigliacco non mi sono mosso di un centimetro, nonostante questo casino, modestamente, lo abbia creato io. E il brutto deve ancora arrivare.

Stufo di prendere mazzate, Hussein ha mollato la presa e Biancaneve si sta dibattendo a terra mentre la nana, dopo una rincorsa da muflone, molla a Nadir una potente testata nelle palle. Da fermo cerco di dare un calcio a Biancaneve, ma lo manco; lui scansa il colpo e rotola quel che basta per riuscire a prendere la borsetta del trans, ci fruga dentro, cercando qualcosa che temo abbia il colpo in canna. Infatti George ora ha il ferro in mano e me lo sta puntando contro. Restiamo tutti paralizzati. Hussein si è tolto la cintola e vorrebbe dare la fibbia in faccia a qualcuno, la nana rantola con gli occhi fuori dalle orbite perché Mintu ha stretto in mano il suo collo e se non la molla, quella gli crepa fra le mani. E invece il paki boy stringe ancora e gli occhi della piccoletta strabuzzano, per la felicità di Biancaneve che ha l'aria di godersi lo spettacolo. Quanto alla dolce metà del moro, il trans ha una poppa mezza scoperta, il trucco sfatto e la rapidità di mollare un pugno a Mintu, il quale molla la gola della minuscola, mentre Nadir afferra il phon e lo sbatte in capo al travesta, che crolla steso. Ora siamo in superiorità numerica, ma serve a poco perché Biancaneve ha ancora la pistola in mano e spara un colpo verso di me. Chiudo gli occhi e fortunatamente il proiettile mi manca, rimbalza sulle pareti come una pallina da flipper Plin! Plon! Pling! Prima di fermarsi da qualche parte. Ci paralizziamo: Biancaneve è disteso sul pavimento, poggia sul braccio a terra e ha la visuale aperta. Vorrei parlargli, ma come sputo fuori mezza sillaba dice: «No! Ora basta».

La nana tiene in grembo la testa ammaccata del transone che mugola confuso: sembra una pietà michelangiolesca. Biancaneve guarda la scena con l'occhio dell'amante premuroso e per un attimo si disinteressa di noi. Ora c'è una sola cosa da non fare, quindi la facciamo.

Saltiamo addosso al moro: siamo quattro e insieme pesiamo poco più di lui, ma non importa. Sberle e testate, morsi e calci e prima che ci voli via come mosche, Mintu molla un altro morso a Biancaneve, questa volta sulla mano armata fino a farla sanguinare, ma senza che il nero molli la rivoltella. Biancaneve urla, tiene duro e prende Mintu per i capelli nel tentativo di staccarselo di dosso ma il ragazzo non lascia la presa: Bam! Bam! Bam! pugni sulla testa dal trans, in faccia da Biancaneve. Bam! Bam! Bam! uno dietro l'altro, sulla zucca, dietro la nuca, una gragnuola infinita di necche ferali che Mintu incassa senza cedere e senza mollare coi denti. Cerchiamo di fermarlo ma Biancaneve pare una furia. Allora allungo una mano sotto le sue gambe, lo acchiappo per i gioielli e lo tengo stretto, stringendo quei due poveri coglioni che sento male per lui, finché la pistola gli cade di mano, finendo sotto la poltrona da barbiere. Così tutti ci avventiamo sul ferro, ma a spuntarla è la nana.

È lei che raccoglie il revolver e fa fuoco dritto verso noi, col braccio fermo e lo sguardo spiritato. Prende la mira in un nanosecondo e spara per uccidere.

Urla e sangue, sangue e urla e una pancia bucata sprizza un liquido scuro.

Silenzio.

Ci contiamo: io e i paki siamo tutti interi. Biancaneve invece ha occhi spalancati che puntano come a chiedere conto di quel che è successo, mentre dalle trippe gli esce di tutto. Il moro urla, la nana gli si getta contro: «Dove li tieni i soldi, brutto negro figlio di puttana» dice in un inglese biascicato alla russa. «Dove li tieni negro di merda?» e gli molla uno schiaffo con tutta la sua forza, tanto che lei stessa finisce a terra scivolando nel sangue.

Biancaneve si tiene la buzza; vorrei aiutarlo, dirgli che lo perdono, che non c'è nessun problema, che è sempre mio fratello. Però è finita, non c'è tempo per i sentimenti, ora devo solo mettermi in salvo.

Hussein mi porta via dal negozio spingendomi sul retro: «Scappa Nichi, scappa lontano, più lontanissimo che puoi!». Poi mi abbraccia forte per un secondo prima di svuotarsi le tasche, darmi quel che ha e mollarmi uno schiaffo sul muso: «Ho detto scappa!».

Mi volto e comincio a correre mentre sento le grida della nana: un bercio straziante, il verso di un'ossessa e fuggo senza sapere dove andare, nella calle che inizia ad affollarsi. Ma dove vado?

Davanti a me, un postino è appena sceso dal motorino. È lì sul portone che traccheggia tra l'entrare e il non entrare, osservando un indirizzo scritto su una busta. Prendo la rincorsa, passo vicino al disgraziato e gli mollo uno spintone che lo manda a bocconi. Lo sento lamentarsi, vorrei chiedere scusa e spiegarmi ma non posso: monto sul Califfone rosso fiammante e me la filo a trenta all'ora.

Fuggo verso non so dove: scappo e basta fin quando questo macinino mi lascerà a piedi esplodendomi sotto il culo. Fuggo, faccio quello che meglio mi è riuscito negli ultimi mesi e vado via senza una meta: forse sono diretto a Madrid che è a mille chilometri e proseguo verso il deserto rosso o magari mi inoltro nella Mancha, verso la morte o la fine della miscela che alimenta questo coso, ma in sostanza sono una volpe coi cani alle spalle e ciò che conta è andare.

Sono Icaro in motorino, sono un malato di mente, sono qualcuno che è stufo di non esser nessuno, un cadavere ancora in vita, sono un uomo in fuga, un motociclista impazzito, un disperato, un perdente, un vincente, un tipo qualunque, sono Panatta con la maglietta rossa a Santiago e me la sento addosso questa foga che è aria calda e vita. Sono il più grande di tutti, sono tutti e nessuno, sono qualcuno, sono addirittura me stesso e sono la maglia gialla di Marco Pantani, sull'ultima cima, con la pettorina aperta e il gruppo alle spalle che mi dà la caccia. Sono il 21 con la testa lucida, la faccia contratta, limata dalla fatica, dalla vita, dalle sfide, dalle sfighe, dal coraggio, dal destino. Sono la pancia sudata del pirata e sono anche la sua faccia fiera, tanto bella da star bene su una medaglia, col profilo umano e gli occhi fuori dalle orbite, con la folla che mi incita a fuggire verso una cima che non esiste e il mondo che mi guarda commosso mentre mi immolo e respiro piano, aggrappato alla vita e alla mia libertà. Sono un disperato alla ricerca di un soffio di vento a favore, verso un posto che non c'è, dove nessuno cerchi di mettermi in gabbia, di rubarmi l'amore, di fottermi la pensione, di impedirmi di vivere o perlomeno di sentirmi vivo.

Cerco quel luogo e cerco me stesso, o quel che ne resta. Cerco tutto ma vedo solo una lunga striscia di asfalto, segnata da linee intermittenti che mi schizzano incontro e che mi separano dalla meta, mentre disperato, cotto dal sole, mezzo morto ma ancora vivo, su questa striscia di catrame bollente, fuggo.

61

I fall in love too easily

Sono passati alcuni mesi dalla mia fuga motorizzata e ora abito vicino a Siviglia. Qui ho ripreso a vivere quasi normalmente e sto bene: il clima è favoloso, la gente simpatica e ogni tanto fanno delle settimane sante che sono uno spettacolo. Mi sento quasi uno di questi *mangiapaella* talvolta, ma so che questo stato di cose non durerà in eterno.

Intanto però qui è una meraviglia.

Se poi vi domandate come ho fatto ad arrivare fino al sud della penisola iberica, ve lo spiego subito.

Intanto il motorino rubato al portalettere era una vera ciofeca e mi lasciò a piedi dopo un'oretta scarsa che stavo percorrendo uno stradone in direzione sud. Era un ferro vecchio, ma il suo sacrificio non fu comunque vano. Anzi, è proprio con il suo abbandono della vita terrena, che si è concretizzato il mio presente: posteggiai il mezzo, mi sedetti sconsolato a bordo strada e stesi il pollice. Passarono un paio d'ore, poi una Seat si avvicinò al ciglio e nonostante il mio aspetto cencioso, la conducente scommise sul sottoscritto facendomi salire in macchina.

A bordo c'era Michela, una biondina originaria di Bergamo bella come il sole, con due occhi furbetti di stampo vagamente orientale, un sorriso da bambina, la pelle diafana, il nasino a punta e due tette ragguardevoli. In più la ragazza era, per così dire, tipo da conversazione, e dopo soli cinque minuti che mi trovavo nell'abitacolo mi stava raccontando la sua vita per filo e per segno. Roba da far rabbrividire addirittura mia mamma. In Spagna, disse di aver fatto mille lavori e che prima ancora di trasferirsi in Andalusia era stata studentessa a Barcellona. Chiaramente della città sapeva tutto e all'inizio parlammo solo di quello, dei locali che aveva frequentato, dei ristoranti, dell'università, poi, visto che da tempo era diventata una hostess, mi raccontò del suo lavoro da donna volante, delle sue colleghe, degli scali nelle città italiane e della sua famiglia composta da mamma, babbo, fratello e tanti nipotini, senza omettere nemmeno mezzo dettaglio. Dopo circa duecento chilometri fatti a novanta all'ora chiacchierando senza soluzione di continuità, Michela prese fiato, si interruppe per un attimo, mi guardò negli occhi e chiese col suo accento iperboreo: «Ma tu dove hai detto che stavi andando?».

E allora mi innamorai.

Chiaramente sopportarla ogni benedetto giorno è cosa differente dal farci un viaggetto di qualche ora, perché veramente non tace mai. E se dico mai, credetemi, è perché piuttosto che star zitta si farebbe fucilare. Eppure è uno spasso: è dolcissima, sa cucinare, ha un senso dell'umorismo tutto suo e quando ride, o quando mi parla col suo accento bislacco meravigliandosi delle mie stranezze... mi sciolgo. E poi pure io devo esserle piaciuto subito, perché dopo essersi bevuta le mie frottole, per prima cosa mi ha trovato un alloggio di fortuna, poi un lavoro come barista alle dipendenze di un suo amico e alla fine mi ha addirittura preso in casa, senza aver chiarito la vera natura del nostro rapporto, visto che stiamo alla grande e non rincorriamo definizioni.

Con lei sto vivendo la tenerezza, quella che mi ero fatto mancare per la ricerca spasmodica di emozioni a tutti i costi e per il mio rifiuto di ogni rapporto convenzionale. Diciamo che questa cosa la tenevo da parte, in un recipiente misterioso che nemmeno sapevo di avere, fino a quando è saltata fuori, durante le pulizie di primavera. Avevo stipato da qualche parte le coccole, i baci, le dolcezze e la voglia di ascoltare le persone. Lei aveva la chiave di tutto, e poco alla volta, come fanno le donne, ha fatto in modo di farmela trovare sotto il cuscino.

Insieme ascoltiamo il *fado* nei dischi dei Madredeus, che ho comprato in un mercatino delle pulci, e balliamo in salotto prima di metterci a letto e baciarci per ore, riempiendoci di chiacchiere, per poi fare l'amore in maniera furiosa e devastante… lei (io sono un tipo più dimesso).

Naturalmente ci sono anche momenti di attrito, pochi a dire il vero, tipo quando Michela mangia le patatine a letto e lo riempie di tante piccole briciole salatissime o quando vuole a tutti i costi che veda un film che a lei piace e dopo cinque minuti sta già russando. Un classico e forse l'adoro anche per questo.

Chiaro, le mie care battone mi mancano tanto e non so cosa darei per tornare a casa a notte fonda in una macchina infestata di odore di femmina e alcool e con la voglia immotivata di piangere. Pagherei il mondo per tornare a vivere la vita di un tempo per almeno due settimane ma… va bene così, perché anche volendo ora non ho più il fisico. Inoltre, non mi sono del tutto abituato a questa esistenza mansueta, e prima che me ne stufi ci vorrà del tempo, ma succederà: è nella mia natura.

Chiaro, non sono un santo e se anche con le droghe ho chiuso, non è detto che prima o poi non riapra. Di fatto in questo momento non ne sento il bisogno, magari sto invecchiando, o forse sto solo diventando un uomo a discapito del ragazzino che sono sempre stato, e preferisco coltivare dei ricordi che delle malagevoli dipendenze. Diciamo che sto cercando una soluzione di comodo che metta d'accordo il mio essere con l'immagine che vorrei dare di me. Magari ci riuscirò.

Quanto a vuotare il sacco sulla mia vera identità e sul passato, ebbene l'ho fatto quando già da tempo Michela aveva capito tutto, ma per discrezione non aveva fiatato: le donne sono fatte così, non si contentano di sputtanarti, vogliono che sia tu a confessare, per poi concedersi la fatidica frase: «Volevo vedere quanto ci mettevi a dire la verità».

All'inizio però, Michela (o come lo pronuncia lei, in dialetto "Michéla") tutta la faccenda non l'ha presa esattamente benissimo: un po' per le bugie che le avevo raccontato, un po' perché mettersi in casa un ricercato a qualcuno può anche scocciare, e sebbene avesse subodorato la situazione piuttosto stramba, non immaginava esattamente tutto. Poi però si sa come vanno queste cose: il sentimento, anche di fronte all'evidenza carceraria, se esiste tracima e porta via tutto.

Ovviamente già da un po' medito una rimpatriata fra le cosce di Ramona (e quelle non sarebbero nemmeno corna, ma un atto dovuto) perché ancora se penso a qualcuno di limpido mi viene in mente lei. Ramona che mi proteggeva da Biancaneve e che, quando mi guardava con quelle pupille nero assoluto, mi donava la sensazione che un po' fosse mia. Ogni tanto, quando rideva socchiudendo gli occhi o sedeva con le gambe incrociate come una ragazzina del liceo nel retrobottega del barbiere e mi raccontava gli affari suoi con la sincerità che era propria di quell'angelo, avrei voluto morire mille e mille volte ancora per regalarle la mia parte migliore, la mia infanzia felice, una famiglia tradizionale e quel poco di giusto che in me forse c'è stato. Al momento non ho sue notizie ma abbiamo un appuntamento: fra tre anni al bar Marsella alle ore 22 per il mio compleanno. Comunque vada, se non mi avranno ingabbiato di nuovo, ci sarò e la riempirò di baci.

Quanto a suo cugino Biancaneve, su *La Vanguardia* ho letto che era sopravvissuto al nostro simpatico siparietto nel negozio di Hussein e che era stato ricoverato per poi finire sotto processo insieme alle sue compari per i molteplici reati che stavano emergendo, fra cui un omicidio nella Repubblica Ceca. Mi sa che stavolta non la passa liscia.

Il moro resta comunque una parte della mia vita che non posso cancellare, e nonostante tutto non negherò che a volte ci siamo davvero voluti bene, ci siamo divertiti e abbiamo assaporato il buono della vita, e quei momenti mi mancano. Ovviamente, appena arrestato non ha esitato a fare il mio nome, confessando di avermi visto, riconosciuto, e probabilmente anche la nana, dalla sua cella in miniatura, deve aver confermato la mia presenza in questo paese. Per fortuna i membri del trio pakistano, apparsi in foto sul giornale completamente tumefatti di cazzotti ma sorridenti come tre perfetti idioti, hanno negato tutto, tanto che il quotidiano spiegava: «Dalle indagini sembrava in un primo momento emergere la presenza di Nichi Moretti, un pregiudicato ricercato in Italia per evasione. Tuttavia dalle testimonianze raccolte, non parrebbero esserci elementi tali da confermare il dettaglio».

È chiaro che ora gli sbirri sanno di me e mi cercheranno, ma dal mio punto di vista non cambia nulla: devo stare molto attento… Che poi è la stessa cosa che mi sono detto appena arrivato a Barcellona e come è andata a finire lo sappiamo benissimo. Vedrò di stare un attimino più accorto, per quanto le mie consuete esuberanze me lo consentano. A essere onesti non ho comunque paura di tornare in galera, la vita stessa è un grande carcere e sebbene sappia che sarebbe un disastro riaffacciarmi alla gattabuia e che sprecherei i miei anni migliori fra quelle mura, non è la costrizione a preoccuparmi quanto il rischio di abbandonare questo posto, Michela e quel che sono diventato: un fallito felice.

Prima ero solo un fallito e vi garantisco che la differenza è notevole.

Del resto, credo che alla giustizia spagnola del sottoscritto non interessi una beata mazza. Più paura mi fa semmai l'ipotesi che Biancaneve si rimetta del tutto e mi venga a cercare per pomiciarmi a bruciapelo in una notte andalusa, di quelle calde, umide, sensuali e piene di musica, sapori afrodisiaci, balli e sorrisi. Quello sarebbe un problema.

In ultimo ci sarebbe da aprire il capitolo più delicato: mia mamma, quella padreterna di Gigliola Rapetti che mi aspetta a casa. Non so cosa stia combinando al momento, però sospetto se la passi bene, anche se chiaramente starà almanaccando qualcuna delle sue per scovarmi, raggiungermi e assicurarsi che mangi, dorma e d'inverno metta la canottiera.

Purtroppo devo nascondermi anche da lei, per non metterla in pericolo, ma le ho mandato vari messaggi attraverso persone fidate che talvolta passano per il bel paese: un camionista mio vicino di casa, un commerciante di filati e uno spacciatore che, quando va a consegnare la roba, passa da Prato e le lascia dei bigliettini nella cassetta delle lettere. Non potrà mai raggiungermi perché la seguirebbero, ma almeno dorme serena.

Se invece voglio trovarla io, se voglio sentirla vicina vicina, mi basta cercarla dentro me stesso e senza fatica la sento che mi parla nel suo dialetto aretino: il petulante cercarmi, la continua voglia di farsi gli affari miei, di proteggermi, di sfamarmi e di stringermi a sé non mi abbandoneranno mai, per fortuna. Se chiudo gli occhi la rivedo giovane e forte che mi chiama dalla finestra per la cena, o che, intenta nella cura antica che aveva per il me piccolo e indifeso, mi riempie di borotalco, mi prova capi di abbigliamento pesanti e berrette di lana e mi sbaciucchia prima di mollarmi dai nonni. Ricordo il suo modo spiccio di chiudere un discorso, di cucinare sempre la cosa più buona sminuendo i suoi meriti, di sorridere e di brontolarmi. Ricordo il suo odore, le nostre liti, la sua voce, le sue tenerezze che non arrivavano mai perché prima di tutto c'era da trasformarmi in un ometto piccolo piccolo e poi al limite c'era da volermi bene, come si sarebbe fatto in ogni famiglia normale. Ricordo di essere cresciuto pensando che lei mi avrebbe difeso da tutti e da tutto, e so che ora, che sarebbe lei ad aver bisogno di me, non posso proteggerla come vorrei. E forse non ne sarei nemmeno capace visto che l'amore di una mamma non si replica in nessun modo e questo un po' mi tranquillizza.

Spesso quando penso alla sua faccia consumata dal tempo, dalla fatica e dai dispiaceri, mi rendo conto di quanta forza ci sia stata e ci sia in quella donna portentosa, a discapito di una dolcezza nascostissima, ma presente nei fatti e chiaramente la temo, perché anche a distanza di duemila chilometri se volesse saprebbe trovarmi. A volte poi mi manca e basta e vorrei solo farle dire che mi vuol bene e che in fondo è soddisfatta di me, anche se sono un delinquente.

E mi manca, quella vecchia carogna.

Mi manca da morire.

62

Goodbye stranger

«Pronto, Moretti?»

«Eh? Come? No, io non sono Nich… non sono Moretti, lei chi cercava di preciso?»

«Senti, buodiùlo non mi fa perde' tempo, sei te er delinguente?»

«Ma chi parla?»

«'Scolta, è du' giorni che guardo la palla di vetro e m'ha dato 'sto numero.»

«Sì ma chi parla? È la polizia?»

«Chi sono un ti deve importare, ma digni al quer budello di tuma' che se richiama 'n diretta la metto a buo di gallina e gni faccio passa' la voglia di fa' certe telefanate…»

«Ma chi le ha dato il mio numero… E lei chi sarebbe?»

«Chi sono io lo sa tuma'! Dignene anche te a quer tegame che è l'ora di finilla. A rivederci bimbino…»

Click!

RINGRAZIAMENTI

La stesura di questo libro appartiene a un periodo folle della mia vita e alcuni episodi, quelli che si potevano raccontare, sono ispirati a una realtà a tratti somigliante. Per questo ringrazio i miei amici che inconsapevolmente hanno ispirato la mia penna... senza querelarmi dopo aver letto il manoscritto.

Ringrazio poi Guglielmo Ascenzi e Jacopo Angiolini, che leggono da sempre per primi le mie bozze, mi ascoltano, mi danno ragione e garbatamente stroncano quel che scrivo con piccoli consigli devastanti. Assieme a loro ringrazio Alessandro Costanzo, detto Leonzio, che ha presidiato a tutte le presentazioni di *Io Nichi Moretti*, qualcuna dirigendola in prima persona... senza peraltro aver mai letto il libro (e forse è per quello che mi è stato così vicino). Ringrazio Sara Fanti, che adoro, che mi fa ridere e che a volte mi rimette in carreggiata quando mi agito. Ringrazio i ragazzi generosi di Via Casella e Serena Gallorini che con le sue foto mette di continuo in evidenza il mio pessimo invecchiare. Un sentito grazie lo devo a Bruno Magrini e Andrea Bertolini che mi stanno aiutando a continuare la saga Moretti, così come ringrazio il duo ciclistico-letterario composto da Sauro Venturini degli Esposti ed Emiliano Gucci, con cui parlare di letteratura, magari assieme al Poeta Lastrucci (loro parlano, io prendo appunti) è sempre istruttivo. Ringrazio Alessio Fantini, Paride Vannucchi, Wladimiro Borchi e Richard Buttler, cast sregolato di "Base luna chiama terra" trasmissione radio che fomenta le mie intemperanze letterarie. Una menzione speciale va a "il Ciattone": ricordo con tenerezza quando rinvenni tutte le conversazioni della chat nelle intercettazioni delle autorità di polizia…

Ringrazio Jacopo Gori, Antonio Franchini, Annalisa Lottini e tutti coloro che hanno contribuito alla realizzazione di questo libro e alla promozione del medesimo: è un lavoro grande, fatto di passione e sacrificio.

Ringrazio i miei genitori, che sono tutto e che non mi hanno strozzato da piccolo e ringrazio tutti quelli di "uscio e bottega" (il mio "smoke" – anche se Fausto Amatucci somiglia davvero poco ad Harvey Keitel) per l'ispirazione quotidiana. Ringrazio il "Bar Stadio" di Viareggio che è uno dei miei posti preferiti al mondo e Augusto Razetto, che da solo incarna il meglio di Praga, città che amo e che sta diventando sempre più una seconda casa. Ringrazio la città di Barcellona dove mi pare di esser nato e vissuto: non c'è posto al mondo dove mi senta meglio che sul lungomare della Ciudad, accanto al gattone di Botero sulla Rambla del Raval o seduto a sorseggiare cava mangiando caracoles da El Xampanyet. Ringrazio Giulio Scipio, che è un fratello e a suo modo è in tutti i miei scritti, Diego Blasi che è sempre fra i piedi, Marco Garon, Giacomo Mari, Stefano Lenzi, Lorenzo Franco e Iacopo Melio con cui spesso faccio chiacchierate spassose, nonché Gabbie Carter per il bene che fa al mondo con la sua opera meritoria. Come non ricordare Max il Monarca (detto anche il Guerriero) e la chat dei Kings, nonché quel gran genio del Prof. Nicola Mondaini, il Prato social club, il camperista viola Emanuele Siena e il farmacista cinese Tommaso Orlandi con cui mi azzanno per il calcio. E poi ancora Marco Antonio Vallini, che ha battuto tutti nella lettura del primo libro, nonché Martina Fiaschi, che per me da

MISTO
Carta da fonti gestite in maniera responsabile
FSC® C115118

Stampato presso Elcograf S.p.A.
Stabilimento di Cles

sempre resta la mia prima lettrice, mentre un bacio va a Gemma, Giulia e Zoe… che un giorno saranno tre donne magnifiche. Ringrazio il Nencio che nella nebbia apparve durante il primo lockdown salvandomi la vita e Luca e Andrea, i miei cugini ridanciani.

Un ricordo speciale va in ultimo a Federico "Yoghi" Giuntoni, Serena Facchini, Enrico Lido Cecchi, Francesco Fanelli, Pifi, e Paolone Nieri: ogni giorno che passa non scordo di volervi bene, di avervi stimato e la vostra mancanza mi obbliga a vivere la mia vita al meglio, per non sprecare la fortuna che voi purtroppo non avete avuto. Ma ci siete ragazzi, ci sarete sempre.

Credo a questo punto di aver ricordato tutti e se qualcuno l'ho scordato chiedo scusa, ma era doveroso perché da tutte queste persone ho preso qualcosa che poi è finito nell'anima del mio alter ego.

Vi prego di leggere questo libro immedesimandovi il più possibile in uno dei personaggi, scegliendone il destino e facendolo vostro, vivendone le vicissitudini nella vostra testa. Il mio preferito è il mago del Marocco, ma si sa, son gusti.

Essere uno sbandato è stato bellissimo e raccontarvelo, un onore… sebbene non è che ora come ora mi senta poi tanto mentalmente a posto, a pensarci bene.

Adios.